クリスティー文庫

39

魔術の殺人

アガサ・クリスティー

田村隆一訳

Agatha Christie®

JN265622

早 川 書 房

5361

THEY DO IT WITH MIRRORS
by
Agatha Christie

Translated by
Ryuichi Tamura
Published 2022 in Japan by
HAYAKAWA PUBLISHING, INC.
This book is published in Japan by
arrangement with
AGATHA CHRISTIE LIMITED
through TIMO ASSOCIATES, INC.

マシュー・プリチャードに

ストニイゲイトの邸の見取図

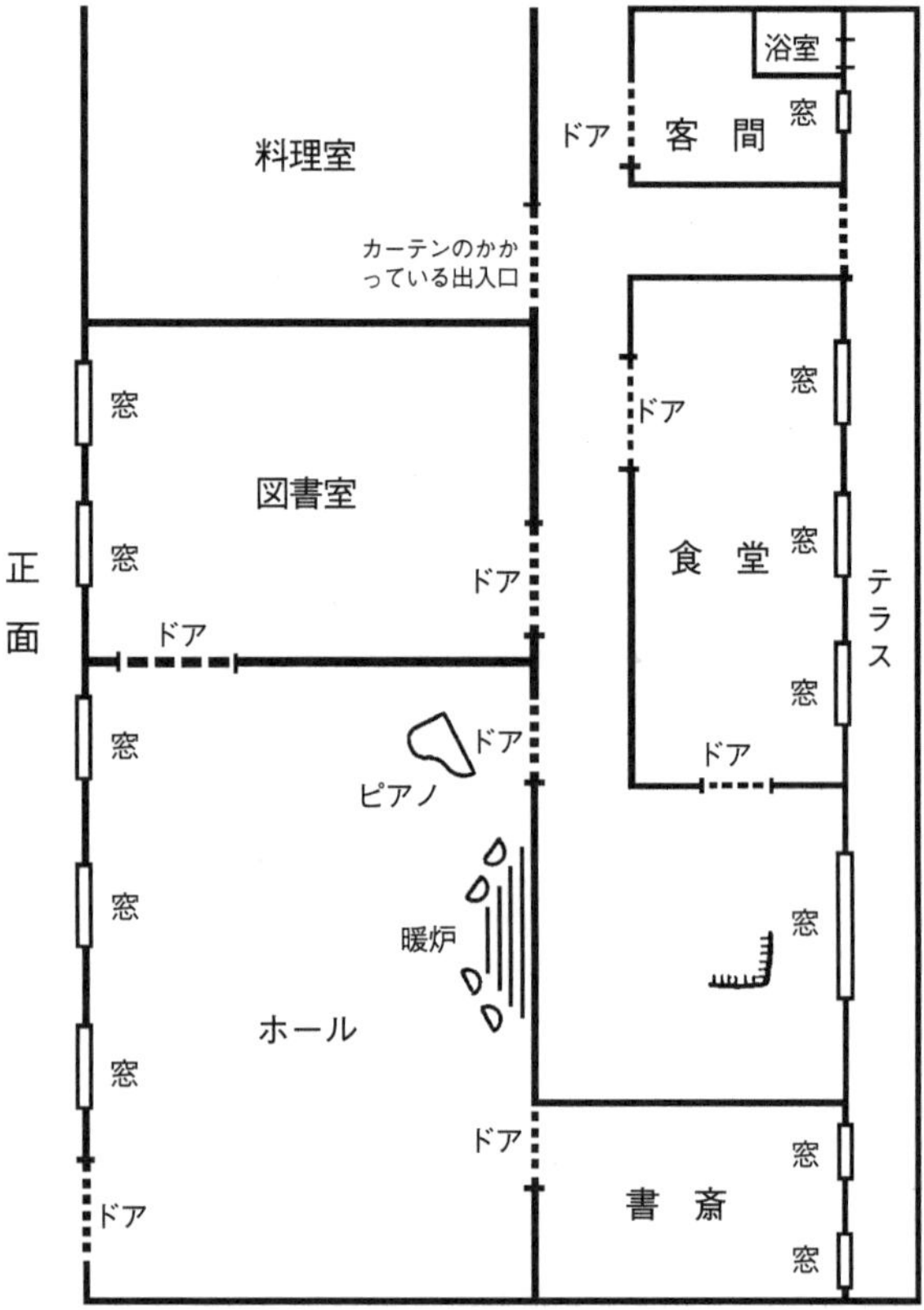

魔術の殺人

登場人物

ジェーン・マープル……………………………探偵ずきな独身の老婦人
キャリイ（キャロライン）・
　　ルイズ・セロコールド………………富豪
ルイス・セロコールド…………………………キャリイの夫
ルース・ヴァン・ライドック……………キャリイの姉
エリック・グルブランドセン……………キャリイの最初の夫
クリスチャン・グルブランドセン…………エリックの長男
ピパ………………………………………………キャリイの養女
ジーナ……………………………………………ピパの娘
ウォルター・ハッド……………………………ジーナの夫
ミルドレッド・ストレット…………………キャリイの娘
ジョニイ・リスタリック……………………キャリイの二番目の夫
アレックス・リスタリック…………………ジョニイの長男
スティーヴン・リスタリック……………ジョニイの次男
エドガー・ローソン……………………………セロコールド家の使用人
ジュリエット・ベルエヴァー……………キャリイの付き添い人
マヴェリック博士………………………………精神医学者
カリイ……………………………………………警部
レイク……………………………………………部長刑事

1

ヴァン・ライドック夫人は、鏡からすこしあとにさがると溜め息をついた。

「さ、これでいいわ」夫人は口のなかでつぶやいてから、「どう、似合って、ジェーン？」

ミス・マープルは、ラヴァンネリ製の衣裳を、まるで値ぶみでもするかのように見つめた。

「とても美しいガウンだと思うわ」

「そうね、ピッタリあうわね」ヴァン・ライドック夫人はそういうと、また溜め息をもらした。

「脱がせておくれ、ステファニイ」彼女はメイドにいった。

灰色の髪、それに小さなゆがんだ口をしている年老いたメイドが、両腕をあげている夫人のからだから、注意深くガウンを脱がしていった。

ヴァン・ライドック夫人は、桃色のサテンのスリップだけになって、鏡の前に立っていた。きっちりとしたコルセットをつけている。いまでもすんなりした脚は、ナイロンの靴下のなかにおさまっていた。彼女の顔は、お化粧とたゆまざるマッサージのおかげで、ちょっと離れたところからだと、まだ若々しく見えた。髪の毛は、アジサイ色のブルーというよりは、いくぶん灰色が少なくて、きれいにセットされていた。ヴァン・ライドック夫人をちょっと見ただけでは、生地のままの夫人の姿を想像することは、とてもできないことだ。お金でできることなら、どんなものでも夫人は若さの補強に使ってきたのだ――たとえば美容食、マッサージ、一日と欠かしたことのない美容体操など。

ルース・ヴァン・ライドックは、おどけて、ミス・マープルの顔を見た。

「ねえ、ジェーン、あなたとあたしが同い年だと、だれが見てもわかるかしら?」

ミス・マープルはその言葉をまともにうけとめた。

「いいえ、だれが思うものですか」安心させるようにいって、「そこへいくとわたしなんか、四六時中、自分の年から離れられないんじゃないかしら」

ミス・マープルは白髪だった。やわらかな桃色の皮膚に皺のよった顔、そして陶器のように澄んでいる無邪気な青い瞳。彼女は、とても心のやさしい老婦人に見える。だが、まさかヴァン・ライドック夫人のことを、やさしい老婦人だなどと呼ぶものはあるまい。

「そうね、あなたは年をとってよ」ヴァン・ライドック夫人はいった。彼女は突然、歯をむきだして笑うと、「だけど、あたしだってそうなのよ。ただ、年のとり方がちがうだけ。〝あのおいぼれの化け猫ときたら、よくまあ、あんなに若くしていられる〟って、みんなはあたしのことをいうけど、あたしがおいぼれの化け猫だっていうことは、みんな、ちゃんと知っているのよ。ああ、あたしだって、自分でもそれは身にしみているわ！」

彼女はそういうと、サテンのクッションのついている椅子にどさりと身をしずめた。

「もういいわ、ステファニイ、さがって」

ステファニイは、ドレスをまとめると、部屋から出ていった。

「ステファニイがいてくれるので、とても助かるわ。三十年も、あたしに仕えてきてくれたんですものね。あたしのほんとの姿を知っているのは、あのメイドだけだわ！　ジェーン、あなたにお話ししたいことがあるの」

ミス・マープルは、心もち、からだを前にかがめた。そして、いかにも話を待ち受けるような表情を示した。どう見ても彼女は、この贅沢なホテルのけばけばしい寝室には不似合いな感じだ。どちらかといえばやぼったい黒いドレスに、大きな買い物袋をぶらさげて、どう見ても主婦といった感じだった。

「あたし、悩んでいるのよ、ジェーン、キャリイ・ルイズのことでね」

「キャリイ・ルイズ?」ミス・マープルは思いめぐらすかのように、口のなかでくりかえした。そして、その名前は、彼女に遠い昔のことを思いおこさせた。

あのフィレンツェの寄宿学校。ミス・マープルも大聖堂のある田舎町から来た、色白で頬の赤いイギリス娘だった。マーティン家の二人の娘たち、アメリカ人だったけれど、あのひとたちのおかしなしゃべり方や、あけすけな活気にあふれたふるまいに、わたしはすっかり目をみはってしまったっけ。ルースは背が高くてはげしい気性でいかにも上流家庭の子女といった感じ、キャリイ・ルイズは、小さくて、きゃしゃで、いつももの思いにふけっていた……

「あのひとに最後に会ったのはいつ、ジェーン?」

「あら、もう何年も何年も会ったことはありませんよ。きっと二十五年にはなるわね。もちろん、クリスマス・カードはまだずっと交換しているけれど」

友情って、ほんとにおかしなもの! 若かりし日のジェーン・マープルと、二人のアメリカの娘たち。三人の道は、ほとんどすぐといっていいくらい、わかれわかれになってしまったけれど、昔からの友情はまだつづいている。ときおりの手紙や、クリスマスの挨拶など。不思議なことに、アメリカに家のあるルースに、マープルはキャリイよりもずっと多く会っているのだ。いや、不思議でもなんでもない。ルースの階級のアメリカ人の大部分がそうであるように、彼女はコスモポリタンなのだ。毎年といっていいくらい、彼女はヨーロッパにやって来て、ロンドンからパリへとんで行ったかと思うと、リヴィエラにあらわれて、またひきかえしてくる。そして、余暇を見つけてはところかまわず、昔の友人に会うのが大好きなのだ。こんな具合に会ったのは、これまでに数えきれないほどあった。クラリッジにサヴォイ、バークリイ、ドーチェスターなどの場所がそれだ。とびきり上等の食事、愛情にあふれた懐旧談、それから鳥のとびたつようなグッド・バイ。ルースには、マープルが住んでいるセント・メアリ・ミードまで訪ねてくるひまがなかった。マープルにしても、そんなことは、期待していなかった。みんな、それぞれに生活のテンポというものがある。ルースのテンポはプレスト（急速に）であるが、ミス・マープルは、アダージオ（ゆるやかに）であることにずっかり満足している。

だから、アメリカに住んでいるルースにはなんども会っているくせに、イギリスに住んでいるキャリイ・ルイズとは、もう二十年以上も、マープルは会っていない。おかしなといえばおかしな話だが、よく考えてみれば、ごくあたりまえのことなのだ。なぜなら、同じ国に住んでいるもの同士なら、昔の友だちにとりたてて会うようなことをしないものだからだ。おそかれはやかれ、わざわざお膳立てをするまでもなく会えるだろうとたかをくくっている。社会的階級が変わりでもしないかぎり、いつかは会える。いわばジェーン・マープルと、キャリイ・ルイズの道が交差しないまでの話なのだ。

「あなたがキャリイ・ルイズのことで悩んでいるって、またなぜなの、ルース？」ミス・マープルがたずねた。

「とにかく、あたし、とっても悩んでいるのよ！　なぜだなんて、あたしにはわからないわ」

「病気なの？」

「あのひとはとてもきゃしゃじゃないの——いつも病気みたいなものよ。とくに悪いというわけではないわね——ま、あたしたちと同じように暮らしているだけよ」

「ふしあわせ？」

「いいえ、ちがうわ」

そうだ、そんなはずはないわと、ミス・マープルは心のなかでつぶやいた。キャリイ・ルイズがふしあわせだなんて、想像してみることもむずかしいくらいだ——たしかに不幸なときもあったにちがいないのだが、はっきりと、ふしあわせなキャリイの姿を思いうかべることなど、とてもできない。当惑している彼女――それは考えられる――容易に信じられない彼女――それも思いうかべられる――しかし、はげしい悲嘆にくれている彼女の姿を思いうかべることはできない。

と、そんなことを考えているときにルース・ヴァン・ライドックがまた口を開いた。

「キャリイ・ルイズときたら、この世の中からすっかり離れて暮らしているのよ。それがどういうことだか、あのひとにはわからないのよ。あたしが気になるのはたぶんそのことだわ」

「あのひとの境遇――」とミス・マープルはいいかけて、首をふった。「ちがうわね」

「そうよ、あのひと自身の問題なのよ」とルース・ヴァン・ライドックはいった。「キャリイ・ルイズは、いつも理想を胸にいだいていたじゃないの。むろん、若いときは、あたしたちだって理想を胸にえがくのが流行だったけど。そうよ、みんな、ひとり残らず胸にえがいていたわね。若い娘たちなら、理想を持つことぐらい、あたりまえのことだわ。あなたはハンセン病患者の看護婦になるのが理想だったわね、ジェーン。そしてあたしは修道女になるのが理想だった。みんな、そういうばかげたことから卒業してしまうのね。結婚が、そんな甘い夢を追い出してしまうのだと、ひとはいうかもしれないけれど。でも、全般的にみたら、あたしは結婚でへまなんかしていないわ」

ミス・マープルは、ルースが遠まわしにいっているのだと思った。これまでに三度も結婚しているのだ。それもずばぬけた大金持ちの男ばかりと。そして離婚するたんびに、べつにこれといって心を傷つけられるようなこともなく、彼女の銀行の口座の中味を増やしていったのだ。

「もちろん」とヴァン・ライドック夫人はつづけた。「あたしは昔からタフなのよ。へたばるものですか。あたしは人生にだって、あまり多くのことを期待していないし、男にだって大して期待なんか持っていないんですからね。とにかく、あたしは離婚するにも、うまくやってきたのよ——それに、たいして感情もこじらせずにね。トミイとあたしはいまでも仲のいいお友だちだし、ジュリアスだって、ちょいちょい、相場のことで、あたしの意見を聞きにくるぐらいよ」そこまでいうと、彼女の顔に影がさした。「ほんとに、キャリイ・ルイズのことが気にかかって仕方がないわ——なにしろあのひと、ほら、変わり者と結婚するようなたちでしょう」

「変わり者？」

「理想をえがいている人たちのことよ。キャリイ・ルイズなんか、理想にあやつられる点では、おあつらえむきのひとよ。あのひとはちょうど十七だった（理想にあこがれるのにはもってこいの年ごろだわ）。あの老グルブランドセンが、人類のための計画をぶちまくっているのを、眼をまるでお皿のようにまるくして、聞きいっていたわ。あのひとは彼と結婚したのよ、五十年配の、大きくなった子どもまでいる男やもめとよ。それもみんな、あの男の博愛主義的な理想のおかげだわ。まるっきり彼に魅せられたまま、男の話に耳をかたむけて座ってばかりいたわ。ちょうど、シェイクスピアの『オセロ』に出てくるデズディモーナとオセロそっくりよ。さいわいなことに、陰険邪悪なイアゴーがいないだけましだわ――もっともグルブランドセンは、有色人種じゃないけれど、たしかスウェーデン人かノルウェー人よ」

ミス・マープルは、考え深げにうなずいてみせた。グルブランドセンという名前は国際的なひびきを持っている。ずばぬけた経営感覚を持ち、しかも心底誠実な男が巨大な富をきずきあげたものだから、当然のことながら慈善事業が、その富の処分にあてられたのだ。それに、グルブランドセンという名前は、ほかにもいろいろなひびきを持っている。グルブランドセン信託、グルブランドセン調査会、グルブランドセン養老院、それに有名な、労働者の子弟のための莫大な数にのぼる教育機関。

「そりゃああのひとは、お金が目あてで結婚したんじゃないわ」とルースがいった。「このあたしがあの男と結婚したのなら、まずそんなところだけれど。だけど、キャリイ・ルイズはそうじゃないわ。かりにあのひとが三十二のときに、あの男が死ななかったら、いったい、どういうことになったかしら。三十二歳だなんて、未亡人にはおあつらえむきの年よ。経験はゆたかで、それにいくらでも順応できる年ですもの」

未婚のマープルは、ルースの話に耳をかたむけながら、心のなかでセント・メアリ・ミード村に住んでいる顔見知りの未亡人たちのことをあれこれと考え、しずかにうなずいた。

「あのひとがジョニイ・リスタリックと結婚したとき、あたしは、ほんとにホッとしたものだわ。むろん彼は、キャリイのお金が目あてで結婚したのよ——そうじゃないとしても、かりにキャリイが無一文だったら、あの男は結婚なんかしなかったでしょうよ。ジョニイは享楽的ななまけものだけど、変わり者なんかと結婚するよりはずっとましですものね。ジョニイの望みといったら、のんびりと暮らすこと以外にないんですもの。彼はキャリイ・ルイズを一級のドレスメイカーに行かせたがったのよ。それからヨットと車を所有して、自分ともどもキャリイをよろこばせる、そんなところなのね。ま、そういった男は、なんといっても安全よ。安楽と贅沢さえあたえておけば、まるで猫みたいに咽喉《のど》をゴロゴロいわせていて、奥さんにはものすごくやさしくなるわ。あたしはあの男の舞台装置や芝居の仕事など大真面目に受けとるものですか。ところがキャリイ・ルイズときたら、ゾクゾクするほど感動してしまうのね。それこそ大芸術だと思っているのだわ。そして、芝居の世界に、またあの男をひきもどしてしまったのよ。ところが、あのいまいましいユーゴスラヴィア人の女があの男に熱を上げて、かっさらっていってしまったというわけ。彼は、ほんとのところ行きたくはなかったのよ。キャリイ・ルイズが我慢強く待っていたら、それにもうすこし分別があったら、きっとキャリイのところへ、あの男はもどってきたことでしょうけどね」

「キャリイは、ひどく気に病んでいたの？」と、ミス・マープルがきいた。

「それが変なのよ。あのひとが気に病んでいたなんて、あたしにはとても思えないわ。キャリイは、どんなことにでも心のやさしい人よ、そうよ、そのときもね。あのひとはやさしい人なの。あの男とユーゴスラヴィア人の女が結婚できるように、離婚したがったくらいですもの。そして、うまくいくようにと思って、あの男の最初の結婚のとき生まれた二人の男の子たちのために、わざわざ自分の家を提供しようとまでいったのよ。そして、あの哀れなジョニイは、あの女と結婚しなければならなくなったの。そしてあの女は、ジョニイを眼をおおいたくなるような六カ月の生活にまきこんで、あげくのはて、彼は激怒にかられて、車ごと崖から墜落してしまったのよ。世間では事故だといっているけれど、激怒が原因だと、あたしはにらんでいるの」

ヴァン・ライドックはそこで言葉を切ると、手鏡をとりあげて、自分の顔をしげしげと見つめた。それから眉毛ぬきのピンセットをつまみあげると、毛を一本ぬいた。

「そのあとでキャリイ・ルイズが結婚したのは、こんどのルイス・セロコールドなのよ。この男も変わり者なの！　これがまた理想高き男性なのよ！　そりゃあ、彼がキャリイを深く愛していないなんて、あたしはいわないわ——そうよ、とても愛していると思うわ——でもやっぱり、いつも万人の生活の改善をはかりたいという理想病にとりつかれているのね。だけど本人がする以外に、だれにそんなことができるものですか」

「そうかしら」とミス・マープル。

「そうですとも、そんなもの、流行みたいなものだわ、服装の流行とちっとも変わらないのよ。こんどのクリスチャン・ディオールのデザインしたスカート、ごらんになって？　あら、ええとなんの話でしたっけ？　そうそう、流行の話ね。そうよ、博愛主義だって流行なのよ。グルブランドセンのころの教育はみんなそうだったわ。でも、もう時代遅れだわ。国家が教育に乗り出してきましたもの。もうそれは当然のこととして、みんなは教育はそういうものだと思っているわ——だれも、あたりまえのことだと思っているのよ。未成年者の犯罪——これが現代では大流行じゃないの。子どもたちの犯罪者、潜在的な犯罪者ばかり。ルイス・セロコールドの、あの厚い眼鏡のかげでキラキラしている眼を見たらいいわ。まるっきり狂信じみていてよ。バナナ一本とトーストをひときれだけ食べて、あとはエネルギーの全部を自分の理想にそそぎこんでいるような、ものすごく意志のつよい人間の標本だわ。それなのに、キャリイ・ルイズときたら、すっかり夢中になっているのよ――いつものことだけれどね。でも、あたしはそれが我慢できないのよ、ジェーン。あの夫婦は理事会をなんどもひらいて、この新しい問題にすっかり熱中してしまったのよ。つまりね、精神医学者や心理学者、その他いっさいのひとびとを動員した未成年犯罪者の訓練施設よ。で、ルイスとキャリイの夫妻は少年たち――それも、とてもノーマルとはいえないような少年たちのなかで暮らしているというわけ。そして、医者や教師や狂信家、大半は変人だけど、そんな連中がうようよしているようなところにね。みんな変わり者ばっかりだわ。あのキャリイ・ルイズが、そんな連中のなかにいるのよ！」

彼女は言葉を切った――そしてミス・マープルの顔にうんざりしたような視線を投げた。

ミス・マープルは、ちょっととまどったような口調でいった。

「だけどね、ルース、いったい、あなたがどんなことを心配しているのか、まだおっしゃらないわ」

「だから、あたしにもはっきりわからないっていったじゃないの！　むしろそのことが、あたしを不安にさせるのよ。あたし、キャリイのところへ行ってみたの——ほんの顔を見せる程度だったけど。そして、なんだか普通でない印象をうけたのよ。雰囲気ね——あの家の——でも、あたしの勘にまちがいはありませんよ。あたし、雰囲気には昔からとても敏感なんだから。穀物の相場が暴落する前に、売ってしまったほうがいいって、あたしがジュリアスにすすめた話、前にあなたにしなかった？　あたしのにらんだとおりだったでしょ？　そうよ、あのキャリイのところには、なにかよくないことがあるわ。でも、それがいったいどんなことか、どんな原因だか、あたしにはわからないの——収容されている少年たちか、それとも、あの少年院そのものに関係があるのか——あたしにはうまく説明できないの。ルイスはルイスで、自分の理想ばかり追って生きていて、ほかのものになに一つ目もくれず、そして、ああ、あのキャリイ・ルイズは、甘い夢ばかり見ているだけでまるっきり盲目も同然なのよ。たしかに甘美にはちがいないけれど、現実には生きていかれないわ。なにか、とても忌《い》まわしいことがあるのよ——おねがい、ジェーン、すぐにキャリイのところへ行って、あなたの眼ではっきりとたしかめてくださらない？」

「わたしが？　またどうして？」ミス・マープルは思わず大きな声を出した。

「だって、あなたはそういうことにかけては、とても鼻がききますもの。昔からそうだったわ。それにあなたは、とても人のよさそうな人間に見えるわ、ジェーン。どんなときにだって、あなたはビクともしなかったし、最悪のことをあなたはいつも信じているからなのよ」

「最悪のことって、よく真実な場合がありますからね」ミス・マープルは口のなかでつぶやくようにいった。

「でも、人間性について、あなたがどうしてそんな悲観的に考えるのか、あたしにはわからないわ――あんな美しい平和な村に住んでいるくせに。古めかしい、きよらかな村によ」

「あなたは村になんか、住んだことがないじゃないの、ルース。しずかで平和な村にどんなことがあるか、あなたが知ったら、きっとびっくりなさるわ」

「いいえ、あたしがいっていることはね、あの連中はべつにあなたを驚かさないっていうことなのよ。だから、とにかくあなたはストニイゲイトまで行って、なにがおかしいのか見つけてくださるでしょ？」

「だけど、ねえルース、それはとてもむずかしいわね」

「そんなことないわ。あたし、一所懸命になって考えたんですもの。あなたが、いくら怒ったって、じつはもう、あたし、下準備をしてしまったのよ」

ヴァン・ライドック夫人はそこで言葉を切ると、心配そうにミス・マープルの顔を見ながら、煙草に火をつけた。そして、びくびくしながら説明にとりかかった。

「そういっちゃなんだけど、この戦争以来というもの、イギリスでは、万事やりにくくはなってきているわね、その――みんなの収入がとても少なくなってしまったからなのね。つまり、あなたのような人たちのことだけど、ジェーン」

「ええ、ほんとにそうなのよ。うちの甥のレイモンドがいてくれなかったら、わたしはいったいどうなっていたか、わからないわ」

「甥ごさんのことはいいのよ」とヴァン・ライドックはいった。「キャリイ・ルイズは甥ごさんのことなどなにも知らないんですもの――ま、かりに知っていたとしても、作家として知っているわけで、あなたの甥ごさんだということは知らないわ。あたしがキャリイ・ルイズに説明したのはね、こういうことなのよ。ジェーンがとてもいま困っていて、三度の食事にもこと欠くような始末なんだけど、昔の友だちに泣きつくのは、あのひとのプライドがゆるさない。だから、お金じゃなくて、せめて、しずかな環境でゆっくりと休養して、昔の友だちと滋養のある食物をたっぷりとって、気がねなく住むようにとジェーンにいってやったらって、あたし、キャリイに話したのよ」

ルース・ヴァン・ライドックは、そこで言葉を切ると、こんどは、いなおるような口

調で、

「さ、あなた、怒るなら、怒ってちょうだい」

ミス・マープルは、陶器のような青い眼に、しずかな驚きの色を浮かべて、

「どうして、わたしがあなたに怒らなくちゃならなくて、ルース？　とてもうまい説明の仕方じゃありませんか。じゃきっと、キャリイ・ルイズはなにかいってきますよ」

「あなたにお手紙を書いていたわ。あなたが家に帰ったら手紙が来ているわよ。ねえ、ジェーン、ほんとに勝手な真似をしてごめんなさいね、あなた、怒らない――」

彼女はためらった。ミス・マープルはたくみに身をかわして、自分の考えをしゃべりはじめた。

「では、ほどこしを受けにストニイゲイトに行くわけね――多かれ少なかれ、口実がいるわけだけど、必要とあれば、すこしもかまいませんよ。それに、あなたがそうする必要があると考えたのですもの――わたしは、あなたに賛成よ」

ヴァン・ライドック夫人は、ミス・マープルの顔をじっと見つめた。

「でもなぜ？　あなた、なにか聞いているの？」

「いいえ、なにも。ただあなたの直感だけだわ。あなたって空想におぼれるようなひとではありませんからね、ルース」

「それはそうだけど、でもあたし、はっきりしたことはなにもないのよ」

「こんなことがあったわ」とミス・マープルは、なにかを思い出すような口調でいった。

「ある日曜の朝の礼拝のことだったわ――そう、降臨節中の第二日曜のことだった――グレイス・ランブルのうしろの席に座っていると、だんだん彼女のことが心配になってきたの。なにか悪いこと、とても忌まわしいことがあるような気がしてきたのよ。どうしてそういう気がしてきたか、ちょっと言葉では説明できないけれど。とても胸さわぎがしたの、それもはっきりと」

「で、やっぱり、なにか忌まわしいことがあったの？」

「ええ、そうなのよ、彼女のお父さん、老提督なんですけどね、ある期間、とても変になっていたことがあったのよ。その翌日、娘が反キリストの仮装をしたと叫びだして、石炭用のハンマーで襲いかかったの。あやうく、殺すところだったのよ。近所の人たちが父親を精神病院にかつぎ込んで、娘さんは数カ月入院してどうやら傷もなおったけれど――ま、これなど、あなたの場合ととても似たようなことですよ」

「じゃあなた、教会でその日、ほんとに予感がしたというわけね？」

「ただの予感とはいえないわね。こういったことはみんな、ちゃんとした事実にもとづいていることですもの。ただそのときには、はっきりとわからないだけの話でね。その娘さんはよそ行きの帽子をとても妙なかっこうにかぶっていたのよ。それがわたしにつよい印象をあたえたのね。なぜって、グレイス・ランブルという娘さんは、ほんとに几帳面で、ぼんやりしたところなど薬にしたくともないくらいなひとでしたからね。ですから、彼女があんなかっこうで帽子をかぶりながら、すこしも気にかけずに教会へ出かけてくるなんて、その裏にはきっとなにかがあったはずなんですよ。事実、お父さんが彼女に大理石の文鎮を投げつけて、姿見をこなごなに割ってしまっているのよ。彼女は帽子をつかむと、そのままかぶって、家からとびだしてしまったの。人前をはばかる気持ちがつよかったので、召使たちの耳にも入れたくなかったのね。彼女は、父親が乱暴をしたのもみんな〝海軍気質〟のせいだとばかり思いこんで、精神に異常をきたしていたことに、すこしも気がつかなかったのよ。とうぜん、気がついていなければならないはずなのだけど。父親はしょっちゅう、スパイされているとか、敵がどうのこうのと、娘さんにあたりちらしていたというのよ――もうこれだけで立派な徴候なのに」

ヴァン・ライドック夫人は、あらためて友人の顔をしげしげと眺めた。

「ねえ、ジェーン、あなたが住んでいるセント・メアリ・ミードは、あたしが前から想像していたような、牧歌的な村でなんか、ぜんぜんないのね」

「人間性というものは、どこへ行こうと、すこしも変わるものではありませんよ。かえって町なかのほうが、人間性を観察するのに骨が折れるくらいなのよ」

「では、ストニイゲイトに行ってくださるわね？」

「ええ、行ってみましょう。甥のレイモンドにはちょっと悪いけど。まるであの子が、わたしを養ってくれていないみたいですからね。もっとも、あの子はメキシコに半年ばかり行っているけれど。あの子が帰ってくるころまでには、すっかり片づくことでしょうけどね」

「すっかり片づくかしら？」

「キャリイ・ルイズだって、いつまでもわたしをおいておくわけにはいかないでしょうし、三週間か、まあ一カ月ぐらいのものね。それだけあれば、たっぷりですよ」

「それだけで、あなた、はっきりさせることができて？」

「ええ、はっきりさせられますとも」

「ねえ、ジェーン」とヴァン・ライドック夫人がいった。「あなた、ずいぶん自信を持っているのね」

ミス・マープルはかすかに非難するような色を浮かべた。

「あなたは、このわたしのことを信頼しているんじゃなかったの、ルース、そういわなかった……わたしはね、あなたの信頼にこたえるために、ベストをつくしてみると、あなたにお約束できるだけよ」

2

ミス・マープルは、セント・メアリ・ミードに帰る汽車に乗る前に、（水曜日は割引往復券が発売されていた）予備知識を集めにかかった。

「キャリイ・ルイズとわたしは文通はしてきたけれど、それも大半はクリスマス・カードや時候の挨拶みたいなものばかりだったわ。だから、ねえルース、わたしがストニイゲイトの家で顔をあわせることになるあの人のことを、ちゃんと頭に入れておきたいのよ」

「そうね、グルブランドセンとの結婚の話は、ご存じね。二人のあいだには子どもがひとりもいなかったの。キャリイ・ルイズはそれをとても気に病んでいたわ。グルブランドセンは男やもめで、三人の大きな息子たちがいたのよ。で、とうとう二人は養女をもらうことにしたの。ピパという名前だったわ――とてもかわいらしい子。養女になったときは二つだったわ」

「どこからもらったの、その子は？　どんな家庭から？」

「ええと、どうだったかしら、ジェーン、あたし思い出せないわ――それに第一、聞いたことがあったかしら。たぶん、養子を世話する機関のようなものじゃない？　それとも、グルブランドセンの耳に入った、いらなくなった子どもかなにかよ。でもなぜ？　重要なことかしら？」

「いいえ、ただね、背景というものはだれでも知りたがるというじゃありませんか、さ、どうぞ、先をつづけてちょうだいな」

「それからね、とどのつまりキャリイが妊娠するということになったのよ。あたし、お医者さんから聞いたのだけど、よくそういうことってあるのね」

ミス・マープルはうなずいてみせた。

「ええ、そうですよ」

「とにかく、子どもが生まれるということになったんだけど、おかしなことに、キャリイ・ルイズときたら、すっかりうろたえてしまったのよ。あたしのいう意味、わかってくださる？　もっと早く妊娠したのならばそりゃ大よろこびだったでしょうけど。ところが、ピパのことをとてもかわいがっていたものだから、自分のほんとの子どもを産むなんて、ピパにとても悪いような気がしてきたのね。ところで、生まれてきたミルドレッドは、ぜんぜんかわいげのない子なのよ。ただがっちりとしていて、立派なグルブランドセン家の血をひいてはいるものの、とにかく不器量なのよ。キャリイ・ルイズは、養女と自分のほんとの子のあいだに、差別をつけまいと、とても気をつかっていたわ。あたしの見るところでは、キャリイは、ピパには甘く、ミルドレッドにかけては無視しがちなきらいがあったけれど。あたし、ミルドレッドが、そのことを根に持っているのだと、ときどき思うことがあるのよ。でもあたしは、その女の子たちにはそんなに会っていないわ。ピパはとても美しい娘に成長したし、ミルドレッドも大きくなったけど、器量はあいかわらず悪いのよ。ミルドレッドが十五、ピパが十八のときに、エリック・グルブランドセンは死んだわ。ピパは二十になると、イタリア人と結婚したの。サン・セヴェリアノ侯爵――ええ、正真正銘の侯爵で、山師だとかそんなあやしげな人間じゃないの。ピパは自分がてっきり相続人になるものと思っていたのよ（そうでなかったら、サン・セヴェリアノが彼女と結婚するものですか。あなた、イタリア人がどういうものだか、よくご存じでしょ！）、グルブランドセンは養女と実子に、同額の遺産を委託しておいたの。ミルドレッドは、大聖堂参事会員のストレットと結婚したわ。この男は、鼻カタルをわずらっている以外は、人のいい男なの。ミルドレッドより、十か十五、上だったわ。とても申し分のない結婚だったと思うわ。

その男が一年前に死んで、ミルドレッドは母親と暮らすためにストニイゲイトに帰ってきたの。あら、話を先の先までしちゃったから、一つ二つ、結婚の話までとばしてしまったわね。じゃ、もとに戻るわ。ピパはそのイタリア人と結婚して、キャリイ・ルイズはとてもその結婚をよろこんだのよ。夫のグイドウはあたりもやわらかいし、それにたいへんなハンサムで、すばらしいスポーツマンときていたわ。結婚して一年すると、ピパは女の子を産んだんだけど、分娩のときピパは死んでしまったの。たいへんな騒ぎで、グイドウ・サン・セヴェリアノはすっかりまいってしまったわ。キャリイ・ルイズはイタリアとイギリスのあいだをなんども往復していたけれど、彼女がジョニイ・リスタリックと知りあいになって結婚したのがローマだったのよ。侯爵は再婚して、自分の小さな娘は、大金持ちのキャリイに、イギリスで育ててもらおうと心から思ったのよ。そこで、みんなは、ストニイゲイトにおみこしをすえたというわけ。ジョニイ・リスタリックとキャリイ・ルイズ、それにジョニイの二人の男の子、アレックスとスティーヴン（ジョニイの最初の奥さんはロシア人だったの）それに赤ん坊のジーナ。ミルドレッドはそのあとすぐ大聖堂参事会員と結婚したわ。それからジョニイとユーゴスラヴィア人の女の問題が起こって、離婚ということになったの。二人の男の子たちは、休日にはまだストニイゲイトに遊びに来るし、キャリイ・ルイズにとてもかわいがられているのよ。それからたしか一九三八年のことだと思うけど、キャリイ・ルイズはルイスと結婚したのよ」

そこで、ヴァン・ライドック夫人は一息入れた。

「ルイスに会ったことなかった？」

ミス・マープルは頭を横にふった。

「だって、わたしがキャリイ・ルイズに最後に会ったのは、一九二八年ですもの。あのひと、コヴェント・ガーデンに連れていってくれたわ――オペラを観に」

「まあ、そう。ルイスという男性はキャリイが結婚するのにはうってつけのひとだったわ。有名な会計士事務所の責任者だったの。彼がキャリイにはじめて会ったのは、たしか、グルブランドセン信託と教育機関のことだったと思うわ。彼はとても裕福で、彼女との年のつりあいもちょうどよかったし、高潔な生活をおくっていたひとなのよ。でも、この男もやっぱり変わり者だったわ。未成年犯罪者救済の問題に、ものすごく熱中していたというわけ」

ルース・ヴァン・ライドックは溜め息をもらした。

「いまもいったように、ジェーン、博愛にも流行があるのね。グルブランドセンの時代は、教育が流行だったのよ。その前は、貧困者へのスープ給与所が――」

ミス・マープルはうなずいてみせた。

「ほんとにそうね、ポートワインのゼリーと子牛の頭のうすいスープを病人に飲ませたわね。うちの母など、よくそうしていたものですよ」

「そのとおりだわ。からだに栄養をあたえよが、心に慈養をあたえよに変わったんだわ。みんな、下層階級の教育に夢中になっていたっけ。でも、そんな時代はとっくの昔のこと。この分じゃ、こんどは子どもたちが十八歳になるまで、無学のままでいるように教育しないというような流行が来るにきまっているわ。どっちみち、グルブランドセン信託と育英資金の制度は、国家がそれにかわってやりだしたので、うまくいかなくなったのよ。そこでルイスは、未成年犯罪者のための組織的な教化にものすごい熱を入れて乗りだしたというわけ。はじめて彼が、こういったことに関心を持ちだしたきっかけは、自分の会計士という職業からなのよ——つまり、小才のきく若い男たちが帳簿をごまかしたりしたのを会計検査したからなのね。未成年犯罪者というものは、知能的に劣等な人間でないという確信を、彼は次第に深めていったの——かえって人並み以上の頭脳と才能を持っているが、正しい指導が必要なだけだということをね」

「たしかに、そういうふうにいえるかもしれないけれど、でもそれだけが真実だとはいえないわ。わたし、おぼえているけれど——」

ミス・マープルがいいかけたが、腕時計に眼をとめると、

「あら、六時三十分の汽車に乗らなくてはならないわ」

ルース・ヴァン・ライドックがあわてていった。

「じゃ、ストニイゲイトに行ってくださるわね？」

買い物袋と傘を手に持つと、ミス・マープルがいった。

「キャリイ・ルイズに招かれたら――」

「大丈夫。行ってくださるわね？　約束よ、ジェーン？」

ジェーン・マープルは約束した。

3

ミス・マープルはマーケット・キンドル駅で汽車から降りた。親切な相席の客が彼女の降りたあとからスーツケースを手渡してくれた。ミス・マープルは、手さげ袋と色のあせた革のハンドバッグとコートを手にしたまま、さかんにお礼を連発した。

「ほんとにありがとうございました。なんといっても、近ごろは、ポーターも少ないし、ほんとに骨が折れて、旅行となるとどうしていいかわかりませんわね」

おしゃべりは、〝三時十八分着の列車は一番ホームにとまります、行き先は……〟という、ただ大きいばかりで、ちっともはっきりしないホームのアナウンスにかき消されてしまった。

マーケット・キンドル駅は、吹きさらしのがらんとした大きな駅で、乗客や駅員の姿も数えるほどしか見受けられなかった。六つのプラットホームと、一輛の客車だけしかついていないちっぽけな汽車がことさらに煙をはいている引き込み線だけが、この駅が特別であることを示していた。

いつもよりずっとみすぼらしい服装をしたミス・マープルが（彼女がぼろをすてないでとっておいたのが、とても都合よかった）、あたりを不安げに見まわしていると、若い男が近よってきて、

「ミス・マープルですね？」と声をかけた。その声のひびきは思いがけないほど芝居がかっていた。あたかも彼女の名前を呼びかけるのが、この男の演じる素人芝居の最初の台詞《せりふ》みたいだった。「お迎えに来たのですよ――ストニイゲイトから」

ミス・マープルは心から感謝にあふれたように、いかにも頼りなげな、やさしい老婦人の感じで、この男を見つめた。だが、この男がちょっと注意してみたら、彼女が鋭く青い眼をしていることがわかったはずだ。この青年は、その声とはおよそ不似合いな感じの、どっしりとしたところのない、どちらかといえば吹けばとぶような印象の男だった。彼は眉毛を神経質そうにピクピクさせるくせがあった。

「まあ、おそれいります。ここにスーツケースがありますわ」

しかし、青年が自分から彼女のスーツケースを持とうとしないことにマープルは気がついた。彼は手押し車で荷物を運んできたポーターに指で合図した。

「これをたのむ」それからもったいぶって、「ストニイゲイトだがね」

ポーターは陽気な口調でいった。

「はいよ、ただいま」

どうやらこの返事は、青年にはいささか不満のようだった。まるでバッキンガム宮殿が、番地でいったらラバーナム・ロード三番地にすぎないのと同じように、ストニイゲイトがあっさり片づけられたからである。

「鉄道ときたら、いつもこうだ！」若い男は吐き出すようにいった。

ミス・マープルを改札口のほうに案内しながら、青年はいった。

「ぼくはエドガー・ローソンといいます。セロコールド夫人のいいつけで、あなたを迎えに来たのですよ。セロコールドさんの仕事を手伝っているんです」

ここでもまた、仕事から手を離せないほど忙しい男が、主人の奥さんへの騎士道的精神から、ご親切にも迎えに来てやったのだというような口ぶりが感じられた。

それにまた、どうもわざとらしい――お芝居じみた感じもあった。

ミス・マープルはこのエドガー・ローソンをいぶかりはじめた。

駅から出てくると、エドガーは古ぼけたフォードが待っているところへマープルを連れていった。

「運転席にぼくと一緒にお乗りになりますか、それともうしろの座席のほうがいいですか」

エドガーがそうたずねたとき、ピカピカに輝いている二人乗りのロールス・ベントリイの新車が、駅の広場にいきおいよく入ってくると、フォードの前でピタッととまった。そしてきれいな若い娘が車からとびおりると、二人のほうへやって来た。その娘の、汚れたコーデュロイのスラックスに、シンプルな開襟シャツといういでたちは、どういうわけか、彼女が美しいばかりでなく、ぜいたくな女性だということを強調しているように思われた。

「まあ、エドガー、あたし、もう間にあわないと思ったわ。ミス・マープルに会えたのね。あたしもお迎えに来たのよ」彼女は日焼けした南国的な顔にかわいらしい歯なみをみせながら、ミス・マープルにかがやくような微笑を浮かべた。「あたし、ジーナですわ。キャリイ・ルイズの孫娘です。ご旅行はいかがでして？　たいへんでした？　まあ、きれいな手さげ袋ですこと。あたし、手さげ袋が大好き。あたしがそれとコートをお持ちしますわ。それから、あたしの車にお乗りになったほうがいいわ」

エドガーは顔を紅潮させると、抗議した。

「なんだいジーナ、ぼくがミス・マープルを迎えに来たんだよ。すっかり用意して……」

するとまた、彼女はだるそうに微笑を浮かべて歯をみせた。

「そんなこと、わかっているわよ、エドガー。でも、あたしが来たほうがいいんじゃないかしらと急に思いついたの。あたしがミス・マープルをお連れするから、あなた、スーツケースを持って来てあげて」

彼女はミス・マープルの座ったドアをバタンとしめると、反対側にまわって、運転席にとびのった。車は駅をあとに走り去った。

ミス・マープルはうしろをふりかえり、エドガー・ローソンの顔を眺めた。

「ローソンさんはきっと怒っていらっしゃいますよ」マープルはいった。

ジーナは声をたてて笑った。

「あのひと、大ばかもいいとこだわ。いつも高慢ちきにかまえているのよ。あのひとのこと、たいした人間だとでもあなた思っていらっしゃるのね」

「なんでもない方なの、あのひと?」マープルがききかえした。

「まあ、あのエドガーが?」まるっきり軽蔑しきったジーナの笑い声のなかに、無意識のうちに残酷なひびきがこもっていた。「あれもコウモリだわ」

「コウモリですって?」

「ストニイゲイトにいる連中はみんなコウモリよ。ルイスと祖母とあたしと男の子たちはちがいますけどね。それに、そうだわ、ミス・ベルエヴァーはそうじゃないわ。だけど、ほかの連中はみんなコウモリだわ。あたし自身、あの家に住んでいると、コウモリになるんじゃないかと思うときだってあるくらいよ。ミルドレッド叔母さんさえ、そこらじゅう歩きまわっては四六時中、ぶつくさひとりごとばかりいっていますわ。まさか、大聖堂参事会員の未亡人が、そんな真似をするとは思わないでしょ」

二人の車は、駅の道をガタガタゆれながら出ると、人どおりのない舗装道路をスピードを出して走った。ジーナは、自分の横に座っているマープルの顔をチラッと横目で見た。

「うちの祖母と同窓なんですってね？　なんだか、とても変な感じがしますわ」

ミス・マープルには、ジーナのいう意味がはっきりとわかった。若いひとたちにとって、年寄りにも昔は若いときがあって、髪の毛をおさげに結って、小数計算や英文学に苦しめられたことがあると考えると、おかしくなってくるのだ。

「きっと、ずいぶん昔のことだったんでしょうね」ジーナの声には畏敬の念がこめられていたが、傷つけるような感じはまったくなかった。

「ええ、そうですよ。あなたのおばあさまよりも、このわたしのほうがずっとそんな感じがなさるでしょうね」

ジーナはうなずいてみせた。

「そう、率直にいったら、そうだわ。あたしの祖母はおかしなくらい気持ちが若いのよ」

「もうずいぶん長いこと、お会いしていませんよ。お変わりになったかしら」

「もちろん髪の毛は灰色になってしまったわ」とジーナはあいまいにいった。「それに、関節炎をわずらっているものだから、杖をついて歩いています。このごろ、めっきり悪くなったの。あたし――」ここまでいいかけると、話題を変えた。「前にストニイゲイトにおいでになったことありまして？」

「いいえ、一度も。もちろんお話はうかがってましたけど」

「ものすごく壮観よ」ジーナは上機嫌でいった。「ゴシック式のお化け建築でね。スティーヴンは、ヴィクトリア朝全盛期の便所だなんて悪口をいっているけれど。もっとも、これは冗談よ。そりゃあ、なにからなにまで狂信的といっていいくらい大真面目だし、精神科医がうようよしていますわ。あの連中は、ひとりで悦に入っているのよ。ま、ボーイスカウトの団長といったところね、ただそれよりもたちが悪いだけ。未成年の犯罪者たちのほうが、まだかわいいわ。ある子は、針金で鍵をあける方法をあたしに実演してみせてくれたり、天使のような美しい顔をしている子どもが、棒でぶつときのこつを話してくれたりしますのよ」

ミス・マープルは、この話を聞きながら、すっかり考えこんでしまった。

「あたしがいちばん好きなのは、殺し屋連中だわ」とジーナがいった。「べつに変わり者だなんて、あたしは思わないもの。ルイスとマヴェリック博士は、子どもたちはひとり残らず変わっていると考えているけど——つまりね、子どもたちが不良になるのは、欲望が抑制されたせいだとか、家庭が乱れていたからだとか、母親たちが兵隊たちと恋愛関係におちいったせいだとか、考えているのよ。でもそんなこと、あたしには信じられないわ。なぜって、悲惨な家庭にいても、そういう環境に負けずに努力してきた人たちだっているんですもの」

「たしかに、それはとてもむずかしい問題だと思いますよ」ミス・マープルがいった。

ジーナはまた、きれいな歯をみせて笑った。

「あたしはそんな問題で悩んだりしないわ。なかには、世の中をもっとよくしようという衝動にかられているひともあるけど。とくにルイスときたら、すっかりおかしくなってるのよ——彼は来週アバディーンに行くことになっていますの。警察裁判所で訴訟の申し立てがあるから。前科五犯の子どものことでね」

「駅に迎えに来てくださったあの若い方は？　ローソンさんといいましたね。セロコールドさんのお手伝いをしているといっていたけれど、秘書ですの？」

「あら、あのエドガーが秘書だなんて、とんでもない話ですわ。おつむが弱いんですもの。ほんとに変人なのよ。よくホテルなんかに泊まって、まるで自分が副領事か戦闘機のパイロットのようなふりをして、お金を借りたり、あげくのはては夜逃げなんかするのよ。まるっきりの能なしじゃないかしら。でもルイスは、少年たちと毎日の仕事をきちんきちん片づけているわ。まるで家族の一員のようにあつかってやって、仕事をあたえ、責任感を持つようにつとめているのよ。きっとあたしたち、いつか近いうちに、この少年たちのうちのだれかに殺されるような目にあうんじゃないかしら」

ジーナはそういうと、さも愉快そうに声をたてて笑った。

しかし、ミス・マープルは笑わなかった。

二人の車は、軍隊式に守衛が立ち番しているいかめしい門をくぐって、シャクナゲが植えてある車道を走っていった。車道の手入れは悪く、地面は荒れ放題になっていた。

マープルの視線に気がついて、ジーナがいった。「戦時は庭師もいなかったし、べつに気にもかけなかったものですからね。でも、ちょっとひどすぎるわ」

車がカーヴすると、ストニイゲイトの見事な建物が姿をあらわした。ジーナが説明したように、巨大なヴィクトリア朝風のゴシック建築だった。まるで大財閥所有の寺院みたいな感じだ。それが博愛主義のおかげで、やたらに翼をはりだした、離れ屋をつくっているものだから、様式こそちぐはぐではないものの、建物全体としてまとまりのない、どこか中心を失っているような印象を人にあたえていた。

「ぞっとしまして？」ジーナが愛情をこめた口調でいった。「祖母はテラスにおりますわ。さ、ここで車をとめますから、お会いになって」

ミス・マープルは旧友がいるテラスのほうへ歩いていった。

離れたところから見ると、ステッキにすがって、そろそろといかにも不自由そうに近よってくるくせに、その小さな弱々しそうなキャリイの姿は、奇妙なことに、少女じみて見えた。まるで、若い娘が、年寄りの真似をおおげさにしているみたいな感じだった。

「ジェーン」とセロコールド夫人がいった。

「まあ、キャリイ・ルイズ」

そう、まちがいなくキャリイ・ルイズだった。不思議なほど昔と変わっていなかったし、彼女の姉妹のルース・ヴァン・ライドックとちがって、キャリイは、化粧品や人工的な助けをかりなくても、ほんとに若々しかった。髪は灰色になっていたが、昔から銀色に美しく輝いていたし、その色もいまとそんなに変わっていなかった。皮膚の色も、ばらの花のようにピンク色だった。もっとも皺のふえたばらの花だったけれど。眼はけがれのない星のような色をたたえ、からだの線も、まるで少女のようにほっそりしていて、頭を小鳥のようにかたむけていた。

「すっかりご無沙汰してしまって」キャリイ・ルイズはやさしい声でいった。「あなたとお会いしてから、もうずいぶんになるわね、ジェーン。ここまで来てくださって、ほんとにうれしいわ」

テラスの端のほうで、ジーナが声をかけた。

「うちのなかにお入りにならなければいけないわ、おばあさま、風邪をひきますよ。それにジュリエットが大騒ぎするわ」

キャリイ・ルイズは、すきとおるような笑い声をたてた。

「みんな、わたしのこととなると大騒ぎなんだからね。わたしが年寄りだ、年寄りだって、うるさくいうのよ」

「あなたは、年寄りだと思わないのね」

「ええ、そうですとも、ジェーン。からだがいうことをきかなくなっても、わたしはまだまだこれからよ。気持ちときたら、ジーナとちっとも変わらないわ。それは、わたしだけにかぎったことじゃなくて、鏡にどんなに年とって映ったって、だれがそんなものを信じるものですか。わたしたちがフィレンツェの学校にいたのは、ほんの数カ月前みたいな感じがするのよ。フロイライン・シュヴァイヒをおぼえていて、ほら、彼女の長靴よ」

二人の老婦人は、もう五十年も前のできごとに、笑い声をたてた。

二人はサイド・ドアのほうに連れだって歩いていった。戸口のところで、やつれた老婦人に出会った。傲慢《ごうまん》そうな鼻、ショートカットの髪、それに仕立てのいいツイードの服を着ていた。

彼女はとげとげしい口調でいった。

「ほんとにだめじゃありませんか、カラ、おそくまで外に出てなんかいて。あなたって、ご自分のことがぜんぜん注意できないのね。セロコールドさんがなんておっしゃるかしら」

「そんなに叱らないで、ジュリエット」キャリイ・ルイズは嘆願するような口調でいった。それから、キャリイは、ミス・マープルにミス・ベルエヴァーを紹介した。「ミス・ベルエヴァーよ。このひと、わたしにはとっても大切なひとなの。看護婦、付き添い、監視人、秘書、家政婦、それにかけがえのないお友だち」

ジュリエット・ベルエヴァーは、鼻をくんくんいわせると、まるで感情を示すかのように大きな鼻の頭を赤くした。

「わたしはね、自分のできることなら、なんでもいたしますわよ」彼女はぶっきらぼうにいった。「じっさい、厄介な家なんですからね。ほんの日常のことでさえ、まとめられないんだから」

「ジュリエット、ほんとにそうよ、あなたがよくやってくださっていると思うわ。それはそうと、ミス・マープルのお部屋は？」

「ブルー・ルームにしましたわ。わたしがお連れしましょうか？」とミス・ベルエヴァーがたずねた。

「ええ、おねがいするわ。それがすんだら、お茶を飲みに、階下にお連れしてね。今日は、図書室のほうにいると思うわ」

ブルー・ルームには、どっしりと重みのある錦織りのブルーのカーテンがかかっていたが、光沢はうせていて、きっと五十年も昔のものにちがいないとミス・マープルは思った。家具類はマホガニーで、大きく頑丈にできていた。それにマホガニー製の四柱式のたっぷりした寝台があった。ミス・ベルエヴァーは、つづきの浴室のドアをあけてみせた。浴室は、思いがけなくモダンにできていて、壁の色は薄紫色、そして付属品はピカピカしたクロミウムだった。

ミス・ベルエヴァーはじろりと眼をくばって、

「ジョン・リスタリックは、キャリイと結婚したとき、この家に浴室を十もつくったのですよ。鉛管類だけが、この家では近代化された唯一のものですわ。ほかのものを近代化しようといったところで、あの方は聞きいれなかったでしょうね——この家が、昔の建築物だからといって。彼をご存じですか？」

「いいえ、お会いしたことはないんですよ。セロコールド夫人とは文通はしてましたけれど、ほんの数えるくらいしか会いませんでしたから」

「彼は、とても愛想のいい方だったわ」とミス・ベルエヴァーはいった。「むろん、お話しにならないくらいの能なしだけど、魅力だけはあったわ。ご婦人にはたいした人気でした。それが破滅のもとですわ。キャリイのタイプとは、ぜんぜんちがうんですもの」

それからまた、無愛想な態度にもどってつけ加えた。

「メイドがお荷物をほどきますからね。お茶の前に、手をお洗いになりたいでしょ？」

ミス・マープルがうなずくと、階段のおり口で待っているからと彼女はいった。

ミス・マープルは浴室に入り、手を洗って、薄紫色のうつくしい洗顔用のタオルでたんねんに手をぬぐった。それから帽子をぬいで、やわらかい灰色の髪の毛をなでつけた。

ドアをあけると、ミス・ベルエヴァーがミス・マープルの出てくるのを待っていて、大きな薄暗い階段を案内しながらおりていった。それからひろびろとした暗いホールを横切って、図書室に入った。天井まである本棚がならび、大きな窓からは湖が眺められた。

キャリイ・ルイズは窓のそばに立っていたので、ミス・マープルはそのそばへ行った。

「なんて大きなお屋敷なんでしょうね」ミス・マープルはいった。「迷い子になりそうですよ」

「まったくばかげているわね。なんでも景気のよかった製鉄業者がこの家を建てたというんですけど、そのすぐあとで破産してしまったのよ。あたりまえだと思うわ。なにしろ、居間が十四もあって、それがみんな大きいのよ。居間なんてひとつあれば充分じゃありませんか。おまけに寝室がみんな、だだっぴろいときている。ほんとにむだですよ。わたしの寝室ときたら、それも特大なの——なにしろベッドから化粧台まで、歩いたってずいぶんあるのよ。それに深紅色のカーテンの重いこと」

「お部屋を現代的に変えなかったのね?」

キャリイ・ルイズは、ちょっと驚いた顔をした。

「あら、エリックとわたしがこの家に住むようになったときにこれでもずいぶん変えたのよ。壁の色もぬりなおしたし、もっとも同じ色ですけどね。そんなことはたいしたことじゃないわ、そうでしょ？　つまりね、もっとやらなければならない大切なことがたくさんあるのに、そんなことでお金をたくさん使うなんて、わたし、申し訳ないような気がして」

「お屋敷のなかは改造なさらなかったの？」

「そりゃあ、たくさんしましたよ。家の中央部だけは手をつけなかったけど——ホールと、それにつづいている部屋はそのままにしてね。この家のものではいちばんいいわ。ジョニイが——わたしの二番目の夫よ——とてもそれに惚れこんでいて、手を加えたりしてはいけないっていったの。なにしろジョニイは芸術家でデザイナーだから、そういったものにはくわしいのよ。でも、東西の両翼がすっかり改造されてしまいましたからね、お部屋をひとつ残らず仕切って分割したの。それでオフィスと教職員の寝室ができたわけ。少年たちはみんな、教化用の建物にいるのよ——ほら、この窓から見えるわ」

ミス・マープルは、目隠しになっている樹木ごしに、赤い瓦の大きな建物に目を向けた。それから、ずっと手前のほうに視線を変えると、かすかに微笑を浮かべた。

「ほんとにきれいな娘さんだこと、ジーナは」マープルはいった。

キャリイ・ルイズは顔をあからめた。

「そう思って？　あの子がまたここに帰ってきてくれて、わたしはとてもうれしいわ。

戦争のはじめにあの子をアメリカへやったのよ、ルースのところにね。ルースは、あの子のこと、なにもいわなかった？」

「ええ、いってたけど」

キャリイ・ルイズは溜め息をついた。

「かわいそうなルース！　あのひと、ジーナの結婚のことで、すっかり心配してしまってね。わたしは、あなたのせいになんかしないからって、口がすっぱくなるほど、ルースにいったのよ。彼女には、古風な障害や階級の差といったようなものがなくなってしまったことが、わからないのよ、わたしみたいにはね。とにかく、もうそういったことは昔の話だわ。

ジーナは軍で働いていて、そして若い男と知りあいになったの。海兵隊でね、歴戦の勇士だったのよ。知りあってからたったの一週間で、二人は結婚したわ。とにかく、おたがいが理解しあうひまがないほどのスピードよ。もっとも最近では、みんな、こんな具合ですからね。いまの若い人たちは、同じジェネレーションに属していますものね。若い人たちのふるまいは、むこう見ずなところがあるようにわたしたちは思うけど、決断力だけはみとめてやらなくちゃね。もっとも、ルースときたら死ぬほど心配していたけれど」

「彼女はその若い人がジーナの結婚の対象としてはあまり好ましくないと思ったのね？」

「ルースはその男がどんな人間か、だれにもわかっていないといいはっていたわ。彼はアメリカの中西部の出身で、お金など一文もなかったの。むろん、これといった職もないし。ま、どこにでもいるような青年ね。でもジーナにとって申し分のない相手だとは、ルースは思わなかったのよ。だけど、二人は結婚してしまった。夫と一緒にここへやって来るようにとわたしがいってやって、ジーナがすぐ承知してくれたときは、ほんとにうれしかったわ。ここでなら、仕事をしようと思えばいくらでもありますからね。ウォルターが医学の勉強をして学位をとるとかなんとかする気があるなら、イギリスだったら、なんとでもなりますすよ。それに、この家はジーナの家ですよ。ジーナが帰ってきてくれたことはなによりうれしいわ。家のなかがあかるくなるし、にぎやかになりますもの」

ミス・マープルはうなずくと、湖の端にたたずんでいる若い二人の姿を、また窓から眺めた。

「それに、とてもお似合いの夫婦じゃありませんか。ジーナが彼に恋するのはあたりまえだと思いますよ」

「あら、ちがうわ、あれは——ウォルタ—じゃないのよ」突然、セロコールド大人の口調には、ためらいの色があらわれた。

「あの——スティーヴンだわ、ジョニイ・リスタリックの子どもの弟のほうよ。ジョニイが、その、この家から出ていったので、ジョニイの息子たちはお休みになっても行き場所がないものだから、わたしはお休みのたんびにこの家においてやっていたのよ。息子たちはここを自分たちの家だと思っているわ。それにいままでは、スティーヴンはずっとここにいて、ここの演劇の部門を担当しているわ。ここには、舞台があって、少年たちの芸術的な才能を助長するようにこころがけているの。ルイスの意見では、大部分の未成年者の犯罪は露出症に帰因しているというの。十中八、九まで、その子どもたちの家庭は不幸で、本能を抑圧されているというわけなのね。それで英雄気取りになりたいために、ホールド・アップや強盗をやるというのよ。それでわたしたち、少年たちにお芝居の脚本を書かせたり、お芝居をさせたり、舞台装置をやらせたりするの。スティーヴンは、お芝居の受け持ちなのよ。それがたいへんな熱の入れようなの。あのひとがあんなに一所懸命にやってくれるなんてほんとにすばらしいわ」

「なるほどね」ミス・マープルはゆっくりといった。

スティーヴンを眺めるには、ミス・マープルの位置はちょうどよかった（セント・メアリ・ミードの村では、あまり近くでひとの顔を眺めるものではないということをだれも経験で知っていた)。そして、ミス・マープルには、ジーナと向かいあって、なにかしきりにしゃべっているスティーヴン・リスタリックのあさぐろいうつくしい顔が、手にとるように見えた。ジーナは、窓のほうに背を向けていたので、顔は見えなかったが、スティーヴン・リスタリックの顔にあらわれている表情を見あやまるようなことはなかった。

「わたしの出る幕じゃないけど」と、ミス・マープルはいった。「ねえ、キャリイ・ルイズ、スティーヴンがジーナに恋しているのは、あなたも気がついていらっしゃるわね」

「まあ、そんなことが――」とキャリイ・ルイズはうろたえていった。「とんでもない、まさか――」

「あなたって、そういうことにはほんとにうといのね、キャリイ・ルイズ。人を疑う気など、これっぽっちもないんですからね」

4

I

キャリイ・ルイズが口ごもっているうちに、夫のセロコールド氏が、開封した手紙を持って、ホールから図書室に入ってきた。

ルイス・セロコールドは小柄で平凡な風采の男だったが、すぐそれとわかる個性の持ち主だった。かつてルースが彼を評して、人間というよりも、発電機《ダイナモ》に近いといったことがあった。彼には、眼前のことだけに頭がいっぱいになってしまって、そのほかのことはなにひとつ目に入らないという傾向があった。

「困ったことになったよ、おまえ」と彼はいった。「あの子どもだ、ジャッキイ・フリントだよ。また悪い癖を出した。ちゃんとしたチャンスがつかめたら、こんどこそ、あの子もまっすぐな道が歩けると思っていたのだよ。おまえも知っているように、あの子は鉄道に熱中していたから、マヴェリックと私は、鉄道に就職できればきっと辛抱してよくなると思ったのだ。それが、やっぱりだめだった。小荷物取扱所から、つまらないものを盗んだんだ。それもべつにほしかったり、売るつもりだったりした品物じゃないんだ。あきらかに心理学上の問題だね。どうもトラブルの根本をきわめることができないのだよ。しかし、私はあきらめないがね」

「ルイス――こちら、わたしの旧友のジェーン・マープルよ」

「やあ、はじめまして」セロコールド氏はうわの空でいった。「よく来てくださいました。それはそうと、やはり起訴されるだろうね。いい子なんだけどなあ、知能はたいしたことはないんだが、気立てのいい子なんだ。家庭がひどすぎるのだよ。私は――」

彼は突然言葉を切った。そしてこの発電機《ダイナモ》のスイッチがミス・マープルのほうへ切りかえられた。

「ああ、マープルさん、しばらく滞在していただけるそうで、ほんとにうれしいですよ。昔話ができるお友だちに会えて、キャロラインもずいぶん助かることでしょう。これも、ここにいるといろいろといやな目にあいますからな――耳にすることといえば哀れな少年たちの悲しい話ばかりで。ま、できるだけ長くご滞在なさってくださいよ」

ミス・マープルは、この男から磁気みたいなものを感じとった。キャリイにとっても、彼が魅力のある存在にちがいないと思わずにはいられなかった。ルイス・セロコールドが、ひとびとの前でいつも理想をかかげてきた人物であるということを、マープルは一瞬も疑わなかった。なかには、そういう彼にいらいらしたご婦人もいたかもしれないが、キャリイ・ルイズには、そういうことはなかったのだ。

ルイス・セロコールドは、ひとつの手紙をえりだした。

「まあ悪いしらせばかりじゃないんだ。ウィルトシャー・アンド・サマセット銀行から来ているのだ。あのモリスは、とてもよく働いているらしい。銀行では、あの子にすっかりご満足なんだよ。事実、来月は昇進させるというのだ。なによりもあの子に必要だったのは責任だと、つねづね私たちは考えていたのだからね。それに、お金のあつかい方についてもなにも知らなかったからね」

彼はミス・マープルのほうに顔を向けた。

「ここの子どもたちの大半は、お金がどんなものだか、まるっきりわからないのですよ。お金といえば、映画やドッグ・レースに行くか、煙草を買うことぐらいのことしか考えないのですからね。そのくせに計算にはぬけ目がなくて、まわりのものの目をごまかしたくてうずうずしているのです。ですから、お金というものを頭によくしみこませて、将来、会計士の職につけるように計算の訓練をしてやるといいと思いますよ。いわばお金のなかにひそむ魔力といったようなものを子どもたちにあばいてやるのです。計算に熟達させ、責任をもたせる。そしてお金というものを仕事としてとりあつかわせる。私たちはこの方法で成功をおさめてきました。私たちの期待を裏切ったのは、三十八名中たった二名にすぎません。ひとりは、薬会社の会計主任で――じつに責任のある地位に――」

ここまでいいかけると、彼は妻にいった。

「おまえ、お茶は」

「ええ、このお部屋でいただこうと思っておりましたのよ。ジュリエットにたのみましたわ」

「いや、ホールのほうがいいね。ほかのひとたちがホールにいるから」

「みなさん、外出するものと思っていましたの」

キャリイ・ルイズはミス・マープルの腕に手をとおし、三人はホールへ行った。お茶はあたりの雰囲気とそぐわないような感じだった。お茶の道具は、お盆の上に雑然とつみかさねられていた。それも白い実用むきのカップが、ロッキンガムとスポード製の茶器のはんぱもののなかにまじっているのだ。それにパンの一塊と二瓶のジャム、駄菓子があった。

灰色の髪のまるまると肥った中年の婦人が、ティ・テーブルについていた。ヒロコールド夫人が紹介した。

「娘のミルドレッドよ。ジェーン、あなたが知っているのはこの子がまだほんの子どものときだったわね」

ミス・マープルがいままでにここの人たちと会ったかぎりでは、このミルドレッド・ストレットは、いちばんこの屋敷の住人にふさわしい感じだった。いかにも育ちのいい高貴なものごし。彼女は三十代もなかばすぎてからイギリス国教会の大聖堂参事会員と結婚したのだが、いまは未亡人なのである。彼女の礼儀正しい態度といくぶんにぶい感じは、いかにも大聖堂参事会員の未亡人にぴったりとくる。その、大きな無表情な顔とにぶそうな眼は、とてもうつくしいとはいえなかった。そうだわ、この子は小さなときも、ほんとに不器量だった、とマープルは心のなかで思いかえした。

「こちらがウォリー・ハッドよ――ジーナの夫ですわ」

ウォリーは大柄の青年だった。ピカピカに手入れしてある頭髪、そして陰気な表情。彼はぎこちなさそうにうなずくと、口に菓子をほおばった。

ほどなくして、ジーナがスティーヴン・リスタリックと連れだって、ホールに入ってきた。二人とも、はつらつとしている。

「ジーナが、あの舞台幕のことですばらしいアイデアを思いついたのですよ」とスティーヴンがいった。「ジーナ、あなたには舞台装置にかけてはすごい眼識があるんだ」

ジーナはいかにもうれしそうに声をたてて笑った。エドガー・ローソンが入ってくると、ルイス・セロコールドのそばに腰をおろした。ジーナが彼に話しかけたが、彼は聞こえないふりをした。

ミス・マープルは、この場の空気に落ち着いていられないような気がしたので、自分の部屋に帰って、身を横にすると、思わずホッとした。

晩餐の席には、お茶のときに見えなかったなん人かのひとがついていた。マープルにはその区別がよくわからないのだが、とにかく精神医学者だか心理学者だかの若いマヴェリック博士――やたらに専門語を駆使する彼の会話は、マープルにはまるでチンプンカンプンだった。それに二人の若い眼鏡をかけた教師、それから作業療法士のバウムガートンとかいう男、〝お客さん〟週間で出席している三人のコチコチにかたくなっている少年。ジーナがマープルにささやいたところによると、そのなかの金髪で青い眼をしている少年は、〝棍棒〟のエキスパートだった。

食事は、とりたてていうほど、食欲をそそるものではなかった。ありきたりの料理だった。服装も、みんなまちまちだった。ミス・ベルエヴァーは、真っ黒のドレス、ミルドレッド・ストレットは、イヴニング・ドレスの上に、ウールのカーディガンをはおっていた。キャリイ・ルイズは、灰色のウールのあっさりしたドレス、ジーナは農夫のようなかっこうをしていたが、まばゆいばかりにうつくしかった。ウォルターとスティーヴン・リスタリックは普段着のままで、エドガー・ローソンはきちんとした濃紺の服を着ていた。ルイス・ヤロコールドはありふれたディナージャケットを着ていた。彼はろくろく料理を食べなかった。まるで、自分の皿になにがあるのかさえ、気にしていないみたいだった。

食事がおわるとルイス・セロコールドとマヴェリック博士は、博士の部屋に行ってしまった。作業療法士と二人の教師は、自分たちの小部屋にそれぞれひきあげた。三人の少年も寮に帰っていった。ジーナとスティーヴンは、舞台装置のことで、ジーナのアイデアを検討するために、劇場へ行った。ミルドレッドは、なんだかわけのわからないものを編んでいるし、ミス・ベルエヴァーはソックスをつくろっている。ウォルターは椅子にしずかに腰をおろしたまま背をもたせて、空間にじっと見入っていた。キャリイ・ルイズとミス・マープルは、過ぎし日のことを語りあっていた。その会話も奇妙にそらぞらしい感じだった。

エドガー・ローソンはひとりだけ、身のおきどころに困っているようだった。椅子に腰をおろしたかと思うと、そわそわと立ちあがった。

「そうだ、セロコールドさんのところへ行かなきゃいけないんだっけ」ひとり言にしては大きすぎるような声でいった。「きっと、用があるはずだ」

キャリイ・ルイズがしずかにいった。「そんなことはないと思うわ。今夜はマヴェリック博士となにかお話があるはずですもの」

「じゃ、なにもぼくが顔を出すことはないんだ。べつにぼくは行きたいと思っているんじゃないんだ。ハッド夫人が迎えに行くことになっていたのに、ぼくはわざわざ駅なんかへ行って、今日は時間をつぶしてしまいましたからねえ」

「あの子は、前もってあなたに話しておけばよかったのにね。でも、まぎわになってから、お迎えに行く気になったのだと思うわ」キャリイ・ルイズがなだめた。

「セロコールド夫人、あのひとは、ぼくのことを頭からばかにしきっているんですよ。そうじゃありませんか、なめているんだ！」

「とんでもないわ」キャリイ・ルイズは、微笑しながらいった。「誤解よ、それは」

「ぼくなんか、いてもいなくてもいい人間なんだ。よくわかりましたよ。こんなところに来なかったら——そうですとも、ぼくにふさわしい仕事にたずさわっていたとしたら、こんなにばかにされないですんだはずなんです。そうですとも。ぼくがこんな場ちがいなところにいたって、ぼくのせいじゃないんだ」

「ねえ、エドガー」とキャリイ・ルイズがいった。「そんなありもしないことで、興奮なんかするものじゃないわ。ジェーンだって、あなたがお迎えに来てくれたことをとても感謝しているのよ。ジーナときたら、いつだって発作的なんだから、あなたを怒らせようと思ってやったことじゃないわ」

「いや、そうですとも、ちゃんと計算しているんだ——ぼくに恥をかかせようと思って」

「まあエドガーったら——」

「あなたはね、どういうことになっているか、まるっきりわからないんですよ、セロコールド夫人。今夜は、おやすみなさいという以外には、ぼくはなにもいわずにおきますけどね」

　エドガーはどなりながら、ドアをピシャンとしめると、出ていった。

　ミス・ベルエヴァーが鼻をならした。

「なんて乱暴な！」

「あのひとはとても怒りっぽいたちなのよ」キャリイ・ルイズがあいまいに口をにごした。

ミルドレッド・ストレットは編み針をカチリといわせると、鋭くいった。

「ほんとに憎らしい男だわ、おとなしくなさっていることなんかありませんよ、お母さま」

「ルイスも、もう我慢ができないといっていたわ」

ミルドレッドがまた厳しい口調でいった。

「だれだって、あんな無作法はゆるせませんよ。むろん、ジーナだって、とてもいけないわ。あのぐらい軽はずみに安うけあいする子もいないわね。あの子のすることといったら、トラブルを起こすことばかり。昨日、寮の子どもを勇気づけているかと思うと、今日はもう冷淡にあしらっているんですもの、まるっきり、あてになんかならないわ」

このとき、ウォリー・ハッドがはじめて口を開いた。

「あの頭の変な男のせいだ、みんなあいつのせいなんだ！」

II

その夜、寝室で、ミス・マープルは、ストニイゲイトの輪郭をつかもうとしてみたが、あまりにもさまざまなものがいりみだれていて、整理することはできなかった。そこにはいろいろな潮流がさかまいていた——だが、言葉では説明できないが、ルース・ヴァン・ライドックの不安を裏書きするものがたしかにあった。ミス・マープルには、キャリイ・ルイズが周囲で起こっている事柄に影響されているとは思えなかった。スティーヴンはジーナに恋している。ジーナは、スティーヴンに恋しているかもしれないし、恋してないのかもしれない。ウォルター・ハッドは、あきらかにおもしろくなさそうである。ま、こういった三角関係は、時と場所をえらばず起こりがちなことだ。不幸なことだが、あの人たちも例外とはならなかったのだ。結局のところ離婚沙汰になり、みんな、希望にもえて再出発するのだが——またまた新しい悶着が生まれるというわけだ。ミルドレッド・ストレットはあきらかにジーナのことをねたんでいるし、嫌っていた。だが、こんなことはごく自然のことだと、ミス・マープルは思った。

彼女は、ルース・ヴァン・ライドックが話してくれたことを、もう一度思いうかべてみた。子供を授からないことへのキャリイ・ルイズの失望——ピパを養女にもらったこと——そして自分の妊娠に気づいたこと。

「ありがちなことですよ」と、マープルのかかりつけの医者が話してくれたことがあった。たぶん、気が楽になって、妊娠しやすくなるのだ。

それから医者は、養女にとっては不運なことになりがちだ、というようなことをいっていたが。

しかし、ピパの場合は、不運ではなかった。グルブランドセンとキャリイは、二人ともピパをかわいがったのだ。もうピパは、実子が生まれたからといって、あっさりと片づけられないほど、養父母の心にくいこんでいたのである。それに、グルブランドセンは、すでに父親だった。彼にとって父性はいまさらのことではなかった。キャリイ・ルイズの母性愛はピパによってみたされたのだ。彼女の妊娠は不安にみちたものだった。そして分娩そのものも、難産だった。おそらく子どもをほしがらなかったキャリイ・ルイズは、よろこんで産む気になれなかったのだ。

やがて二人の娘は成長した。ひとりはうつくしく、いかにも楽しそうだ。もうひとりの娘は、不器量で、頭もにぶい。だが、これもまたごく自然なことだとミス・マープルは思った。養女をもらうときは、だれだって器量のいい子をえらぶだろう。そしてミルドレッドは、うつくしいルースや優雅なキャリイ・ルイズを産んだ母方のマーティン家に似ていたってよさそうなものなのに、造物主は大柄で鈍感で断固として不器量なグルブランドセン家の血筋にそって彼女をつくりたもうたのだ。

おまけにキャリイ・ルイズは、ピパに、彼女が養女であるということを隠しておこうと思ったものだから、いやがうえにもピパをわがままいっぱいに育て、ミルドレッドには公平をかくような場合がしばしばあったのだ。

　ピパは結婚してイタリアへ行った。そしてミルドレッドはしばらくのあいだ、この家にただひとりの娘として残っていた。しかし、やがてピパが死ぬと、キャリイ・ルイズは、ピパの残していった娘をこのストニイゲイトに連れもどし、ミルドレッドはまた、母親の愛を孫娘のほうにうばわれてしまうことになった。それから、キャリイ・ルイズの新しい結婚――そしてリスタリックの息子たち。一九三四年に、ミルドレッドは大聖堂参事会員ストレットと結婚した。彼女よりも十か十五上の、学者肌の古物研究家の夫。そしてイギリスの南部に夫と住むために、彼女は移っていた。おそらく彼女は幸せだったにちがいない――しかし、ほんとのところはだれも知らないが。子どもは生まれなかった。そしていま、彼女は育てられた生家にまた舞いもどってきている。またも彼女は不幸になったのではないかしらと、ミス・マープルは思った。

　ジーナ、スティーヴン、ウォルター、ミルドレッド、それに日常の仕事をきちんきちんと片づけないと気がすまないたちのくせに、思うようにそれができないミス・ベルエヴァー、いかにも幸福の絶頂にいるといった感じのルイス・セロコールド、自分の理想を実際的な手段で実現できる理想主義者。こうした人たちのことをひとりひとり思いうかべても、ミス・マープルには、ルースの言葉が自分にはわかるかもしれないという気持ちを思い起こさせた人物にぴったりくるような顔を見出せなかった。キャリイ・ルイズは、渦巻きの中心からずっと離れているように見える——彼女のいままでの人生がそうであったように。とすると、いったいこの家のなにが、ルースにあやしませるような気を起こさせたのか……？　ジェーン・マープルも、ルースと同じようなものを感じとったのか？

それでは、この渦巻きの外にいる人たちについてはどうか——作業療法士、真面目で無害の教員たち、自信ありげな若いマヴェリック博士、紅顔の邪気のない眼をしている三人の少年犯罪者たち、それからエドガー・ローソン……

眠りにおちる寸前に、ミス・マープルの思考はエドガー・ローソンのところでぴたりととまった。そして、ローソンの心像を思いうかべると、その周囲を旋回した。エドガー・ローソンは、マープルに、だれかを、いや、あるいはなにものかを思い起こさせた。エドガー・ローソンについて、ほんのちょっと腑におちないなにかがあった——いや、ほんのちょっとどころか、それよりも多いかもしれない。エドガー・ローソンには、どこかしっくりしないところがあるのだ——言葉づかいだったろうか？　しかし、キャリイ・ルイズには関係のないことではないか？

心のなかで、ミス・マープルは首をふった。
彼女を悩ましているものは、ほかにもたくさんあったからだ。

5

I

翌朝、家の女主人に気づかれないように、ミス・マープルはそっと庭に入っていた。庭のありさまは彼女の心を重くした。この庭も、かつては壮麗な美を誇っていたことがあったのだ。シャクナゲのしげみ、芝生のなだらかなスロープ、こんもりとした緑の植え込み、整然としたローズ・ガーデンをかこむ、刈りこまれたツゲの生垣。それもいまではすっかり荒れ放題だ。芝生はまだらに刈られ、植え込みにはみだれ咲いた花をつけたまま雑草が生い茂り、小道には苔がはびこり、すっかりなおざりにされている。ところが、菜園のほうは、赤い煉瓦の壁にかこまれていて、なかなか豊富だった。たぶん、菜園には実用的な価値があるせいだろう。それにまた、昔、芝生と花壇だった大部分の土地が、いまではテニス・コートとボウリングの球戯場になっていた。

緑の植え込みをしげしげと眺めてから、ミス・マープルはいたましげに舌打ちをして、はびこっているノボロギクをひきぬいた。

ミス・マープルが手に雑草を持って立っていると、エドガー・ローソンの姿が目に入った。彼はミス・マープルに気がつくと、立ちどまって、もじもじしていた。ミス・マープルには見のがす気など、すこしもなかった。彼女は元気のいい声をかけた。彼がそばまでやってくると、ミス・マープルは、園芸用の道具がどこにあるか知らないかとたずねてみた。

エドガーは、庭師なら知っているだろうとあいまいに答えた。

「植え込みがこんなになっているのを見ると、たまらない気持ちになるんですよ」とミス・マープルはしゃべりだした。「わたしは庭いじりが大好きなんです」エドガーに道具を探しに行ってもらう気はなかったので、彼女は早口につづけた。

「そんなことをするひまのあるのは、もう役に立たないお婆さんだけですけどね。まさかあなたが、お庭のことで頭をわずらわすなどとわたしは思いませんよ、ローソンさん。あなたにはもっと大切なお仕事があるんですからね。セロコールドさんのお仕事にはなくてはならない方ですから、きっと、おもしろいことばかりでしょうね」

彼はせきこむような口調でいった。

「ええ、それはもう、とてもおもしろいですよ」

「あなたは、セロコールドさんの右腕なんでしょ」

彼の顔がくらくなった。

「さあどうですか、そんなことはないですよ。なにしろ一切が秘密に――」

彼は言葉を切った。ミス・マープルは彼の顔をつくづくと眺めた。こざっぱりとした濃紺の服を着た小柄の貧相な若い男。特徴のない、一度見てもあまり記憶に残っていないような男……

すぐそばにベンチがあったので、ミス・マープルはにじりよると、腰をおろした。エドガーは顔をしかめたまま、彼女の前に立っていた。

「きっとセロコールドさんは、あなたのことを信頼していらっしゃいますよ」と、マープルはあかるくいった。

「どうですかね、ぼくにはよくわかりません」彼は眉をひそめると、彼女の横にぼんやりと腰かけた。「ぼくの立場は、とても面倒なんです」

「なんですって？」

彼は、正面にじっと眼をこらしたまま、腰かけていた。

「これはたいへんな秘密なんですよ」と彼は突然いった。

「そうでしょうとも」とミス・マープル。

「もし、ぼくに権利があるなら――」

「え？」

「あなたにお話ししてもかまわないのですが。他言するようなことはないでしょうね」

「とんでもありませんよ」彼はこちらの言葉など聞いてはいないことがマープルにわかった。

「ぼくのおやじというのは、ある要職についているのですよ」

こんどは、もうなにもいうことはなかった。マープルは、ただ聞き手にまわっていればよかった。

「セロコールドさんのほかは、だれも知らないんです。ほんとのことがみんなにわかったら、おやじの要職にまでひびくことになりますからね」彼はマープルのほうに顔を向けると微笑を浮かべた。悲しげな、そしてもったいぶった微笑だった。「こうなんですよ、ぼくはウィンストン・チャーチルの息子なのです」

「まあ、そう」とミス・マープル。

やっと彼女にはわかった。彼女はセント・メアリ・ミードのもっと悲しい噂話を思い出した。

エドガー・ローソンは話をつづけた。その話の内容といったら、まるでお芝居のようによどみのないものだった。

「それにはわけがあったのです。ぼくの母親というのは、独身ではなかったのですよ。夫がいて、精神病院に入っていたのです。離婚もできなければ、再婚も論外です。ぼくは、なんとも思っていませんよ。ええ、ほんとに……彼は、自分のなし得ることなら、どんなことでも手をつくしてくれたのですからね。むろん、慎重にですが。そこで面倒なことが起きたのです。彼には敵がありました。そして、その連中は、ぼくのことも目のかたきにしたのです。やつらは、ぼくらをひきはなしてしまいました。やつらは、ぼくを監視しているのです。ぼくの行く先々をスパイしているんですよ。そして妨害ばかりするんだ」

ミス・マープルは首をふった。

「まあ」

「ぼくはロンドンで、医者になるために勉強していました。やつらは試験にまで干渉するのです——ぼくの答案に手を加えたんですよ。ぼくを落第させたかったのだ。やつらは、町なかまでぼくを追跡する。やつらは、下宿のおかみさんにいろんなことをしゃべる。どこまでも、ぼくをつけてくるんです」

「でも、そんなこと、みんな、あなたの気のせいですよ」とミス・マープルはなだめるような口調でいった。

「ぼくにはちゃんとわかっているんですよ！　やつらはものすごく巧妙なんだ。尻尾さえつかませないんですからね。しかし、いつかはきっと正体を見やぶってやるぞ。セロコールドさんが、ぼくをロンドンから呼びよせて、ここにおいてくれたのです。あの人は親切ですよ、とても親切な人です。でも、この家にいてさえ、ぼくの身は安全じゃないんです。やつらは、ここにも来ているんだ、そして、ぼくの邪魔ばかりしている。ぼくをみんなからのけものにしようとしているんだ。セロコールドさんは、そんなことはないというんですけど、セロコールドさんにはわからないだけの話なんですよ、それとも、そうだ、ときどき考えるのだが――」

彼はそこまでいいかけると、ベンチから立ちあがった。

「いいですね、このことはみんな秘密ですよ、そのかわり、だれかがぼくのあとをつけているのに気がついたら――スパイしていたら、ぼくに教えてくださいね」

彼は立ち去った。小ぎれいな服装、哀れをさそう表情、とるに足りないような小男、ミス・マープルは、じっとその後姿を見送りながら、もの思いにふけっていた……

するとだれかが声をかけた。

「あいつは異常ですよ」

ウォルター・ハッドがマープルのすぐそばに立っていた。両手をポケットに深くつっこんで、彼は顔をしかめながら、エドガーの後姿をにらんでいる。

「いったい、ここをなんだと思っているんです？　ここにいる連中ときたら、みんな精神病患者なんですからね」

ミス・マープルはなにもいわなかった。ウォルターはひとりでしゃべった。

「あのエドガーのやつ——あいつのことをどう思いますかね。モンゴメリイ卿がほんとの父親だなんていったでしょう。とんでもないでたらめですよ。あいつの話はみんな嘘ですよ」

「そうね、なんですか、変ですわね」とミス・マープル。

「あいつがジーナに話したのは、ぜんぜんちがうのですよ——彼がロシア皇帝の嫡子になるという駄ボラなんです。太公の皇子だったとかなんだとかいう話でね。いったい、自分のおやじがだれなのか、やつは知らないんですかね」

「さあ、わたしにはさっぱりわけがわかりませんわ。なにか、こみいった事情でもあるのじゃないかしら」とマープル。

ウォルターはのろのろした動作でベンチにかがみこむと、彼女の横に腰をおろし、いまいった言葉をくりかえした。

「ここの連中ときたら、精神病患者ばかりですよ」

「あなたは、ストニイゲイトにお住まいになるのがお嫌いなの？」

彼は眉をひそめた。

「ええ、ただ気にくわないだけなんですがね。どうも気にくわんですよ、この家ときたら。ここの連中は金持ちですから、現なまなんかくさるほどあるんですよ。そのくせ連中の暮らしぶりを見てごらんなさい、ひびの入った古物の陶器と安物のがらくたがいっしょくたになっているし、上流階級のくせにちゃんとした使用人はいないし、臨時の手伝いに来てもらうだけですからね。タペストリーや掛布や椅子のカヴァーは、みんなサテンか錦織りのような上等のものばかりなのに、つぎはぎだらけなんですよ。大きな銀の紅茶沸かしにしたって、すっかり黄色くなってしまっていて、とてもきれいにする気が起こらないほど汚れているんですからね。セロコールド夫人ときたら、ちっともかまわないんですよ。昨夜、夫人が着ていたドレスをごらんになったでしょう。腕の下のところをかがっていて、もうすっかり着古しているんですよ――そのうえ、あれで買い物に行って、自分の好きなものなんかを注文してくるんですからね。ボンド・ストリートだろうとどこだろうと平気なんですよ。お金？　さっきもいったようにくさるほど持っていますよ」

彼はそこで一息入れると、おもむろに座りなおした。

「ぼくは貧乏にはなれているんです。貧乏なんかたいしたことはありませんよ。まあ若くて、からだが丈夫で、これから働こうという場合にはですね。ぼくはいままでに、お金などあまり持っていたことがないのです。しかし、自分の好きなようになんとかやってきましたからね。ぼくは自動車の修理工場をやろうと思っていたのです。そのために、お金を少しためておいたんです。そのことをジーナに相談したところ、彼女はぼくの話を聞いてくれました。どうやら理解してくれたようなのです。ぼくはジーナのことをあまりよく知らなかったのです。制服を着ている女の子というものは、どれもこれもみんな同じように見えますからね。つまり、制服の上から眺めただけでは、お金持ちか貧乏人かわからないという意味ですけどね。ジーナのほうが、教育やいろいろなことにかけて、ぼくより一段上だと思っていました。けれど、そんなことはさして重要なことだとは考えなかったのです。ぼくたちは恋仲になりました。そして結婚したのです。貯金はありましたし、ジーナもいくらかあるといっていました。ぼくたちは故郷に帰ってガソリン・スタンドをはじめることにしたのです――ジーナも乗り気でした。ぼくたちは二人ともいかれていたんですよ。おたがいに頭にきていたんですね。すると、高慢ちきなジーナの叔母さんが騒ぎ出しましてね、それでジーナは、おばあさんに会いに、イギリスのこの家へ帰りたくなってしまって。ま、無理もありませんよ。なにしろ、彼女の生家ですし、ぼくもイギリスへ行ってみたくなったのです。誘いの手紙がなんども来たものですから、こちらへ来ることにしたのですよ。ただ訪問するというつもりだったわけですが」

彼の渋面は、険悪さをましてきた。

「ところが、とんでもないことになってしまいました。ぼくたちは、この頭がおかしくなるような仕事にはまりこんでしまうはめになってしまったのです。ぼくたちがここに住んで、自分たちの家庭をつくったらいいじゃないか、とあの連中はみんな口をそろえていいますよ。仕事だってたくさんある、というけど、問題はその仕事の内容でしてね！　不良少年どもにお菓子を食べさせたり、やつらのゲームのお膳立てをしてやったりする仕事なんかまっぴらですよ。正気の沙汰じゃありませんよ。この家は、ほんとはすばらしいところなんですがね。そうですとも、金を持っている連中には、宝の持ちぐされだということがわからないのかな？　こういうすごい家が、あたりまえの人間には、手に入れようと思ったって入らないということがわからないのですかね？　自分の持っている宝に気がつかないなんて、まったく愚の骨頂じゃありませんか。もしこの家がぼくのものになるのなら、そりゃあ手伝ってもいいですけどね。しかし、ぼくは自分の気に入ったやり方で、好きな仕事を、好きなところでやりますよ。この家にいると、まるで蜘蛛の巣にからみつかれたような感じなんです。しかしジーナは――この家から連れだせないな。もう彼女は、ぼくがアメリカで結婚した女と同じ人間じゃないんですよ。ぼくはもうあいつと口をきくのもいやですよ、ちくしょう」

ミス・マープルはしずかにいった。

「あなたのお気持ちはよくわかりますよ」

ウォルターは、マープルにすばやい視線をなげた。

「こんなにしゃべったのは、あなただけですよ。一日中、ハマグリみたいにぼくは黙りこんでいるんです。あなたがどういう方か知りませんが――あなたがイギリス人だということはたしかですが――でも、あなたの感じが故郷にいるベッシイ伯母とそっくりなんです」

「まあ、それはそれは」

「伯母はとてもしっかりした人で」ウォルターは、思い出すような口調でつづけた。

「一見、ポキッと二つに折れそうなくらい弱々しい感じがするんですけど、根はつよいんです。ほんとにつよいんです」

彼はベンチから立ちあがった。

「つまらないことをしゃべって、失礼しました」彼は弁解した。はじめてマープルは、彼の微笑を見た。とても魅力にあふれた微笑だった。ウォルター・ハッドは、突然、むっつりとすねていた青年から、ハンサムないきいきとした青年に変わったのだ。「これでサッパリしました。胸のなかに、いいたいことがたまっていたのですね。それにしても、あなたにすっかりご迷惑をかけてしまって」

「いいえ、そんなこと、気になさらないで。わたしにも甥がいるんです——もっとも、あなたよりずっと年上ですけど」

一瞬、マープルは技巧派の現代作家、甥のレイモンド・ウェストの顔を思いうかべた。ウォルター・ハッドとは、なんというコントラストだろう。

「さ、おつぎと交替です。あのご婦人はぼくのことが嫌いなんです。それでは失礼します。お話ししていただけてありがとう」

彼は大股で行ってしまった。ミス・マープルは、ベンチのほうへ芝生を横切って歩いてくるミルドレッド・ストレットを見つめた。

「いまのいやらしい男に、すっかり悩まされていらしたようですね」ストレット夫人はベンチに深々と腰をおろすと、まるで息を殺すようにいった。「ほんとに悲劇ですわ」

「悲劇？」

「ジーナの結婚のことですわ。そもそも、アメリカへあの子をやったのがいけなかったんです。あのとき、あたくし、それは得策ではないと母に反対しましたの。なにしろ、ここはとてもしずかですからね。空襲など、ほとんどありませんでしたわ。みんなが家族のことを考えて、パニックになるのは、あたくし、感心いたしませんわ。それに当人自身まで、恐怖心にかられてしまうなんて」

「どうしたら正しいのか、なかなかきめられなかったでしょうからね」とミス・マープルは思案深げに答えた。「子どもさんの身の振り方のことですけど。戦局の見通しによっては、子どもたちをドイツの占領下で育てるようなことになったかもしれませんもの。そんなことになったら爆弾と同じくらい危険でしたよ」

「まあばかげたこと。あたくし、かならず勝つと思っていましたわ。でも母ときたら、ジーナのこととなると、見さかいがなくなってしまうんです。ほんとにあの子は甘やかされてばかりいましたわ。あの子が生まれたイタリアから、なにもわざわざ連れてくることもなかったのですよ」

「たしかジーナのお父さんは、べつに反対をなさらなかったそうですね？」

「ああ、サン・セヴェリアノですの！　イタリア人というのがどういうものか、よくご存じですわね。お金のこと以外には、目もくれないんですからねえ。あの男がピパと結婚したのも、いうまでもなくお金がめあてなんですよ」

「あら、わたしが聞いたところでは、そのひとはとてもピパのことを愛していて、彼女が死んだものだから、たいそう力を落としたという話ですけど」

「とんでもない。そういうふりをしてみせただけですわ、きっと。うちの母が外国人との結婚などをどうして許したのか、あたくしにはわけがわかりませんの。爵位だなんて、アメリカ人だけがよろこびそうなものですけどねえ」

　ミス・マープルはおだやかな口調でいった。

「わたしはあなたのお母さまのキャリイ・ルイズの生き方は、浮世ばなれしたところがあると、いつも思っていますよ」

「ほんとにそうですわ。それが、あたくしにはとても不満なんです。母の道楽と気まぐれ、理想的なプランばかり。それがどういう結果になるか、ジェーンおばさまにはとてもおわかりにならないわ。あたくしはいやというほど身にしみていますす。なにしろ、そういう生活のなかで、あたくしは育てられたんですからね」

ミス・マープルは、自分のことを〝ジェーンおばさま〟などといわれて、かすかなショックを感じた。そのくせ、そういう呼び方は昔の習慣だった。彼女がキャリイ・ルイズの子どもたちに贈るクリスマス・プレゼントには、〝愛をこめて、ジェーンおばさんから〟というラベルがいつもはってあったのだから、子どもたちがマープルのことを〝ジェーンおばさま〟として考えるのも無理のないことだった。しかし、こういうことは、めったにあることではないと、マープルは思った。

彼女は、自分のかたわらに腰をおろしている中年の婦人を考え深げに眺めた。ぴったりとむすばれた口、鼻から口にかけてきざみつけられた深い皺、かたくにぎりしめている両の手。

マープルはしずかにいった。

「あなたが子どものころには、とてもつらかったことでしょうね」

ミルドレッド・ストレットは感謝にみちた眼をマープルに向けた。

「そういうことがだれかにわかっていただけるなんて、あたくし、ほんとにうれしいですわ。子どもがどんな目にあうか、だれひとり、ほんとのところがわからないんですもの。ピパはとてもきれいな子どもで、それにあたくしより年上でしたわ。みんなからかわいがられるのは、いつもピパばかりでした。父も母も、ピパがもっと引きたつように、人目につくようにと力を入れていました——ピパにはそんな必要がなかったのに。あたくしは、いつもだまりこくってばかりいましたわ。あたくしははずかしがり屋でしたけど、ピパには、はにかみなんてどういうものだかわからなかったでしょうね。子どもにだって悩みは数えきれないほどあるものですわ」

「わたしにもおぼえがありますよ」とマープル。

「〝ミルドレッドはとてもおばかさんよ〟——これがピパの口癖でした。でも、あたくしはピパより年下でした。当然、勉強では、あたくしがピパに太刀打ちができるとは思われていなかったのです。自分の姉妹のひとりが、いつも自分よりいい子になっているなんて、子どもにとって、このぐらい不公平なことはありませんわ。

〝まあ、なんてかわいらしいお嬢さんでしょう〟みんな、ピパのことを、口をそろえて母にいうのです。あたくしに目をかけてくれるひとなど、ひとりもありませんでした。父が冗談をいったり、遊んでくれたのも、ピパばかりでした。あたくしがどんなにつらい思いをしているか、だれかがわかってくれてもよさそうなものなのに。みんなの関心は、ピパにばかり集まっていました。それも性格のせいだと気がつくには、あたくしは幼なすぎたのです」

彼女の唇はふるえ、それからまた、かたくひきしまった。

「とても不公平でしたわ――ほんとに――あたくしのほうが実子なのに。ピパは養女じゃありませんか。この家の娘だったのはあたくしです。ピパは――あかの他人ですわ」

「だからきっと、ご両親は余計ピパのことを甘やかしたのじゃないかしら」とミス・マープル。

「父母はピパがいちばん好きでしたの」とミルドレッド・ストレットはいった。それからいい足すような感じで、「ほんとの両親からはありがたがられなかった子ども――さもなければ、たぶん私生児かなにか」

彼女は言葉をつづけた。

「それは、ジーナにははっきりとあらわれていますわ。悪い血が流れていますもの。血はあらそえませんわ。ルイスは自分の好きな環境説を持ちだすでしょうけど。悪い血はあらわれます、ジーナをよくごらんになって」

「ジーナはとてもきれいなひとですよ」とミス・マープル。

「あの子の品行ときたら、お話にもなりませんよ。あの子がスティーヴン・リスタリックと浮気しているのを知らないのは、うちの母ぐらいのものですわ。ほんとに吐き気がしますよ。だれが見たって、あの子の結婚は不幸でしたけど、でも結婚は結婚ですからね。じっと我慢するくらいの気持ちがなければいけませんわ。結局のところ、あの子が、よりによって、あんなひどい男と結婚したのがいけないんですもの」

「ご主人というのは、そんなにひどいひとなんですか？」

「まあ、おばさま、まるでギャングじゃありませんか、ぶっきらぼうで、粗野で、めったにものもいったことがありませんわ。いつみても、うすぎたなくて、あらあらしくて」

「あのひとは不幸な人じゃないかしら」とミス・マープルはやさしくいった。

「さあ、あの男が不幸だなんて、そんなはずはありませんわ――ま、ジーナの品行のことは別としてですけどね。あの男のためには、するだけのことは、みんなしたんですもの。ルイスはあの男にもできるような仕事をいろいろと考えてやったのですけど、なんのかんのいっては、なにもしたがらないのです」

彼女は急にわめきだした。

「ああ、この家ときたら、なにからなにまで我慢ならないわ。ほんとにもう手がつけられないわ。ルイスは、未成年犯罪者たちのことだけしか頭にないし、母の考えることといったら、ルイスのことばかり。ルイスのやることなら、なんだって正しいんですもの。

お庭の様子をごらんになって。雑草が――あんなにのびてしまって。家のなかだって、満足なものはひとつもないわ。そりゃあ、いまのようなご時世では、使用人をやとおうと思っても、なかなかやとえないということはわかっていますけど、でも探せばなんとかなるじゃありませんか。まるでお金が一文もないみたいなありさまで、だれひとり、家のことをかまうものがいないんですからねえ。これがあたくしの家なら――」彼女は言葉を切った。

「わたしたちはね、条件がそれぞれちがうという事実を直視しなければいけないと思いますよ。こちらのような大世帯はなかなか難問が多いものですわ。とにかくあなたのように、こちらにもどってきて、万事勝手がちがったりすると、どうしていいかお困りになるでしょうからね。でも、こちらでお暮らしになるほうがお好きじゃありません――あの、あなたがいままでお住まいになっていたところよりも？」

ミルドレッド・ストレットはパッと顔をあからめた。

「そりゃあ、あたくしの生家ですからね。それに、あたくしの父の家ですもの。あたくしが住もうと思えば、その権利がありますわ。それで、あたくし、そうしただけですわ。だけどうちの母ときたら！　布一枚でさえ、自分で買いに行かないんですからね。ジュリエットだってたいへんですわ」

「ミス・ベルエヴァーのことで、あなたにおたずねしようと思っていましたの」

「あのひとがいてくれるので、ほんとに助かりますわ。彼女はうちの母が大好きなんですよ。もうずいぶん長いこと、母についておりますの。ジョン・リスタリックの時代に、この家にきましたのよ。あの大騒ぎのあいだでも、あのひとのことだから、かいがいしく働いたことでしょうね。おばさまもご存じでしょ、ジョン・リスタリックが、あのユーゴスラヴィア人の女と駆け落ちした話。たいへんなあばずれ女ですわ。あの女には、恋人がたくさんいたことでしょうよ。うちの母はとても立派でしたわ。できるだけおだやかに離婚しましたの。休暇のあいだ、リスタリックの子どもたちをあずかってやるというくらいですから、ほかのことはおして知るべしですわ。だれが考えたって、子どもたちを父親とあの女のところへやるのがあたりまえなんですけどね。とにかく、母は子どもたちをこの家においてやりましたの……そしてミス・ベルエヴァーはずっと母のそばにつききりでよく働きましたわ。とても頼りになる人でしたの。あたくし、あのひとがなにからなにまでやるものだから、余計、母がぼんやりしてしまうのじゃないかしらと、よく思います。でも、あのひとなしでは母はなにひとつできなかったでしょうね」

彼女は口をとじた。それから驚いたような口調でいった。

「あら、ルイスじゃないの。めずらしいわ。彼がお庭に出てくるなんて、めったにないことですよ」

セロコールド氏はいつものようにひたむきな態度で二人のほうへ歩いてきた。彼にはまるでミルドレッドが目に入らないような感じだった。ミス・マープルのことで、頭がいっぱいなのだ。

「失礼します。建物のなかをいろいろとご案内しようと思っていたのですが。ええ、キャロラインにたのまれたのです。残念なことに、これからリヴァプールまで行かなくちゃならんのです。うちにいた子どもが鉄道小荷物取扱所で事件を起こしましてな。しかし、マヴェリックがあなたのご案内をしますよ。もうすぐここにまいりますから。私は明後日まで帰ってまいりません。起訴されなければ、ありがたいんですがね」

ミルドレッド・ストレットはベンチから立ちあがると、歩み去った。ルイス・セロコールドは、彼女が行くのを気にもとめなかった。彼は厚い眼鏡ごしに、まじまじとミス・マープルの顔を見つめていた。

「治安判事というものは、どうも考えにずれがありがちなものでしてな。厳しすぎることもちょいちょいありますが、甘すぎる場合もよくあるのです。こういった子どもたちがほんの二、三カ月の処罰ですめば、懲《こ》らしめにはならないのですよ。かえって痛快がるくらいなものです。自分たちのガールフレンドに自慢さえしますからな。しかし、刑がきびしいと、連中はまじめになるものです。つまらない真似をするのは割にあわないということがわかるのですね。そうでなかったら、服役してもなんの意味もありませんからな。矯正訓練——私どもがここでやっているような訓練をすればいいんですよ」

ミス・マープルはきっぱりとした口調で、言葉をはさんだ。

「セロコールドさん、あなたはローソンさんに心から満足していらっしゃいまして？あの若いひとは、ほんとにノーマルでしょうかしら？」

ルイス・セロコールドの顔に、心配そうな表情があらわれた。

「再発しなければいいがと思っていましたが、いったい、どんなことをいっていたのです？」

「ウィンストン・チャーチルの子どもだなんて、わたしにいったんですよ」

「なるほど——そうですか。口癖なのですよ。あの男はご推察のとおり私生児でしてね、かわいそうな男なのです。下層階級の出でしてな。ロンドンの協会から私にあずけられている患者なのですよ。街路で男を殴打したことがありましてね。その男があとをつけていたというのですが、まさに典型的なものですよ——これはマヴェリック博士の言い草ではないが。私は彼の出自を調べてみました。母親は、プリマスの貧しいけれどちゃんとした家庭の出でした。父親は船乗りで——母親は、その男の名前さえわからないのです。子どもは、じつにひどい環境で育てられました。はじめは父親の、それからあとになって自分自身の空想話がでっちあげられたのですよ。自分には着る資格のない軍服と勲章をつけて——いやじつに典型的なものです。しかしマヴェリック博士は、予後は良好と判断したのです。あの男にもっと自信を持たせられたらいいのだが。私はあの男にここでちゃんとした仕事をやらせているのですよ。人間の出生などさして重要なことでなく、問題は本人だということをあの男にわからせようと思いましてな。自己の才能に自信を持たせようと、私はやってきたのです。いや、目に見えてよくなったのですよ。私はすっかり安心していたのですが、いまのお話を聞くと——」

彼は首をふった。

「まさか危険な徴候ではないでしょうね、セロコールドさん？」

「危険？　いや、彼が自殺するような傾向はないと思いますよ」

「いいえ、自殺のことを考えていたのではないのです。あのひと、敵のこと、だれかに迫害されているようなことをわたしに話していました。べつに危険な徴候ではないのでしょうね？」

「そういう心配はまずないと思いますな。しかし、マヴェリック博士に一応話しておきましょう。いままでのところでは彼は有望だったのですよ、とてもね」

彼は腕時計を見た。

「もう行かなきゃなりません。やあ、ジュリエットが来ました。彼女がいろいろとやってくれるでしょうから」

ミス・ベルエヴァーは活発な足どりでやって来ると、

「セロコールドさん、車のご用意ができました。少年寮のマヴェリック博士から電話がかかってまいりましたから、これからマープルさんをお連れすると、わたし、申しましたの。博士は門のところまで、お迎えに来てくれるそうですわ」

「ありがとう。では行ってくる。私の書類鞄は？」

「車のなかにございます、セロコールドさん」

ルイス・セロコールドは急ぎ足で歩いていった。彼の後姿を見送りながら、ベルエヴァーがいった。

「いつか、あのひとはぽっくりいってしまいますよ。いっときも休養をとらないなんて、無茶すぎますわ。夜も四時間ぐらいしか、お休みにならないんですから」

「このお仕事に夢中なのね」とミス・マープルはいった。

「仕事以外のことは、なにひとつ目に入らないのです」とベルエヴァーは厳しい口調でいった。「奥さまのことなんか、まるで眼中にないんですからね。奥さまはあんなにやさしい方なのに。ねえ、マープルさん、もっと奥さまは、ご主人から愛されるべきですわ。ここじゃ一から十まで、泣き虫小僧や、なにもしないでのらくらしていたがる若い連中のことばかりですもの。いったい、ちゃんとした家庭で育ったちゃんとした子どもたちのことを、どう考えているんでしょう？　どうしてそういう子どもたちのために、なにかしてやるような気にならないのでしょうね？　はっきりいえば、セロコールドさんやマヴェリック博士のような変わり者や、ここにうようよしている生半可のセンチメンタリストの連中にとっちゃ、ちゃんとした子どもには興味がぜんぜんないんですよ。わたしやうちの兄弟は、そりゃあ厳しいしつけを受けてきたものですわ、マープルさん。泣きごとひとつついえませんでしたからね。それがどうでしょ、近ごろの世の中ときたら、甘やかしの一点ばりですよ」

二人は庭を横切って、柵の門を通ると、かつてエリック・グルブランドセンが建てた、がっしりとした陰気な赤煉瓦の建物、つまり少年寮の入口の門までやって来た。

マヴェリック博士が、二人を迎えに門のところまで出ていたが、マープルの見たところでは、彼自身がかなりアブノーマルな感じだった。

「いや、ありがとう、ミス・ベルエヴァー、ええと——あの——マープルさん、きっとあなたも、私たちがどんなことをしているか、興味がおありだと思います。つまり、私たちが従事している、この偉大な問題に関する研究態度にですな。セロコールド氏は、じつに卓抜した先覚者であり、慧眼《けいがん》の士なのですよ。また、私たちの後援者にジョン・シティルウエル卿がおります。卿は私の元上司なのですがね、隠退されるまで内務省におられた方で、私たちがこの仕事をはじめることができましたのも、ひとえに卿の力が大きくものをいっているのです。この仕事をはじめるにしても、これは医学的な問題ですから、その筋の了解を得なければならなかったのですよ。精神医学は、戦争でその真価がみとめられるにいたったのです。すばらしい成果のひとつですよ――まずなによりも先に、私たちのモットーをお読みになっていただきたいですな、ほら、あれです――

――」

ミス・マープルは、戸口の大きなアーチに刻みこまれている言葉を見あげた。

ここより入るものはすべて、希望をとりもどすべし

「どうです、すばらしいではありませんか。じつに当を得た言葉でしょう？　子どもたちを叱ったり、罰したりしてはならないのですよ。私たちは子どもたちに、自分たちが

ちゃんとした人間であるという自覚を持たせようと思っているのです」

「エドガー・ローソンのようにですの？」ミス・マープルがいった。

「なかなか興味のある患者でしてね。彼とお話しになりましたか？」

「あのひとが自分のほうからわたしにいろいろとお話ししてくれたのです。でも、あのひと、ちょっと頭がおかしいのじゃございません？」

マヴェリック博士はほがらかに笑った。

「いやあなた、われわれはみんなおかしいんですよ」彼は玄関のなかへとマープルの先に立ちながらいった。「それがまあ存在の秘密ですな。われわれはだれでも、すこしはおかしなところがあるのです」

6

　がいして、その日は、疲労だけに追われたような一日だった。熱心さというものは、本来、へとへとに疲れさせるものだ、とミス・マープルはつくづく思った。彼女は、自分自身にも、また自分の反応にも、漠然とした不満を感じた。たしかにパターンがある、いや、いくつかのパターンといってもいいかもしれない。だがそれにもかかわらず、そのパターンを一目でも、はっきりと見ることがマープルにはできなかった。彼女が感じた不安は、どれもこれも、あのエドガー・ローソンの、見ばえのしない外見ではなしに、哀れをさそう性質にむすびついていくのだ。ミス・マープルは、自分の住んでいるセント・メアリ・ミード村でローソンとそっくりの哀れをさそう性質の人間にお目にかかったことがあるのだが、だれだったか、それさえ思い出されたらどんなにいいだろうと、思わずにはいられなかった。

　苦心さんたんして、ミス・マープルは、セルカークさんの配達車のおかしな行動を、頭からふりはらった。——また、いつもぼんやりしているあの郵便配達夫や——聖霊降臨祭の翌日の月曜に働く庭師——それから、あの夏用のコンビネーションの奇妙な事件のことも。

エドガー・ローソンについて、なにかがまちがっているのだ。そのなにかは、ミス・マープルにははっきりと指摘できなかったが、目に見えるローソンの姿からはるかにかけはなれたものなのである。しかし、ミス・マープルには、キャリイ・ルイズの身に悪いことが、たとえそれがどんなものにせよ——起こらねばならないということが、どう考えてみてもわからなかった。このストニイゲイトの生活をおおっているいりみだれた地模様《パターン》のなかで、人びとのトラブルと欲望は、相互にからみあっていた。しかし、そのなかのだれひとりとして、マープルの見たかぎりでは、キャリイ・ルイズと衝突するようなものはいないのだ。

キャリイ・ルイズ……突然マープルは、遠く離れているルースを除いたら、彼女がたったひとりぼっちだったことに気がついた。夫にとって、彼女はキャロラインだった。ミス・ベルエヴァーにとってはカラだった。スティーヴン・リスタリックはいつも彼女のことをマドンナと呼びかけている。ウォルターにとって、彼女は堅くるしいセロコールド夫人だった。ジーナはキャリイのことをおばあさまと呼んでいる。

キャロライン・ルイズ・セロコールドにつけられたそれぞれの名前に、なんらかの意味があったとしたら？　キャリイ・ルイズは、こうしたひとたちにとっては、実在の人物ではなくて、単なる象徴にすぎないのではないか？

その翌朝、キャリイ・ルイズがぎこちなく足をひきずりながら、庭のベンチに座っている友だちのかたわらにやって来て腰をおろし、なにを考えているの、とたずねると、ミス・マープルは即座に答えた。

「あなたのこと、キャリイ・ルイズのことを考えていたのよ」

「まあ、わたしのことって？」

「ね、正直にお話しして——このストニイゲイトでね、なにかあなたを悩ますものがあって？」

「わたしを悩ますもの？」キャリイ・ルイズは、驚いたように青く澄んだ眼をみはった。

「ジェーン、いったい、なんでまたわたしが」

「あのね、たいていわたしたちには、嫌いなものやいやなものがあるじゃないの」ミス・マープルの眼がキラッとひかった。「わたしにだってあるわ、ほら、ナメクジよ——それからリネンは、きちんとかがれないわね、あれが苦手。それからダムソン・ジンをつくるのに、砂糖菓子が手に入らないことね。つまらないことだったらもっとたくさんあってよ。あなたに苦手なことがひとつもないなんて、なんだか不自然だと思うわ」

「そんなことだったら、わたしにもあるはずだわね」セロコールド夫人ははっきりしない口調でいった。「ルイスは仕事をしすぎるし、スティーヴンは食事をするのも忘れて芝居に夢中になっているし、ジーナときたらお転婆だし――だけど、人に気持ちを変えさせるってことが、わたしにはできたためしがないのよ――あなただったらできるのかしら。こういうことだったら、いろいろあるわ」

「ミルドレッドは、あまり幸せじゃないんでしょ？」

「そうなのよ、ミルドレッドは幸福じゃないわね。あの子は子どものときからふしあわせでしたよ。いつも陽気であかるかったピパとは正反対だったわ」

「きっとミルドレッドには、幸福になれない理由があるのね？」とマープルがいった。

キャリイ・ルイズはしずかにいった。

「嫉妬深いせいからなの？　そうね。でも人は感じたいことを感じるのに、べつに理由はないんじゃない、ジェーン？」

ミス・マープルの頭にセント・メアリ・ミード村に住んでいたミス・モンクリップフのことがちらっと浮かんだ。彼女は、まるで暴君のようにわがままいっぱいの病弱な母親の奴隷だった。哀れなミス・モンクリップフは、ずいぶん前から世界を見に旅行したがっていた。そして、ミス・モンクリッフの母親が不帰の人となり、ミス・モンクリッフにちょっとしたお金が入って、とうとう自由の身になったとき、どんなにセント・メアリ・ミードの人たちがホッと胸をなでおろしたことか。そしてミス・モンクリッフはせっかく旅行には出たものの、フランスのイエールまでしか行けなかったのだ。そこで、母親の昔の友だちを訪ね、その老婆の憂うつ症にすっかり同情したあげく、旅行の予約をみんな取り消して、またまたこきつかわれるために、その老婆の家に住みこんでしまったのだ。旅行へのより強い渇望を胸にいだきながら。

ミス・マープルは口を開いた。

「あなたのおっしゃるとおりね、キャリイ・ルイズ」

「むろん、わたしが気楽でいられるのも、いくぶんかはジュリエットのおかげですけどね。ジョニイと結婚したときに、あのひとはこの家に来たんだけど、はなからとてもよくやってくれましたよ。まるでわたしが赤ちゃんか瀕死の病人みたいに、あのひとは世話をしてくれるの。わたしのためなら、どんなことでもしてくれるのよ。ときどき、はずかしくて赤くなってしまうことだってあるわ。あのひとだったら、このわたしのために人殺しだってやりかねないと思ってよ、ジェーン、まあ、あたしったらこんなおそろしいことをいってしまって」

「たしかにあのひとはとても献身的ね」とミス・マープルはうなずいた。

「ジュリエットはかんかんになって怒っているのよ」セロコールド夫人は銀の鈴のような声で笑った。「わたしにいつもきれいな服を着させて贅沢な暮らしをさせたがっているのよ。そしてね、みんながわたしのことをいちばん大切にしたり、ご機嫌をとったりしなくちゃいけないと思っているのね。あのひとときたら、ルイスの仕事への熱意など眼中にまるっきりないのよ。ここにいるかわいそうな子どもたちなど、みんな、甘やかされている少年犯罪者にあのひとには見えるの。なにも骨を折って面倒を見てやることなど、ぜんぜんないと思っているわ。それに、この土地は湿気があって、わたしのリウマチにはよくないから、わたしがエジプトか、どこかあたたかくて空気の乾燥しているところへ行かなきゃいけないと、ジュリエットは思っているのよ」

「リウマチはとても痛むの？」

「このごろ、とくにいけないのよ。歩くのにも骨が折れるくらい。足がひどくけいれんするの」うっとりするような、小妖精みたいな微笑が彼女の顔にあらわれた。「なんといっても、やっぱり年だわね」

ミス・ベルエヴァーがテラスのガラスドアから出てくると、二人のほうへ急ぎ足でやって来た。

「電報ですよ、カラ。いま電話でとどいたの――キョウゴゴツク、クリスチャン・グルブランドセン」

「クリスチャンが？」キャリイ・ルイズはとても驚いた様子だった。「あのひとがイギリスにいたなんて、夢にも思っていなかったわ」

「お部屋は樫《かし》の間になさいますわね？」

「ええ、そうしてちょうだいな。そこだったら階段もないし」

ミス・ベルエヴァーはうなずくと、屋敷のほうに帰っていった。

「クリスチャン・グルブランドセンは、わたしの継子なのよ。エリックの長男なの。ところがわたしより二つも年が上なんですからね。この協会の理事なのよ。ルイスが留守だととてもいやがるわ。クリスチャンときたら、一晩以上泊まったことがないのよ。目のまわるほど忙しいひとですからね。相談したいことも、きっとたくさんあるんでしょうけど」

クリスチャン・グルブランドセンが到着したのは、ちょうどお茶の時間がはじまろうとしていたときだった。彼はゆっくりと理路整然とした話し方をする、大柄の、重々しい顔つきの男だった。彼は愛情をこめて、キャリイ・ルイズに挨拶をした。

「ご機嫌いかが？　すこしもお変わりになりませんね、いつもお若い」

彼は、座っているキャリイの肩に手をかけると、微笑しながら立っていた。だれかが彼の袖をひいた。

「クリスチャン！」

「やあ、ミルドレッド」彼はふりかえった。「お変わりない、ミルドレッド？」

「ここのところ、調子がとても悪いのよ」

「それはいけないな、それは」

クリスチャン・グルブランドセンと、異母妹のミルドレッドは、顔がとてもよく似ていた。年は三十近くも違っているので、まるで親子のように見える。ミルドレッドは、彼が来てくれたことを、よそ目にもわかるほどよろこんでいる様子だった。彼女の顔は紅潮し、いつもよりずっと口数が多かった。そして、午後のあいだというものは兄さん、兄さんの一点張りだった。

「それからどうだね、ジーナ？」グルブランドセンは、ジーナのほうに顔を向けていった。「まだきみたち夫婦は、ここにいるの？」

「ええ、すっかり腰を落ち着けてしまいましたわ。そうね、あなた？」

「まあそうだな」ウォルターがいった。

グルブランドセンの小さな鋭い眼が、ウォルターを値ぶみするかのように、ちらっと動いた。ウォルターはいつものようにむっつりとしていて、とげとげしい感じだった。

「じゃここでまた、家族全員とお会いできたわけだ」グルブランドセンがいった。

彼の口調はいかにも愛想よくひびいたが、しかし本心からそう思っているわけではないのだと、マープルは胸のなかで思った。彼の唇には冷酷な色がただよっていたし、そのものごしにはそらぞらしいものがあった。

ミス・マープルを紹介されると、この新来の客を評価するように、彼は鋭い視線を送った。

「あなたがイギリスに来ようとは、わたし、ちっとも思わなかったわ、クリスチャン」

セロコールド夫人がいった。

「ええ、急に来ることになりましてね」

「あいにくルイスが留守で悪いわね。どのくらい、ご滞在？」

「明日、おいとまする予定ですよ。ルイスはいつ帰ります？」

「明日の午後か夕方ですわ」

「じゃもう一晩、ご厄介にならなくてはいけないかな」

「前もって、わたしたちに知らせてくれたらねえ――」

「いや、急にこういうことになったものだから」

「ルイスに会うつもりで、来たのでしょ？」

「ええ、どうしてもルイスに会う用があるんですよ」

ミス・ベルエヴァーがミス・マープルにいった。

「グルブランドセンさんとセロコールドさんは、お二人ともグルブランドセン協会の理事なんですよ。ほかには、クローマーの主教とギルフォイさんですわ」

おそらくクリスチャン・グルブランドセンがこのストニイゲイトに来たのは、グルブランドセン協会の仕事上のことだろう。ミス・ベルエヴァーをはじめ、だれしもそう思っていたようだったが、それにもかかわらずミス・マープルには、そうとばかりは考えられなかった。
一、二度、グルブランドセンは、キャリイ・ルイズに気づかれないように、謎めいた視線を彼女に走らせた。それがミス・マープルには気になってならなかったのだ。それから、ほんとに変な話だが、こっそり値ぶみでもするような眼つきで、彼はキャリイ・ルイズからほかのひとりひとりにじっと眼をそそいでいったのだ。
お茶がすむと、ミス・マープルは如才なくほかの連中から別れて、図書室にひきあげたが、驚いたことに、彼女が腰をおろして編み物にとりかかると、クリスチャン・グルブランドセンが入ってきて、彼女の横に座った。

「あなたは、うちのキャリイ・ルイズの昔からのお友だちだそうですね」

「ええ、わたしたち、イタリアで一緒に勉強しましたのよ、グルブランドセンさん。もう昔も昔、大昔のことですけど」

「なるほど、あなたは彼女が好きなのですね？」

「ええ、とっても」ミス・マープルはあたたかくいった。

「みんな、彼女のことが好きなんですな、たしかにそうだ、いや無理もない話ですよ。あのひとは愛せずにはいられないような婦人ですからな。私の父が彼女と結婚してからというもの、私たち兄弟は、彼女のことをずっと愛してきましたからね。彼女は、まるで私たちの大切な姉さんか妹みたいな感じですよ。キャリイは、父にとってじつに忠実な妻でしたし、父の理想にも献身的でした。自分のことなど、一度だって考えたためしはなかった。他人の幸福ばかりしか頭になかったのです」

「あのひとは昔から理想主義者でしたわ」と、ミス・マープル。

「理想主義者？　なるほど、いや、ほんとにそうですな。それだからこそ、世の中にひそんでいる邪悪なものがはっきりと彼女の眼に入らないのですよ」

ミス・マープルはギョッとして、彼の顔を見た。彼の表情は、ひどくいかめしかった。

「ほんとのところ、彼女の健康はどうなのです？」

ここでまた、マープルはドキリとしてしまった。

「あの——とても丈夫のように見えますすけど——関節炎とか、リウマチとかいったようなものがなければ」

「リウマチ？　なるほど、で、心臓のほうはどうです？　変わりはありませんか」

「ええべつに、わたしの知っているかぎりでは」ミス・マープルはいよいよあっけにとられてしまった。「でも昨日まで、わたしはもう何年も長いこと、彼女に会っておりませんでしたからね。キャリイのからだの具合がお知りになりたいのなら、どなたか、この家の方におききになればいいですのに。たとえば、ミス・ベルエヴァーとか」

「ミス・ベルエヴァー——そうね、ミス・ベルエヴァー、それともミルドレッド？」

「ええ、そうですよ、ミルドレッドでも」

ミス・マープルには、なんだかうるさくなってきた。

クリスチャン・グルブランドセンは、まるで穴のあくように、彼女にじっと視線をそそいでいた。

「キャリイとミルドレッドとのあいだには、深い愛情がないと、あなたはおっしゃりたいのではありませんか」

「いいえ、そうは思いませんわ」

「なるほど、ミルドレッドは、なんといっても彼女のたったひとりの子どもですからな。ところで、ミス・ベルエヴァーならキャリイに深い愛情を持っているとお考えなのですね？」

「それはもう、とても」

「で、キャリイ・ルイズは、ミス・ベルエヴァーをすっかりたよりにしている？」

「そう思いますわ」

クリスチャン・グルブランドセンは、眉をよせた。彼はミス・マープルにいうよりも、むしろ自分にいいきかせるような口調でいった。

「ジーナがいるにはいるが――あの子ではまだ若すぎる、これは無理だ――」彼は言葉を切ってから、「いや、どうすればいちばんいいのか、わからないときがよくあるものです。とにかく、うまくやらなければなるまい。とりわけ私が気をもんでいるのは、あのキャリイが災いや不幸にあってほしくないということなのです。だが、これは厄介だ――まったく容易なことではない」

そのとき、ストレット夫人が図書室に入ってきた。

「あら、ここにいらっしゃいましたの、クリスチャン。あたくしたち、あなたがどこへいらっしゃったかと思っていましたの。マヴェリック博士が、あなたが彼と一緒になにかお調べになるかどうか、知りたがっておりましてよ」

「博士というのは、新しく来た若いお医者さんかね？　いや、いや、私はルイスが帰ってくるまで待っているよ」

「博士は、ルイスの書斎でご返事を待っていますわ。それじゃ、あたくしからお伝えしましょうか――」

「いや、私が会って、博士に話すよ」

グルブランドセンはいそぎ足で出ていった。ミルドレッド・ストレットは彼の後姿を見送ったが、やがて目を転じるとミス・マープルの顔を見つめた。

「なにか、変わったことがあるのかしら。クリスチャンは、いつもに似合わないわ……なにかあなたにいいましたの――」

「ただね、あなたのお母さまの健康のことを、わたしにおたずねになっただけですよ」

「母の健康ですって？　どうしてまた、そんなことをあなたにきいたのかしら？」

彼女の口調は鋭かった。大きな角ばった顔がみぐるしいほど、真っ赤になった。

「わたしにも見当がつかないのよ」

「母の健康は満点ですわ。あの年であのくらい元気でいられる婦人なんか、めったにありませんもの。いまのままだったら、あたくしなんかより、ずっと丈夫ですわ」一瞬黙ってからいった。

「むろん、クリスチャンに、そういっていただけたでしょうね？」

「お母さまのことは、わたし、まだなんにも知らないんですもの。心臓のことをわたしにたずねておいでてでしたよ」

「心臓？」

「ええ」

「心臓なんか、すこしも悪くはなくてよ。とんでもない！」

「それをお聞きして、わたし、すっかり安心しましたよ」

「またなんだって、クリスチャンはそんなおかしなことを考えたのでしょう？」

「さあ、わたしにもわからないわね」とミス・マープルがいった。

7

I

その翌日は一見なにごともなくすぎたようだったが、ミス・マープルには眼に見えない緊張がひそんでいるように思われた。クリスチャン・グルブランドセンは、午前中、マヴェリック博士といっしょに少年寮のなかを視察して歩き、その一般的な成果について話しあってすごした。午後になってから、ジーナはグルブランドセンをドライヴに連れていき、帰ってくると、彼がミス・ベルエヴァーを誘って庭へなにか見に行ったことに、ミス・マープルは気づいた。どうもこれは、ミス・ベルエヴァーと密談するための口実のような気がしてならなかった。もしクリスチャン・グルブランドセンの不意の訪問が、ビジネスだけに関係があるのなら、家事だけにたずさわっているミス・ベルエヴァーをどういうわけで誘ったのだろう？

だが、みんなこれも、自分の空想好きのせいだと、マープルは自分にいいきかせたい気持ちになった。なんとなく心をかきみだすようなことが起こったのは、午後四時ごろだった。マープルは編み物をきりあげると、お茶の前にすこし散歩でもしようと思って、庭に出ていったのだ。彼女がシャクナゲのはびこっているあたりをまわってくると、ぶつぶつひとり言をいいながら大股で歩いてくるエドガー・ローソンにあやうくぶつかりそうになった。

「失礼」とローソンはあわてていったが、その血走った眼の色に、マープルはびっくりした。

「ご気分でも悪いんですの、ローソンさん？」

「なんですって、気分のいいはずがあるもんですか、ぼくはショックを受けたんだ――ひどいショックですよ」

「いったい、どうしたんです？」

彼はマープルの顔にチラッと視線を走らせてから、あたりを不安そうに鋭く見まわした。おかげでミス・マープルも、なんだか心配になってきた。

「じゃ話そうかな？」彼はにえきらない態度で、マープルの顔を見つめた。「ぼくにはわからないんだ、ほんとにわからないんですよ、ぼくはずっとスパイされているんだ」

ミス・マープルははっきりと心をさだめた。彼女は彼の腕をしっかりとつかむと、歩いていった。

「この道をおりて行けば……ほら、木もないし、藪もないわ、だれにも立ち聞きされる気づかいはありませんからね」

「やあ、あなたのいったとおりだ」彼は深く息を吸いこむと、頭をかがめて、まるでささやくようにいった。「ぼくはね、発見したんですよ。それもたいへんなことをね」

「いったい、なあに？」

エドガー・ローソンのからだは、ぶるぶると震えだした。もういまにも泣きだしそうだった。「ぼくはあのひとを信じていたのに！　ほんとに信じきっていたのに……嘘だったんだ、なにもかも嘘だったんですよ。バレないように、ずっとぼくに隠しつづけていたんだ。ぼくにはとても我慢できない。あの男だけは信じていたんですよ。ところがいま、やつが黒幕の主役だということがわかったんだ。やつこそ、ぼくの敵だったのです！　ぼくのあとをつけ、たえずぼくをスパイしていたのは、あの男なのだ。しかし、もうジタバタさせないぞ。ぼくははっきりといってやるのだ。やつがいままでどんなことをしていたか、ぼくが知っているということをやつにぶちまけてやる」

「その男というのはだれなの？」ミス・マープルがたずねた。

エドガー・ローソンは、かがめていたからだを、いっぱいに起こしてそりかえった。ここで、威厳と哀愁をただよわせたいところなのだろうが、実際はただこっけいに見えただけだった。

「ぼくは父のことをいっているのです」

「モンゴメリイ卿ですの、それともウィンストン・チャーチルですか？」

エドガーは嘲笑するような視線を投げた。

「やつらはぼくにこう思いこませていたのですよ――真相がなかなかぼくにつかまえられないとね。ところがいま、はっきりわかったんだ。ぼくには友だちができたんです、心から信じあえる友だちがね。その友人が、ぼくに真相を教えてくれたんだ。ぼくがどんな具合にだまされていたか、はっきりとわからせてくれたのです。そうだ、父はぼくと対決しなければならんだろう。真っ赤な嘘の皮を、その顔からはぎとってやるんだ！　ぼくは真実をひっさげて父を難詰する。それに対して彼がどんな言い訳をするか、まったく見ものだ」

ここまでいったかと思うと、彼は不意に駆け足で走り去って庭園に姿を隠してしまった。

沈みきった顔をして、ミス・マープルは屋敷にもどってきた。

〝われわれはだれでも、すこしはおかしなところがあるのです〟とマヴェリック博士がいっていたっけ。しかし、エドガーの場合は、そんな言葉では片づけられそうもないほど、ひどいことになっているんじゃないかしらとマープルは思った。

II

ルイス・セロコールドは、六時半に帰ってきた。彼は門のところで車をとめると、庭園を通って、屋敷まで歩いてきた。ミス・マープルは、自室の窓から外を眺めていたので、クリスチャン・グルブランドセンが迎えに出ていって、二人の男がおたがいに挨拶をかわし、それから二人そろってゆっくりとテラスのほうへ戻ってくるのが目に入った。

ミス・マープルは、バード・グラスを忘れずに持ってきていた。このとき、彼女はちょうどその望遠鏡をとりあげたところだった。あの遠くの木立ちに一群のカワラヒワがいるかいないか？

マープルが望遠鏡を木立ちのほうにあげたとき、二人の男の深刻な表情に、マープルは気がついた。彼女はもうすこし窓からからだを乗り出した。会話の断片が、とぎれとぎれに彼女の耳に聞こえてきた。たとえ二人のどちらかが上のほうを見あげたとしても、小鳥に夢中になっている老婦人が、会話などからずっと離れたところに注意をうばわれているとしか見えなかっただろう。

「――どうしたらキャリイ・ルイズに知られずにすまされるかね――」グルブランドセンの声が聞こえた。

二人の男が窓の下までさしかかると、こんどはルイス・セロコールドの声が聞こえた。

「――彼女に隠しておくことができればだが――そりゃ彼女のことは考慮に入れておかなければなりませんがね――」

それから言葉の断片が、かすかにマープルの耳に入った。

「――じつに重大な――」「――正当ではない――」「責任を負うにしてはあまりにも重大な――」「まあ、外部の意見も聞かなければ――」

さいごに、マープルの耳に入ったのは、クリスチャン・グルブランドセンの、「これはかなわん、すっかり冷えこんできた、さ、なかに入らなくては」という言葉だった。

ミス・マープルは、さっぱりわけがわからないといった表情を浮かべたまま、窓から首をひっこめた。彼女の聞いた言葉は、ちょっとやそっとではつなぎようもないくらい、バラバラの破片だった――だがそれは、マープルの胸のなかに徐々に広がってきた不安と、ルース・ヴァン・ライドックがはっきりと感じとった不吉な予感を裏づけるのには充分だった。

とにかく、このストニイゲイトにどんな悪いことがあるにしろ、キャリイ・ルイズの身に深いつながりがあることだけはたしかなのだ。

III

晩餐の雰囲気は、どことなく不自然なものだった。グルブランドセンとルイスは二人ともまったくうわの空で、自分だけの思案にふけっていた。ウォルター・ハッドは、いつもよりずっと不機嫌な顔をしていたし、ジーナとスティーヴンは、相手にか、あるいはテーブルについている人たちにか、一度だけ、なにかボソボソいったぐらいのものだった。会話といったら、マヴェリック博士と作業療法士のバウムガートン氏とのあいだでかわされている長たらしい専門的な議論だけだった。

食事がおわってみんながホールに席を移すと、すぐクリスチャン・グルブランドセンが中座の言い訳をはじめた。大切な手紙を書くからというのだ。

「たいへん悪いのだけれど、私は部屋にもどらなければなりませんのでね、キャリイ・ルイズ」

「お手紙書くのに、いろいろなもの、そろっておりまして？　あの——ジュリエット？」

「いや大丈夫です、みんなありますよ。タイプライターも、たのむ前から置いてありました。ミス・ベルエヴァーはとても親切で、じつに気がつきますね」

彼は、ホールの左手のドアから出ていった。階段の昇り口をすぎ、長い廊下にそっていくと、そのつきあたりが寝室と浴室のついている客間になっていた。

彼が出ていくと、キャリイ・ルイズがいった。

「今夜は、劇場に行かないの、ジーナ？」

ジーナは首をふった。彼女は立っていって窓際に座ると、正面の車寄せと前庭を眺めた。

スティーヴンは、ジーナのほうをチラッと見てから、大きなグランド・ピアノに、大股で歩いていった。彼はピアノの椅子に腰をおろすと、しずかに鳴らした——妙に哀愁をおびたトーンだった。バウムガートン氏とレイシイ氏の二人の作業療法士と、マヴェリック博士がおやすみといって、ホールから出ていった。ウォルターが読書用のスタンドのスイッチをつけると、ホールの電灯の大半がパチパチ音をたてて消えてしまった。

ウォルターがうなり声で、

「ほんとに、やくざなスイッチだな。いつもこうなんだ。新しいヒューズにとりかえてくるか」

彼はホールから出ていった。キャリイ・ルイズがつぶやいた。

「ウォルターは電気いじりみたいなことがとてもうまいからね。トースターをうまく修理してくれたじゃないの」

「あのひとにできることといったら、そんなことだけですよ」とミルドレッド・ストレットがいった。「お母さま、強壮剤をお飲みになって？」

ミス・ベルエヴァーはハッとしたらしかった。

「あら、すっかり忘れていましたわ」ベルエヴァーが椅子からとびあがると、食堂に入っていったが、ほどなくバラ色の液体が入っている小さなグラスを持ってもどってきた。

微笑を浮かべながら、キャリイ・ルイズは、おとなしく手をさしだした。

「とても苦いお薬なのよ、みんな、感心によくおぼえていること」キャリイは、いかにも苦そうに顔をゆがめながらいった。

すると、いささか唐突な感じでルイス・セロコールドが口を開いた。

「私はね、今夜は飲まなくてもいいと思うよ。おまえはうんといってくれそうもないが」

しずかに、だが、いかにもからだのなかにあふれているエネルギーを制御するかのような感じで、彼はミス・ベルエヴァーからグラスを受けとると、大きなオークの食器棚の上に置いた。

ミス・ベルエヴァーが厳しい口調でいった。

「セロコールドさん、わたしは承服しかねますわ。夫人は、この薬をお飲みになってからというもの、ずっとからだの調子も——」

彼女は言葉を切ると、クルッとふりかえった。

乱暴に押しあけられた正面のドアが、いつまでも音をたててゆれつづけた。エドガー・ローソンが、まるで大立て者が凱旋するときのようなものごしで、薄暗いホールに入ってきたのだ。

彼はホールのど真んなかに立ちはだかると、大見栄をきった。

見ていて吹き出したくなるような感じだったが——そうかといってただ笑ってもいられない感じだった。

エドガーは、台詞《せりふ》まわしのような口調で叫んだ。

「見つけたぞ、わが仇敵《きゅうてき》！」

彼は、ルイス・セロコールドに向かっていった。

セロコールド氏はあっけにとられてしまった。

「おいおい、エドガー、いったいどうしたというのだね？」

「それはこっちがききたいくらいだ！　あんたの胸にきいてみろ。よくもあんたはおれを裏切ったな、おれをスパイし、おれの敵と手をにぎり」

ルイスは、エドガーの腕を押さえた。

「おいきみ、そう興奮するんじゃない。もっとしずかに話しなさい。さ、私の書斎へ行こう」

彼はエドガーの先に立ってホールを横切り、右手のドアをあけるとなかに入って、後ろ手でドアをしめた。それからドアに鍵をかける鋭い音が聞こえた。

ミス・ベルエヴァーは、ハッとしてミス・マープルの顔を見た。同時に同じ考えが、二人の頭に浮かんだのだ。いま、鍵をかけたのは
ルイス・セロコールドじゃないわ。

ミス・ベルエヴァーがはげしい口調でいった。

「あの男はとうとう気が変になったのよ。きっとそうですわ、あぶないわ」

ミルドレッドがいった。

「あんな異常な人間は見たこともないわ。恩知らずにもほどがある――お母さま、もう

きっぱりと処分すべきですわ」

キャリイ・ルイズはホッと溜め息をつくと、つぶやくようにいった。

「べつにあの男はどうってことはありませんよ。エドガーはルイスのことが好きなんですからね、とても好きなんですよ」

ミス・マープルは好奇心にかられて、キャリイ・ルイズの顔を見つめた。ほんのいまさっき、ルイス・セロコールドにわめきちらしていたあのエドガーの表情からは、とても彼がルイスに好意を持っているとは考えられなかったからだ。マープルは、前にも一度心のなかでいぶかったように、キャリイ・ルイズがわざと現実から目をそむけているのではないかしらと、いまもまたいぶからざるを得なかった。

ジーナが鋭くいった。

「あのひと、ポケットになにか持っていたわ。ええ、エドガーのことよ。ポケットの上からもてあそんでいたわ」

スティーヴンが、ピアノのキイから指を離すとつぶやいた。

「映画じゃ、ピストルと相場がきまっているよ」

ミス・マープルが咳をした。

「わたしもね、ピストルだと思いますよ」と、弁解するようにいった。

ぴったりとドアのしまっているルイスの書斎から、話し声がさっきから聞こえていた。やがて、ひときわ高くなって、その内容まで聞きとれるようになった。ルイス・セロコールドの声が、しずかに話して聞かせているのに、エドガー・ローソンがどなったのだ。

「嘘だ、嘘ですよ。みんな真っ赤な嘘だ。あんたはぼくの父なんです。ぼくはあんたの息子なんだ。あんたはぼくの権利を剝奪したんだ。ぼくにはこの家を所有する権利があるんだ。あんたはぼくが嫌いなんだ——厄介払いしたいんだ！」

それをなだめているルイスの声はしずかだったが、エドガーのヒステリックなわめき声が一段と高くなった。聞くにたえない罵詈《ばり》雑言《ぞうごん》だった。エドガーは急速に自制を失ってきたようだった。その間隙をぬって、ルイスの声が聞こえてきた。「きみ、落ちつきなさい——落ちついて——そんなことがきみ、あるはずがないじゃないか」

しかし、そんなことで、なだめられそうには思われなかった。むしろ反対に、ますますエドガーの声ははげしくなっていった。

いつのまにか、ホールにいる人間がひとり残らず、押し黙って、ルイスの書斎の成り行きに耳をそばだてていた。

「なにがなんでも、これだけはいってやるぞ」エドガーがわめいた。「あんたから、優越感の面《つら》の皮をはぎとってやるんだ。いいか、復讐してやるからな、あんたがぼくを苦しめてきたその復讐だ」

するといつもの落ちついた声に似合わないルイスのうわずった声が、短く聞こえた。

「ピストルをおろせ！」

ジーナが鋭く叫んだ。

「エドガーがルイスを殺すわ。あの人、異常よ。警察に知らせるかなにか、手をうたなくちゃ」

だが、キャリイ・ルイズは冷静そのもので、おだやかな声でいった。

「なにも心配することはないよ、ジーナ、エドガーはルイスのことを愛しているんだからね。エドガーはお芝居じみたことをしているだけだもの」

すると、ドアごしにエドガーの笑い声がひびいた。ミス・マープルも、彼が発狂したと思ったくらいだった。

「そうさ、ぼくはピストルを持っているよ。ちゃんと弾丸が入っているんだぞ。ぼくのいうことを最後まで聞くんだ。ぼくに対する陰謀に着手したのはあんたなんだ。だからいま、あんたもその償いをするのだ」

そのとき、なにか銃声のような音がしたので、ホールにいた連中は思わず仰天した。

だがキャリイ・ルイズだけは、

「大丈夫、いまの音は家の外ですよ――庭園のほうだわ」

書斎から、たけりくるったエドガーのわめき声が聞こえた。

「あんたはそこに座ったまま、ぼくを眺めているな、このぼくを眺めているんだな。なぜ、ひざまずいて慈悲を乞わないいんだ？　いいか、ほんとに撃つぞ。あんたを撃ちころすんだぞ！　ぼくはあんたの息子なんだ――あんたからみとめられない、さげすまれた息子なんだ――あんたは、この世からぼくを葬り去ろうとした。スパイに尾行させ、追い立て、陰謀をくわだてたのだ。お父さん！　お父さん、ぼくは私生児なんですか、このぼくは？　あんたは、ぼくをだましつづけてきたんだ。ずっと親切なように見せかけてさ……あんたなんか生きている値打ちがない。ぼくはあんたを生かしておきたくないんだ」

それからまた、エドガーの聞くにたえない悪罵が流れてきた。ホールのどこかで、ミス・ベルエヴァーが、「なんとかしなくちゃいけないわ」といって出ていったのがマープルにもわかった。

エドガーは一瞬黙ったようだったが、それからまた叫びだした。

「あんたは死ぬんだ――死ぬんだぞ。さあ、いま、死ぬんだ。死ね、悪魔、死ね！」

二発、つんざくような銃声が起こった――こんどは庭園ではなかった――あきらかに書斎のなかだった。

だれかが――ミルドレッドだとマープルは思った――叫んだ。

「ああ！　どうしましょう？」

書斎のなかで、なにかがくずれおちる音がした。それからいまよりももっとおそろしい物音――胸をかきむしられるような、低いすすり泣きの声が流れてきた。

だれかがミス・マープルのそばを大股で通りぬけると、書斎のドアをたたいた。

スティーヴン・リスタリックだった。

「あけろ、ドアをあけろ！」彼は叫んだ。

ミス・ベルエヴァーがホールにもどってきた。数種類の鍵を持っていた。

「これであけて」彼女はかすれた声でいった。

そのとき、ヒューズのとんだ電灯にパッと明かりがともり、気味の悪いほど薄暗かったホールが、いっぺんに生気をとりもどした。

スティーヴン・リスタリックは、いろいろな鍵でためしはじめた。

内側の鍵が床の上に落ちる音が聞こえた。

書斎のなかからは、絶望的なすすり泣きがいまだにつづいていた。

ホールにぶらぶらともどってきたウォルター・ハッドが、棒をのんだように立ちどまると、みんなにいった。

「いったい、どうしたんだ？」

ミルドレッドが、泣き声で、

「あの頭のおかしな男が、セロコールドさんを撃ったのよ」

「黙って」そういったのはキャリイ・ルイズだった。彼女は椅子から立ちあがると、書斎のドアのところまで歩いていった。彼女は、スティーヴン・リスタリックのからだを、そっとわきにどけた。「わたしに話させておくれ」

彼女はまるでささやくように呼びかけた。

「エドガー……エドガー……わたしをなかに入れておくれ……おねがいだから、エドガー」

鍵穴に鍵がピタリとさしこまれる音が聞こえた。それから鍵がカチリとまわり、書斎のドアがそろそろと開いた。

しかし、ドアをあけたのはエドガーではなかった。ルイス・セロコールドだった。まるで走りまわったように、彼は肩で息をきっていた。だが、それにもかかわらず、冷静だった。

「大丈夫だよ、おまえ、なにも心配することはない」

「あなたが撃たれたものと、わたしたち、思ったんですよ」ミス・ベルエヴァァーがあらあらしい声でいった。

ルイス・セロコールドは顔をしかめた。ちょっと無愛想に彼はいった。

「撃たれやしないさ、私はね」

やっと書斎のなかをのぞくことができた。エドガー・ローソンは、机のそばにくずれおちていた。彼はあえぎながら、すすり泣いているのだ。ピストルは、彼の手から落ちたまま、床の上に横たわっている。

「でも、銃声が聞こえましたわ」ミルドレッドがいった。

「そうとも、二発撃ったよ」

「あたりませんでしたの?」

「撃ちそこなったのさ」ルイスは吐き出すようにいった。

ミス・マープルには撃ちそこなうほど離れていたとは思えなかった。至近距離で発射されたのにちがいなかった。

ルイス・セロコールドはいらだたしげにいった。

「マヴェリックはどこにいる? 用があるのはマヴェリックなのだ」

ミス・ベルエヴァァーがいった。

「わたしがお連れしてきますわ。それから警察へも電話したほうがいいですわね」

「警察？　そんな必要はないよ」

「いいえ、警察に知らせなければいけませんわ。あのひとはなにをしでかすかわかりませんもの」とミルドレッドがいった。

「ばかな、どうしてこんな男が危険に見えるのだね？」

もうこのときは、たしかにエドガーは危険な男に映らなかった。若くて、感傷的な、ただいやらしい男としか見えなかった。

彼の口調には、あのいかにもとってつけたようなわざとらしいアクセントがなくなっていた。

「ぼく、撃つつもりじゃなかったんです」エドガーがうめくようにいった。「どうしてこんなことになったのかわからない――あんなたわごとをしゃべったりして――ぼくは頭が変になったのにちがいないんです」

ミルドレッドが鼻をならした。

「ぼく、きっと頭が変だったんです。こんなこと、ぜんぜんする気じゃなかったんです。セロコールドさん、ゆるしてください」

ルイス・セロコールドは彼の肩をたたいた。

「もういいんだよ、きみ。なにも損害をかけたわけじゃないんだからね」

「あなたを殺したかもわからなかったのですよ、セロコールドさん」

ウォルター・ハッドは書斎を横切りながら、机のうしろの壁をじっと見つめた。

「弾がここに入っている」彼はそういうと、机とその前にある椅子に眼をやった。「間一髪というところだ」彼はつめたくいった。

「すっかりのぼせてしまったんです。なにをしたのか、ぼくにはさっぱりわからない。セロコールドさんがぼくのことを不公平にあつかったんだと思いこんだものだから、ぼくは――」

ミス・マープルは、いつか彼にたずねてみようと思っていた質問をした。

「セロコールドさんがあなたのお父さんだなんて、だれがいいましたの？」

一瞬、エドガー・ローソンの血迷っている顔に狡猾そうな表情があらわれて、すぐにかき消えた。

「だれもそんなことはいいませんよ。自分でそう思っただけです」

ウォルター・ハッドは、床の上にころがっているピストルをじっと見おろしていた。

「いったい、こいつをどこから持ってきたんだ？」彼がきいた。

「ピストルですか？」エドガーもピストルに眼を落とした。

「ぼくのピストルによく似ているぞ」ウォルターがいった。彼はかがむと、それを拾いあげた。「なんだ、ぼくのじゃないか！　ぼくの部屋から盗んだんだな、このこそ泥め」

ルイス・セロコールドが、ちぢこまっているエドガーと、おどしつけているウォルターのあいだに割って入った。

「まあまあ、そういうことはあとにしたまえ。やあ、マヴェリック、エドガーを診《み》てくれないかね？」

マヴェリック博士は、職業的な関心を示しながら、エドガーのところへ進んできた。

「しようがないねえ、エドガー」

「なにをしでかすかわかりませんよ」とミルドレッドが厳しい口調でいった。「ピストルを撃ったり、たわごとをならべたりして、もうすこしのところで、わたしの義父にあたるところでしたわ」

エドガーが泣き声をはりあげると、マヴェリック博士がたしなめるようにいった。

「おねがいですから、もうやめてください、ストレット夫人」

「あたくしのほうがよっぽど病気になりそうだわ。ええ、いいますとも、この男は頭が変なんですからね」

エドガーはマヴェリック博士の手をかいくぐると、セロコールド氏の足もとにひざまずいた。「助けてください、助けてくださいよ。監禁させないようにしてください、おねがいです……」

いやな光景だと、ミス・マープルは思った。

ミルドレッドは怒気をみなぎらせていった。

「いいですか、この男はね――」

キャリイ・ルイズがなだめるようにいった。

「まあまあ、ミルドレッド、もうおやめ、エドガーは苦しんでいるのだからね」

ウォルターがぶつぶついった。

「こいつは驚いた。ここにいる連中ときたら、みんな異常だ」

「まあ、私にまかせてください」と、マヴェリック博士がいった。「私と一緒に来たまえ、エドガー。ベッドに横になって、鎮静剤を飲めばいい――話は明朝だ、いいね」

エドガーは、よろよろと立ちあがると、身をふるわせながら、若い医者のほうを疑わしそうに見て、それからミルドレッド・ストレットのほうに眼を移した。

「ぼくは頭が変だって――ミルドレッドがいいましたよ」

「大丈夫だよ、きみは変じゃないさ」

ミス・ベルエヴァーの断固とした足音が、ホールにひびいてきた。顔を紅潮させ、唇をかたくむすんで、彼女が部屋に入ってきた。

「警察に電話をかけましたわ。もうすぐここに来ますから」彼女はつめたくいった。

キャリイ・ルイズが叫んだ。「ジュリエットったら！」その声には恐怖があらわれていた。

エドガーが悲鳴をあげた。

ルイス・セロコールドは、怒気をあらわして顔をしかめた。

「おまえにいったはずだよ、ジュリエット。警察なんかに来てもらいたくなかったのだ。これは単なる医学上の問題じゃないか」

「わたしもそうだとは思いましたけど」とミス・ベルエヴァーはいった。「警察を呼ばないわけにはまいりません。なにせグルブランドセン氏が射殺されたのですから」

8

ほんの一瞬だったが、みんなはミス・ベルエヴァーの言葉がのみこめなかった。

キャリイ・ルイズが、とても信じられないといったように問いかえした。

「クリスチャンが撃たれたって？　まあそんなこと、あるはずがないじゃないの」

「わたしのいうことがそんなにお信じになれないのなら」こういうと、ミス・ベルエヴァーは口をすぼめて、キャリイ・ルイズにいうよりもむしろ、一座の人たちに向かって、

「ご自分の眼で、ごらんになればよろしいですわ」

彼女は怒っていた。突っぱねたようなその口調には、怒りがこもっていた。

ゆっくりと、なかば信じられぬかのように、キャリイ・ルイズは、ドアのほうへ歩きかけた。ルイス・セロコールドがキャリイ・ルイズの肩に手をおいた。

「いけないよ、おまえ、私が行こう」

彼は戸口から、ホールを出ていった。マヴェリック博士はうさんくささうにエドガー

を一瞥してから、セロコールド氏のあとを追った。ミス・ベルエヴァーも、二人についていった。

ミス・マープルはキャリイ・ルイズをしずかに椅子に座らせた。彼女は腰をおろしたが、その眼は悩みと苦痛をたたえていた。

「クリスチャンが――撃たれたですって?」彼女はまたつぶやいた。まるで途方にくれた子どものような口調だった。

ウォルター・ハッドはエドガー・ローソンをにらみつけたまま、そのそばにつききりだった。ウォルターの手には床から拾いあげたピストルがあった。

セロコールド夫人がいかにも不思議そうにいった。

「だけど、クリスチャンを殺そうなどと、いったいだれが思うかしら?」

それは答えをあてにしていない質問だった。

ウォルターがささやくようにいった。

「頭がおかしい連中ですよ! やつらはぜんぶといっていいくらい変なんだ」

スティーヴンがジーナを保護でもするかのように、彼女のそばに歩みよった。ジーナの驚愕しきった若々しい顔は、このホールのなかで、いちばんいきいきとしていた。

突然、正面のドアが開くと、つめたい風とともに大きなオーバーを着た男が舞いこんできた。

彼のあたたかい挨拶は、かえってこの場ではショッキングだった。

「やあみなさん、ご機嫌よう。霧がひどくてね、とても時間がかかってしまいましたよ」

一瞬、マープルは同じ人物がもうひとり別にあらわれたような感じがした。たしかに同一人物だったら、ジーナのそばと、ドアの入口に立っていられるわけがなかった。やがて彼女には、一見とてもよく似ているけれども、そばによってよく見たら、それほど似ていないことがわかった。二人の男が、とてもよく似た兄弟であることは一目でわかったが、ただそれだけのことにすぎなかった。

スティーヴン・リスタリックは憔悴《しょうすい》しきっていたが、新米の男の顔はいかにも栄養がよさそうにつやつやしていた。アストラカンの襟のついている大きなオーバーは、その血色のいい肉体を着心地よさそうに包んでいた。ハンサムな青年、そして威光に包まれ、成功者の上機嫌に酔っている男。

しかし、ミス・マープルは、ひとつだけ彼について気づいたことがある。彼がホールに入ってきたとたんに、ジーナのほうにすぐ眼を向けたことだった。

彼はちょっとあいまいにたずねた。

「ぼくの来ること、わかっていた？　電報がついたの？」

こんどはキャリイ・ルイズに話しかけ、彼女のほうによっていった。

機械的といってもいいような感じで、キャリイは彼に手をさし出した。彼は手の上にしずかにキスした。それは単なる儀礼的なものではなくて、深い愛情のこもったキスだった。

彼女はつぶやくようにいった。

「ああ、アレックスだね、いま、どんなことが起こったか、おまえに――」

「起こった？」

ミルドレッドが事の顚末《てんまつ》を説明した。それは、ミス・マープルにいやな感じをあたえた。味もそっけもない、ひややかな説明の仕方だった。

「クリスチャン・グルブランドセン、あたくしの兄のクリスチャン・グルブランドセンが射殺体で発見されましたの」

「ああ、なんということだ」アレックスは、いささかおおげさに見えるくらい驚いてみせた。「自殺だというの？」

キャリイ・ルイズは言下に答えた。

「それがちがうんですよ、自殺だとは思えない。ちがうんですよ、クリスチャンは！」

「クリスチャン伯父さまが自殺なんかするはずがないと思うわ」とジーナがいった。

アレックス・リスタリックは、一座の人たちの顔につぎつぎと視線を移していった。弟のスティーヴンのところまで来ると、彼は弟にはっきりとうなずいてみせた。ウォルター・ハッドは、ちょっと気色ばって、アレックスの顔をにらみかえした。アレックスはミス・マープルに眼を移すと、急に眉をひそめて、その場に視線をくぎづけにした。ちょうど、舞台のセットに、つっかい棒かなにかがとびだしているのを見つけたといった感じだった。

彼はミス・マープルのことをだれかに説明してもらいたいような様子だった。しかし、だれひとり彼女を紹介しようとするものはいなかった。アレックスの眼には、ミス・マープルが、ただ途方にくれている、かわいらしいお婆さんとしか映らなかった。

「いったい何時ごろです？」とアレックスがたずねた。「事件が起こったのは？」

「あなたが着くちょっと前よ」とジーナが答えた。「そうね――ほんの三、四分前だったかしら、だって、あたしたち、銃声をこの耳でちゃんと聞いたんですもの。ただ、こんなことになったとは、だれも思わなかったのよ。ほんとに」

「どうして思わなかったの？　なぜ？」

「だって、ほかにも騒ぎがあったものだから――」ジーナは、しどろもどろだった。

「そのとおりさ」ウォルターが強調した。

ジュリエット・ベルエヴァーが、図書室のドアからホールに入ってきた。

「わたくしたち、図書室に集まっているようにと、セロコールドさんがおっしゃっておりますけど、きっと、警察の便宜をはかるためだと思いますわ。セロコールド夫人だけは、寝室に行かれたほうがいいですわね。カラ、あなたはショックを受けていますわ。ベッドに湯たんぽを入れておくようにいいつけておきましたからね。わたしがお連れして――」

キャリイ・ルイズはひとりで立ちあがると、首を横にふった。

「なにがなんでもクリスチャンの部屋まで行かなければ」

「まあ、そんなことといけませんわ――興奮なさらないで――」

キャリイ・ルイズは、ごくしずかに、しかし一方的にいった。

「ジュリエット――あなたにはわからないの」彼女はホールのなかを見まわすと、「ジェーン？」と声をかけた。

ミス・マープルは、キャリイ・ルイズのそばまで来ていた。

「わたしと一緒に来てくれるわね、ジェーン？」

二人はドアのほうへ歩いていった。そのときホールに入ってきたマヴェリック博士が、あやうく二人にぶつかりそうになった。

ミス・ベルエヴァーが声をあげた。

「マヴェリック先生、カラをとめて、とんでもないわ」

キャリイ・ルイズは若い医者をおだやかに眺めた。その口もとには、かすかな微笑のかげさえ浮かんでいた。

マヴェリック博士がいった。

「あなたはいらっしゃりたいのですね――クリスチャン氏のところへ？」

「ええ、行かなくてはね」

「そうですか」彼はわきに身をよせた。「そうお思いならいたしかたがありません、セロコールド夫人。しかし、おもどりになったらすぐ、寝室に入ってお休みになってください。ミス・ベルエヴァーのいうことをよくお聞きになってね。いまのところはなんでもなくても、きっとショックを受けますからね」

「わかったわ、あなたのいうとおりになると、わたしも思っているの。なにしろ、わたしはとても感じやすいたちですからね。さあ、ジェーン」

二人の老婦人はドアから出ると、表階段の昇り口の前を通り、右手に食堂、左手に料理室の両開きのドアがある廊下づたいに歩いていった。それから、テラスに出るサイド

・ドアをすぎて、樫の間と呼ばれているクリスチャン・グルブランドセンの部屋まで来た。その部屋は、寝室というよりも居間といったほうがふさわしいような家具類がそなえつけられてあった。部屋の片側の奥まったところにベッドがあり、浴室と化粧室につづくドアがあった。

キャリイ・ルイズは、入口のところで足をとめた。クリスチャン・グルブランドセンは、ふたを開いた小型のポータブル・タイプライターがのっている大きなマホガニーの机に向かっていた。だが、椅子に横向きになって、からだをおちこませているのだ。椅子についている高い肘掛けが、彼が床にずりおちるのをふせいでいた。

ルイス・セロコールドは、窓際に立っていた。彼はカーテンをすこしずらして、夜の闇のなかをにらんでいた。

彼はふりむくと、顔をしかめた。

「どうしたんだね、おまえ、こんなところに来て」

彼が近づいてくると、キャリイ・ルイズは片手を彼にさしだした。ミス・マープルは、一、二歩あとにさがった。

「わかっていてよ、ルイス。でも、ここに来なければいけないわ、いったい、どんなことになったか、ちゃんとたしかめておかなくてはね」

キャリイ・ルイズは、ゆっくりと机のほうに歩いていった。

ルイスが警告するようにいった。

「なんにも触ってはいけないよ。警察が来るまでは私たちが発見したままにしておかなければならないからね」

「それはそうですとも。クリスチャンは、だれかに計画的に撃たれたのね？」

「そうなんだ」こういってから、キャリイ・ルイズのたずね方にちょっと驚いたようだった。「じゃ、おまえは知っていたんだね？」

「ええ、わかっていましたとも。だってクリスチャンは、自殺なんかするはずはないし、とてもしっかりしたひとでしたもの。事故なんか起こすようなひとではありませんからね。ですから考えられることといったらただ――」ここで彼女はちょっとためらった。

「――殺人だけですわ」

彼女は机の向こう側にまわると、死んでいる男を上からじっと見おろした。彼女の顔には、哀しみと愛情の色がはっきりとあらわれていた。

「かわいそうなクリスチャン」と彼女はいった。「このひとは、いつもわたしに親切だったわ」

そっと、彼女は、指で彼の頭に触った。

「神の恵みのあらんことを、クリスチャン」キャリイ・ルイズはいった。

ルイス・セロコールドは言葉に感情をこめていった。こんなことは、ミス・マープルにははじめてだった。

「神よ、私がキャロラインをこのような悲しい目にあわせることがないように」

キャリイ・ルイズは、しずかに首をふった。

「そんなことは、あなたにはできませんよ。おそかれはやかれ、だれでも直面しなければならないことですもの。それなら、むしろ早いほうがいいというものですよ。わたしは寝室に行って休みますわ。あなたは警察が来るまで、ここにいらっしゃるわね？」

「ああ」

キャリイ・ルイズは入口のほうへひきかえしてきた。ミス・マープルは彼女のからだに腕をまわした。

9

カリイ警部とその一行がストニイゲイトに着いたときは、ホールにミス・ベルエヴァーだけしか残っていなかった。

彼女はきびきびと前に進み出た。

「わたしがジュリエット・ベルエヴァーですわ、セロコールド夫人のコンパニオンと秘書をやっております」

「死体を発見して警察に電話なさったのは、あなたですね？」

「はい。家族のものは、大部分、図書室に集まっております——そのドアの部屋ですわ。セロコールドさんはグルブランドセンさんのお部屋を見張っておりますわ。マヴェリック博士は死体を診て、もうすぐこちらに見えるはずです。先生はその——患者をこの家の別の翼まで連れていったものですから。ではご案内しましょうか」

「おねがいします」

なかなかしっかりした婦人だぞ、と警部は胸のなかでつぶやいた。なにからなにまで、じつによくゆきとどいている――

警部は廊下を、彼女のあとについて歩いていった。

つぎの二十分間は、おさだまりの仕事がきびきびと運ばれていった。鑑識課の写真係は、必要な写真をとり、警察医は、来るなりマヴェリック博士と一緒に仕事にかかった。三十分後には、クリスチャン・グルブランドセンの死体は病院車で運ばれていって、カリイ警部は職務上の尋問にとりかかった。

ルイス・セロコールドは警部を図書室に案内した。警部は、頭のなかに大ざっぱな印象をきざみつけながら、集まっている家族たちを鋭い眼で見まわした。白髪の老婦人、中年の婦人、警部も田舎道をドライヴしているところを見かけたことがある美しい女性、暗い感じをあたえる彼女の夫のアメリカ人、どことなく感じがよく似ている二人の若い男、それに警察に電話をかけ、ホールで会ったミス・ベルエヴァー。

カリイ警部はすでに考えていた簡単な挨拶をみんなにした。

「今回の事件では、さぞかしみなさんはお驚きになったことでしょう。私は、今晩おそくまで、あなたがたをわずらわせたくないと思っております。徹底的に捜査するのは、明日からでもさしつかえありません。グルブランドセン氏の死体を発見したのはミス・

ベルエヴァーですから、事件の一般的な状況について、私はミス・ベルエヴァーにきいてみます。そうすれば、同じことをあなた方になんどもおたずねすることがはぶかれますからね。それからセロコールドさん、奥さまを寝室にお連れしたいとお思いでしたら、どうかそうなさってください。ミス・ベルエヴァーの話がすみましたら、あなたにおたずねしたいことがあります。これでよろしいでしょうか？　ええと、どこかに小さなお部屋でも――」

ルイス・セロコールドがいった。

「私の書斎がいいよ、ジュリエット」

ミス・ベルエヴァーはうなずいた。

「わたしも、いまそう申し上げようと思っておりましたの」

彼女は先に立つとホールを横切っていった。カリイ警部と部下の部長刑事が、そのあとについていった。

ミス・ベルエヴァーは、てきぱきと処理していった。まるで捜査にあたっているのが、カリイ警部ではなくて、彼女みたいな感じだった。

しかし、こんどはいよいよ警部の手に主導権がにぎられた。カリイ警部はその口調も物腰もなかなか愛想があり、もの静かで、真面目で、恐縮しているような感じがあった。

それで、この警部を甘く見てしまうようなひとも出てくるのだが、その道にかけては、ミス・ベルエヴァーがしっかりしているように、この警部もなかなかの切れ者なのである。しかし、自分の腕を誇示するようなことを彼は好まなかった。

彼は咳ばらいをした。

「おもだったことは、セロコールドさんから、もうお聞きしたのです。クリスチャン・グルブランドセン氏はグルブランドセン信託その他の創立者である故エリック・グルブランドセン氏の長男で、ここの理事をしていたのですな。昨日、突然、氏がこちらにみえたというお話ですが、まちがいありませんか?」

「はい、そのとおりです」

カリイ警部は彼女が簡潔に答えてくれたので、とても満足だった。

「セロコールド氏はリヴァプールへ行っておられた、氏は今夜の六時三十分の汽車で帰ってこられたのですね」

「はい」

「夕食後、グルブランドセン氏は、ご自分の部屋で仕事をしなければならないからと、みなさんにいって、コーヒーのあとで、ご自分だけ部屋に帰られたのですな。まちがいありませんか?」

「そのとおりです」

「それではと、ベルエヴァーさん、あなたが死体を発見なさったいきさつをお話しねがいたいのですが」

「今夜、ちょっと不愉快なことがありました。精神病患者の若い男が逆上して、ピストルでセロコールドさんをおどかしたのです。二人は、この書斎に鍵をかけてしまったのです。最後に、若い男はピストルを発射しました——ほら、そこの壁に弾丸の穴があいておりますでしょ。さいわい、セロコールドさんにはお怪我がありませんでした。発射してから、若い男は虚脱状態になって、ただ泣いているばかりでした。セロコールドさんは、わたしにマヴェリック博士を探してくるようにおいいつけになりました。内線の電話をかけてみたのですが、博士は部屋におられませんでした。それから、博士が同僚のひとりと一緒におられるのがわかりましたので、セロコールドさんの言葉をお伝えしたのです。それですぐ、博士はこちらにみえました。そのもどりみちに、わたしはグルブランドセンさんのお部屋へまいりましたの。なにかお持ちするもの——お休みになる前にホット・ミルクかウィスキーでもお飲みにならないか、お聞きしたいと思いましてね。ドアをノックいたしましたが、ご返事がなかったのでドアをあけたのです。グルブランドセンさんは死んでおりました。それで、すぐ警察にお電話したのです」

「お宅の出入口はどうなっております？　戸じまりはちゃんとしてありますか？　家人に感づかれずに、外からしのびこめるようなことはできますか？」

「テラスのサイド・ドアからでしたら、入ってこられますわ。家のものがみんな休むまでは、鍵をかけませんから。少年寮へ行き来するのに、みなさん、そのドアから出入りしておりますの」

「たしか、その少年寮には二百人から二百五十人ぐらいの未成年犯罪者が収容されているそうですな？」

「はい、しかし少年寮の戸じまりは厳重になっておりますし、パトロールも欠かしたことはありません。ですから、だれにも気づかれずに寮からしのび出ることは、とてもできないと思いますけど」

「むろん、その点もよく調べてみなければなりませんな。グルブランドセン氏は、人から怨みを買っているようなふしはありませんでしたか？　なにか仕事のことで、不評判な方針の決定をしたとか」

ミス・ベルエヴァーは首を横にふった。

「いいえ、グルブランドセンさんは少年寮の経営や管理には直接タッチしていらっしゃいませんでしたわ」

「こんどの訪問の目的はなんでした？」

「わたしにはわかりません」

「しかし、グルブランドセン氏は、セロコールド氏が不在なので当惑されていたそうではありませんか。そのために、セロコールド氏が帰ってこられるまで、滞在を延ばしたという話ですが」

「そうですわ」

「すると、グルブランドセン氏の訪問の目的は、セロコールド氏とはっきり関係があるということになりますね？」

「そうですわね、でも――いいえきっと、協会のお仕事に関係のあることにちがいありませんわ」

「まあそんなところでしょうな。で、グルブランドセン氏は、セロコールド氏と相談したのですか？」

「いいえ、そのひまがなかったのです。セロコールドさんは、今夜の晩餐の直前にお帰りになったものですから」

「しかし晩餐のあと、グルブランドセン氏は大切な手紙を書かなくてはならないからといって自分の部屋に帰ってしまったのですね。氏は、セロコールド氏に、相談のことをほのめかしませんでしたか？」

ミス・ベルエヴァーはためらいがちにいった。

「あの、そんなことは、なにもおっしゃいませんでしたわ」

「たしかに、これは少しおかしいですな――グルブランドセン氏がセロコールド氏の帰りをやきもきしながら待ちわびていたとしたら？」

「そう、変ですわね」

このときになって、ミス・ベルエヴァーは、はじめて変だと思い出したようだった。

「セロコールド氏は、グルブランドセン氏の部屋まで、一緒に行かなかったのですか？」

「ええ、セロコールドさんは、ホールに残っていらっしゃいました」

「グルブランドセン氏の死亡時間についてはいかがでしょう？」

「そうですわね、わたくしたちが銃声を聞いたときだとみてよろしいのではないでしょうか。もしそうだとすると、九時二十三分でしたわ」

「あなた方が銃声を聞いたんですか？　それで驚きもなさらなかったのですか？」

「そのときは、とにかく事情が事情でしたもの」

彼女は、ルイス・セロコールドとエドガー・ローソンのやりとりのいきさつを、詳細に説明した。

「では、その銃声がまさか家のなかでしたとは、だれも思いつかなかったというのですね？」

「いいえ、そうじゃないと思います。その銃声が、この書斎のなかから聞こえたのじゃないというので、みんな、かえって安心したのですわ」

ミス・ベルエヴァーは、やや冷酷な口調でいった。「まさか、同じ夜、同じ家のなかで、二つも殺人騒ぎがあるとは思えませんからね」

カリイ警部にもそのことはうなずけた。

「それにしても」突然、ミス・ベルエヴァーがいった。「そのあとで、わたくしがまたグルブランドセンさんのお部屋まで行ったわけは、あの方がなにか召し上るかどうか、おたずねするつもりで行ったことはたしかなんですけど、そのじつ、なにも変わったことがないか、それをたしかめるための口実でございましたの」

カリイ警部はほんのしばらく彼女の顔を穴のあくほど見つめていた。

「変わったことがあるかもしれないと、どういうわけでそんなことを思われたのです？」

「わかりません。その銃声は家の外で起こったように思いますの。そのときは、べつに気にしませんでしたけど、あとになってから気になりだしたのです。きっと、リスタリックさんの車のエンジンのバックファイアだわ、こう自分にいいきかせて――」

「リスタリックス・リスタリックの車？」

「はい、アレックス・リスタリックです。今夜、車でいらっしゃいましたの――ちょうど、この事件が起こった直後に」

「なるほど。で、あなたがグルブランドセン氏の死体を発見されたとき、その部屋のなかのものに、なにか手をふれましたか？」

「もちろん、そのような真似はいたしませんわ」とんでもないといった表情で、ミス・ベルエヴァーはいった。「触ったり、動かしたりしてはいけないことぐらい、存じております」

「では、あなたが私たちをあの部屋に案内してくださったとき、部屋のなかの様子はあなたが死体を発見されたときと、そっくりそのままになっておりましたか？」

ミス・ベルエヴァーはじっと考えこんだ。眼をほそめながら、椅子の背にからだをもたせかけた。きっと彼女は写真のように鮮明な記憶力の持ち主なのだ、とカリイ警部は心のなかでつぶやいた。

「そう、ひとつだけ、ちがっておりましたわ」と、彼女はいった。「タイプライターのなかのものがありませんでしたもの」

「つまり、あなたがグルブランドセン氏の死体を発見したときは、氏はタイプライターで手紙を打っているところだった。ところがわれわれと一緒に行ったときには、その手紙がなくなっていたというのですね？」

「はい、タイプライターから白い紙の端が頭を出しているのを、たしかに見たような気がいたします」

「ありがとうございました、ミス・ベルエヴァー。私たちがあの部屋に行く前に、だれかほかに入ったひとがありますか」

「ええ、セロコールドさんがお入りになりました。わたしがあなた方をお迎えに出ておりましたとき、セロコールドさんが、あの部屋に残ってくださったのですから。それに、セロコールド夫人とミス・マープルも、行きましたわ。夫人がどうしても行きたいといいはるものですから」

「セロコールド夫人にミス・マープル」とカリイ警部はつぶやいた。「どちらの方がミス・マープルなのです？」

「白髪のご婦人ですわ。ミス・マープルはセロコールド夫人の学校時代のお友だちなのです。四日ばかり前に、訪ねておいでになりましたの」

「そうですか、どうもありがとう、ミス・ベルエヴァー。よくわかりました。それでは、こんどはセロコールド氏にお話をうかがってみましょう。ああ、それからですね、ミス・マープルという方はかなりご年配の婦人ですな？　ちょっと、お話ししたいのですが、それがすめば、その方もお休みになって結構です。ご年配の婦人を夜おそくまでおひきとめしておくことは、罪ですからね」カリイ警部は思いやりをこめて、「こんどの事件は、老婦人にはショックだったでしょうしな」

「わたしから、ミス・マープルにお伝えしましょうか？」

「おねがいします」

ミス・ベルエヴァーは書斎から出ていった。カリイ警部は天井を見つめた。

「グルブランドセン？　なぜ、グルブランドセンが殺されたのか？　この屋敷内のなかに、二百人の非行少年がいるのだ。やつらにやれなかったという理由はないのだ。きっと、そのなかに犯人がいる。しかし、なぜグルブランドセンが殺されたのだ？　門のなかに、よそから来た人間がひそんでいたのか？」

レイク部長刑事がいった。

「まだ私たちには、なにひとつわかっていないのですからな」

カリイ警部が答えた。

「たしかに、いままでのところは、なにもわかっておらん」

ミス・マープルが書斎に入ってくると、警部は、椅子からあわてて立ちあがって、親切な態度を示した。ミス・マープルはいささかあがり気味に見えた。それで、あわてて警部は、彼女が気楽になれるようにしようとした。

「さあ、ご心配になるようなことはなにもございませんから、奥さま」

こうした老婦人というものは、奥さまと呼ばれるのを好むものだと、警部は思った。こうしたご婦人たちから見れば、警察官はあきらかに低い階級であり、たえず尊敬の念を目上の者に示さなければならないのだ。

「今回のことにつきましては、さぞかし驚かれたことと存じます。しかし、私たちは事件の真相をつきとめなければなりません」

「よく存じておりますわ」とミス・マープルが答えた。「でも、たいへんむずかしいことでしょうね？　つまり、どんなことでも、それをはっきりさせるということですけど。たとえば同時に二つのことを見ることはできませんもの。おまけによく、まちがったことを見てしまうことだって数えきれないほどありますからね。もっとも、偶然にまちがったものを見るのか、故意にそうなったのか、はっきりいうことはできませんけど。魔術師は、〝客の注意をちがった方向に向ける〟と呼んでいますが、なかなか、かしこいやり方じゃありませんか。わたし、あの金魚鉢の魔術のネタがどうしてもわかりませんの――どうして、あんなに小さくできるのかしら？」

カリイ警部は、眼をしばたたいてから、なだめるようにいった。

「いや、まったくそのとおりですな。ところで奥さま、私はミス・ベルエヴァーから、今晩の騒動の顚末をお聞きしたのですが、その間というもの、さぞかしご心配になったことでしょうね」

「ええ、それはもう。とても劇的でございましたわ」

「はじめにセロコールドさんと」警部は、自分のノートに眼をやって、「その――エドガー・ローソンのあいだで」

「ええ、とても変わった青年ですわ」とミス・マープルはいった。「あの人、どこかおかしいんじゃないかしらと、わたし、ずっと思っていたのですけれど」

「いや、そうでしょうとも。で、エドガー・ローソンの騒動がやっとおさまったと思ったら、こんどはグルブランドセン氏の事件が起こったというわけですね。たしか、セロコールド夫人とご一緒に行かれたそうですが――その、死体を見に」

「ええ、まいりました。一緒に来てくれるように、夫人からたのまれたものですから。夫人とはとても古くからのお友だちなんです」

「なるほど、それで、あなた方お二人はグルブランドセン氏の部屋に行かれた。その部屋にいたあいだ、なにかに触ったりなさいましたか、夫人かあなたかが？」

「いいえ、セロコールドさんから警告されましたからね」

「タイプライターに、手紙か、用紙か、そういったものがはさまっていたのに、お気づきにならなかったでしょうか」

「いいえ、ありませんでしたわ」と、マープルは即座に答えた。「変に思ったものですから、わたし、すぐに気がつきましたの。グルブランドセンさんはタイプライターを前にして座っていたのですから、タイプでなにか打っていたのにちがいありませんもの。そう、それで、とてもおかしいとわたし思いました」

カリイ警部は鋭く彼女の顔を見つめた。

「グルブランドセン氏とお話をたくさんなさいましたか？」

「いいえ、あまりしていません」

「記憶に残っているようなお話は、べつになかったのですね？」

ミス・マープルはしばらく考えていた。

「そうですわね、セロコールド夫人の健康のことで、おたずねになりましたわ。とくに心臓のことを」

「心臓のこと？　夫人の心臓は悪いのですか？」

「なにも悪いというようなことは聞いておりませんけれど」

カリイ警部は、一瞬黙ったが、それから口を開いた。

「セロコールド氏とエドガー・ローソンとのあいだでひと騒動あったとき、銃声をお聞きになりましたね？」

「わたし、はっきりとはわかりませんでしたの。なにしろ、ちょっと耳が遠いものですから。でも、セロコールド夫人が庭園のほうで銃声がしたといっておりましたわ」

「グルブランドセン氏は、晩餐がすむと、すぐみなさんと別れて、部屋にもどられたということですが？」

「ええ、手紙を書くからとおっしゃって」

「彼はセロコールド氏と仕事のことでなにか相談がしたいというようなそぶりを見せませんでしたか？」

「ええ、べつに」

それからミス・マープルはつけ加えた。

「二人とも、その前にすこしお話しになりましたからね」

「話した？　いつです、それは？　セロコールド氏は晩餐の直前に帰ってこられたという話ではありませんか」

「ええ、そのとおりです。でも、セロコールドさんが庭園を通って家のほうに歩いていらっしゃると、グルブランドセンさんがお迎えに出てきて、テラスまでぶらぶら一緒にもどっていらっしゃったのです」

「このことは、ほかにもどなたか、知っていらっしゃいますか？」

「さあ、ほかにはだれもいないと思いますけれど。もちろん、セロコールドさんが夫人にでもおっしゃらないかぎりはね。ちょうどそのとき、わたしは自分の部屋の窓から外を眺めていたのです――小鳥でしたけど」

「小鳥？」

「ええ、小鳥ですわ」少ししてから、マープルはいい足した。「カワラヒワだと思いましたけど」

カリイ警部は、カワラヒワなどに興味がなかった。

「お二人の話していた内容が、その――あなたの耳までとどいてくるようなことはなかったでしょうね？」警部はデリケートな言いまわしでいった。

無邪気な、陶器のように青い眼が、警部の眼とぶつかった。

「ほんの断片だけしか」ミス・マープルはしずかにいった。

「どういう言葉でした？」

一瞬、ミス・マープルは口をつぐむと、それからいった。

「あの方たちのお話の内容まではよくわかりません。でも、セロコールド夫人にだけは秘密にしておきたいというようなことをしきりに話していたようでした。〝どうしたらキャリイ・ルイズに知られずにすまされるかね——〟とグルブランドセンさんがいってました。それから、〝彼女のことは考慮に入れておかなければなりませんがね〟とセロコールドさんがおっしゃいました。また、お二人とも、〝重大な責任〟ということもいっておりましたし、〝外部の意見も聞かなければ——〟などとおっしゃっていましたわ」

そこで、ミス・マープルは口をとざした。それから、「このことについては、警部さんからセロコールドさんにじかにおたずねになったほうがいいと思いますけど」

「そうしましょう、奥さま。そこでですが、今夜のことで、なにか異常なことにお気づきにならなかったでしょうか」

ミス・マープルは考えこんだ。

「でも、みんな異常なことばかりでしたわ」

「いや、たしかにそのとおりですね」

ミス・マープルはなにかを急に思い出したようだった。

「そういえば、とても変なことがありましたわ。セロコールド夫人がお薬を飲もうとしたら、セロコールドさんがそれをおとめになりましたのよ。それでミス・ベルエヴァーが、怒っていましたけど」

なにか腑におちないといった表情で、ミス・マープルは微笑した。

「でも、こんなこと、とるに足りないことでしょうけれど……」

「なるほど。いや、ありがとうございました、マープルさん」

ミス・マープルが書斎から出ていくと、レイク部長刑事がいった。

「年はとっているが、なかなか鋭いばあさんですね——」

10

ルイス・セロコールドが書斎に入ってくると、たちまち警部たちの関心はそちらのほうに移った。彼はドアをしめるためにからだをまわしたが、いかにもその動作は、人目をはばかるような雰囲気をかもしだした。彼は部屋の中央まで歩いてきて、ミス・マープルがいままで座っていた椅子に腰をおろさずに、机の向こう側にある自分の椅子に腰をおろした。ミス・ベルエヴァーは机の片側にカリイ警部の席をわざわざもうけていた。まるで無意識のうちにもルイス・セロコールドのご入来にそなえて彼の椅子をとっておいたといった感じだった。

ルイス・セロコールドは自分の椅子に腰をおろすと、二人の警察官のほうをもの思いにふけっているような様子で眺めた。彼の顔は皺がより、疲れはてていた。まるで厳しい試練に耐えてきた人の顔のようだった。たしかに、クリスチャン・グルブランドセンの死は、ルイス・セロコールドにとってショックにちがいなかったが、といって彼は、親友でもなければ親戚でもなく、いわばキャリイ・ルイズとの結婚を通じてグルブランドセンとは遠縁みたいな関係があるだけなのに、とカリイ警部はちょっと意外な感じさえした。

それに、セロコールド氏と警部との椅子の関係が、どうも主客転倒しているような感じだった。これではまるでルイス・セロコールドが、警部の尋問を受けるために書斎へやって来たのではなくて、検死審問の判事のような感じではないか。カリイ警部はいささかいらいらした気持ちにおそわれた。

彼はてきぱきとした口調でいった。

「さっそくですが、セロコールドさん――」

だが、ルイス・セロコールドは、まだもの思いにふけっているような様子だった。彼は溜め息をもらしながらいった。「正しいことが行われるかどうかを知るのは、なかなかむずかしい問題ですな」

カリイ警部がいった。

「それは、神さまでなければわからないことでしょう、セロコールドさん。ええと、グルブランドセン氏のことになりますが、突然来訪されたというお話ですが？」

「ええ、まったく不意でしたよ」

「氏が来られるということをご存じなかったのですね？」

「ぜんぜん」

「で、なんのために来られたのかも、あなたにはおわかりにならない？」

ルイス・セロコールドはしずかにいった。

「いや、それはわかっています。彼が私に話しましたからな」

「いつです？」

「私は門のところで車をおりて、歩いてきたのです。彼が家のなかからそれを見ていて、私を出迎えに来ました。そのとき、話を聞いたのです」

「グルブランドセン協会のことではありませんか？」

「いやいや、協会とは無関係でした」

「ミス・ベルエヴァーは、そう思っていたようですが？」

「そうとるのも無理はありませんな。グルブランドセンはそう思われていたほうがよかったのだし、私にしたってそうですよ」

「なぜです、セロコールドさん？」

ルイス・セロコールドはゆっくりといった。

「彼の来訪の真の目的が、他人に毛ほどもさとられないことが、私たちには重要だったからですよ」

「真の目的というのは、いったいなんです?」

一瞬、ルイス・セロコールドは沈黙した。それから溜め息をもらした。

「グルブランドセンは、理事会に出席するために、年二回定期的にこちらへやってくるのです。この前の会はほんの一ヵ月前にあったばかりです。ですから、あと五ヵ月もしなければ、彼がやってくるわけはないのです。ですから、彼がやって来たのは、仕事のことで急用ができたからにちがいないと、だれだって思ったことでしょう。それに仕事のことで来たとなれば、信託関係のことにちがいない、それでなければ緊急な用事ができるわけがないと他人が思うのも当然だと私は考えるのです。私の知っているかぎりでは、グルブランドセンは、ひとにどう思われようと、それを否定しなかったし、否定しようとも考えなかった。いや、きっとそうだと思いますね」

「失礼ですが、セロコールドさん、どうもあなたのお話がわかりかねるのですが」

ルイス・セロコールドはすぐには答えようとはしなかった。やがて重々しい口調でいった。

「私には、グルブランドセンが殺害されたということが、よくわかりますよ、あきらかに他殺だということがね。あなたに、なにもかも包みかくさずいわなければなりますまい。しかし、正直のところ、うちの家内の幸福と、あれの心をかきみだしたくないということ、それだけが、私の関心事なのです。私があなたに指図するわけにはいきませんが、警部さん、できるだけ、うちの家内にあることを秘密にしておいていただけるのなら、私はほんとに助かるのです。カリイ警部さん、クリスチャン・グルブランドセンがわざわざ訪ねてきて、私に話してくれたことは、こういうことなのです、うちの家内が徐々に毒殺されかかっているというのです」

「なんですって?」

カリイ警部はとても信じられないといったふうに、からだを乗りだした。

セロコールドはうなずいた。

「そうなのです、私がどんなに驚いたか、あなたにも想像していただけると思います。家内が毒殺されかかっているなどと、そんなことは夢にも思っていませんでしたからな。しかし、グルブランドセンの話を聞くとすぐ、最近の家内の病状に、いちいち思いあたりました。リウマチ、関節炎、痛み、ときどきの吐き気、こうしたものは、みんな、砒素中毒による徴候にぴったりとあてはまるではありませんか」

「ミス・マープルの話ですと、クリスチャン・グルブランドセン氏は、セロコールド夫人の心臓の調子をたずねたということですが?」

「彼がたずねた？　これは重要なことですよ。心臓をおかす毒薬は、まずなんの疑惑も持たれずに急死をまねくことができるので、使われているのではないかと、彼は考えたのではないでしょうか。しかし、私は砒素だとにらんでいますがね」

「では、クリスチャン・グルブランドセン氏の疑惑には、はっきりした根拠があるものと、あなたはお考えなのですな？」

「ええ、そうですとも。あのグルブランドセンが、そんなことをよくたしかめもせずに、私のところへ話しに来るものですか。彼ぐらい用心深くて冷静な男はありませんよ、それでいて、じつに鋭い人間です」

「それでは、彼の証拠というのは？」

「いや、そこまで話すひまがなかったのですよ。とてもあわただしかったし、彼が訪ねてきた理由と、はっきりした事実をたしかめるまでは、家内にはなにもいうまいという意見が一致しただけで、ほかのことまで話がいかなかったのです」

「だれが毒薬を夫人に飲ませていると、彼は疑っていましたか？」

「なにもいいませんでしたね。それに、彼がそれを知っていたとは思えないのです。まあ、疑いぐらいは持っていたでしょうがね。いや、たしかに疑ってはいたのですな、それでなかったら、彼が殺されるわけもないのですから」

「しかし、グルブランドセンさんは、あなたにその名前をいわなかったのでしょう？」

「名前はいいませんでした。徹底的に調査しようということに話はまとまり、クローマーの主教のガルブレイス博士の意見と協力をねがったらどうかと、彼はいっていました。ガルブレイス博士というのは、グルブランドセン家と旧知の仲であり、協会の理事のひとりなのです。博士は、じつに聡明なひとで、経験も豊富ですから、家内に私たちの疑惑を打ちあける必要に迫られたような場合には、家内にとって、大きな力になってくれるにちがいありません。警察に相談するしないにかかわらず、私たちは博士の助言をあてにしていたのです」

「じつに信じがたいことですな」カリイがいった。

「グルブランドセンは、晩餐後、ガルブレイス博士に手紙を書くために、私たちから離れて部屋にもどったのです。彼が撃たれたとき、実際に手紙をタイプライターで打っていました」

「どうして、それがおわかりなのです？」

ルイスは落ち着きはらっていった。

「私は、タイプライターから手紙をぬきとったから知っているのです。ここにありますよ」

彼は内ポケットから折りたたまれたタイプライター用紙を出すと、警部に手渡した。

警部が鋭くいった。

「あの部屋のものに手をふれてはいけませんな」

「いや、この手紙のほかは指一本ふれていませんよ。あなたの眼から見たら、たいへん悪いことをしたということは、よくわかっていますが、これには深いわけがあるのですよ。私は家内があの部屋に来たがるにちがいないと思ったのです。そして、この手紙を妻に見られるのが、なによりも私には心配だったのですよ。たしかに悪いことをしたと私も思っています。しかし、もう二度とそのあやまちをくりかえさないとは断言できないのですよ。妻が不幸になるのを救うためには——また、同じようなことをくりかえしそうな気がしてなりません」

カリイ警部は、もうなにもいわなかった。彼はタイプライター用紙に眼を落とした。

親愛なるガルブレイス博士
この手紙をお読みになり次第、ご都合がすこしでもおつきなら、ストニイゲイトにお越しいただきたく存じます。じつに危険きわまりなき事態に直面し、いかに処理すべきか、そのなすところもなく、小生いささか茫然自失の体《てい》であります。

博士のキャリイ・ルイズによせられている深い愛情を小生はよく存じておりますし、彼女の身の上に起こるいかなることにたいしてもなみなみならぬ関心をよせられているということも知っております。彼女にどの程度まで知らせなければならないか？　はたしてどのくらいまで彼女に真相を秘しておくことができるか？　これらの設問の解答は、小生にはとても見出しがたいものであります。

藪のまわりを叩いて獲物を狩りたてるわけではありませんが、かの心やさしき無邪気な一婦人が、現に毒殺されつつあると信ずべき理由を、小生は持っております。小生が疑惑をいだいたそもそもの発端は――

ここで、タイプライターの文字は途切れていた。

カリイ警部が口を開いた。

「ここまでタイプを打ってきて、クリスチャン・グルブランドセン氏は射殺されたのですな？」

「そうです」

「しかし、犯人はどうしてわざわざこの手紙をタイプライターに残していったのでしょうね？」

「二つのことだけは考えられますね――その第一は、犯人がだれに手紙を書いていたのか、その内容がなんであるか、わかっていなかったということです。その第二は――そうですね、犯人が手紙をうばっていく時間がなかったということですな。きっと、だれかがやってくる足音でも聞いて、あわてて姿をくらます時間しかなかったのではないでしょうか」

「グルブランドセン氏は、だれがあやしいか、ヒントさえあなたにあたえなかったのですか――もし彼がだれかを疑っていたとしたらですが」

ルイス・セロコールドは答える前に、かすかにためらったような感じがした。

「いや、だれのこともいっておりませんでした」

それからあいまいな口調でつけ加えた。

「クリスチャンはじつに公明正大な男でしたからね」

「あなたは、この毒薬――砒素かそういったものでしょうけれど、この毒素がどういう形で服用された、いや、されているとお思いですか？」

「晩餐用の服に着かえているあいだじゅう、考えていたのですが、妻がずっと飲んでいる強壮剤に入っているような気がしますね。食べ物については、私たちは、同じ皿からめいめいとって食べていますし、妻に特別な料理を出すようなこともありません。しかし、強壮剤の瓶のなかに砒素を入れることなら、だれにだってできますからな」

「では、その瓶の薬を分析してみなければなりませんね」

ルイスがしずかにいった。

「すでに少し分析用に薬をとっておきましたよ。今夜の晩餐のはじまる前にね」

机の引き出しから、彼は赤い液体の入っている小さな瓶をとりだした。

カリイ警部は、それをまじまじと見つめながらいった。

「じつに用意周到ですな、セロコールドさん」

「なかなかの早業でしょう。今晩、妻がいつものように飲もうとしたので、私がやめさせたのです。ホールのオークの食器棚に、グラスはまだのっていますよ。強壮剤の瓶は客間にありますがね」

カリイ警部は、まるで机の上にのしかかるように、からだを前にかがめた。そして思いきり声を低めると、警察官の口調を離れて秘密めかしくささやいた。

「ねえ、セロコールドさん、いったいなぜあなたはそんなにまでして、奥さまに隠そうとなさるのです？　奥さまがいわれのない恐怖におそわれるのを心配してですか？　いっそのこと警告なさったほうが、奥さまのためにいいのではないでしょうか」

「そうですな、そうしたほうがいいかもしれない。しかし、あなたにはうちのキャロラインの性質がよくおわかりになっていないのですよ。カリイ警部さん、うちの家内というのは、いわゆる理想主義者なのですよ。なにからなにまですっかり信じこんでいる人間なのです。見ざる、聞かざる、いわざるという諺も、まるで家内のためにできたようなものです。なにものかが彼女の命を狙っているといったところで、家内は絶対に信じないでしょう。しかし、私たちの場合は、事態はいっそう進んでいるのです。〝なにものかが〟などという漠然とした状態ではないのです。彼女とごく親密な関係にあるだれかに、命を狙われている可能性があるということは、あなたにもわかっていただけると思うが……」

「それがあなたのお考えなのですね？」

「私たちはさまざまな事実を直視しなければなりません。つい目と鼻の先のところに、粗野で無自覚な暴力だけをふるってきた二百人もの人間が、抑制され、おとなしくその牙を隠しているのです。しかし、事件の性質から考えると、その二百人の子どもたちに疑いをかけるわけにはいかないのです。徐々に毒殺してゆこうとするような犯人は、この家庭内で、ごく親しく暮らしている〝だれか〟です。この家にいる人間を考えてみましょう。キャロライン・セロコールドの夫、その娘、その孫娘、孫娘の夫、まるで自分の子のようにしている義理の息子たち、ミス・ベルエヴァー、それにおたがいに愛しあっている昔の友だち。こうした人たちは、みんな、彼女と親しい人たちばかりですよ——にもかかわらず、そのなかのひとりを疑わねばならないことになるのです。そうではありませんか？」

カリイ警部がゆっくりいった。

「それから外部の人たちがおりますね——」

「そう、ある意味ではね。たとえばマヴェリック博士のように、ときどき私たちと一緒になる二、三の人たち、それから使用人——しかし、正直なところ、こういった連中が動機を持っていると考えられますかな？」

カリイ警部がいった。

「若い男がいますね——ええと、名前をまた忘れた——そうです、エドガー・ローソン」

「しかしあの男は、ごく最近ふとしたきっかけでここに住むようになったのですよ。毒殺をはかるような動機を持っているとも考えられないし、おまけにキャロラインのことをとても愛しています——つまり、ほかの人たちと同じようにね」

「ですが、精神状態がすこしおかしいじゃありませんか。いったいどういうわけで、あの男はあなたを撃ったりしたのです？」

セロコールドは気短かにそれをはねつけた。

「ほんの子どもじみた真似ですよ。私を撃つつもりなどなかったんですよ」

「この壁に二発も弾丸を撃ちこんでですか？　あの男はあなたを撃ったのですよ、そうじゃありませんか」

「いや、私にあてるつもりはなかったのです。ほんの冗談半分にやったことです、それだけですよ」

「冗談にしてはずいぶんあぶない真似をしたものですね、セロコールドさん」

「あなたには、あの男の気性がのみこめてないのです。精神医学者のマヴェリック博士と一度、話してみることですね。エドガーは私生児なのです。いかにも有名な男の息子だというふうに我と我が身にいいきかせて、自分が父親のわからない、身分の低い家の生まれであることをみずから慰めているのです。よくある現象ではありませんか。あの男は、とてもよくなったのですよ。ところが、どうしたわけか、またぶりかえしましてね、私のことを自分の〝父親〟だと思いこんで、まるでメロドラマみたいに私に食ってかかったというわけです。ピストルなんかをふりまわし、大声でわめきたててね。私はぜんぜん驚きもしませんでしたよ。あの男が実際ピストルを撃ったら、とたんにくずれおちて泣きだす始末なんですからね。マヴェリック博士が彼を連れ去って、鎮静剤を飲ませてあります。明日の朝にでもなれば、ケロッとよくなってしまうでしょう」

「あの男を告訴なさるお気持ちはないんですね？」

「いや、そうしたら、悪い結果になるでしょうから――むろん、あの男のためにですが」

「率直に申しますと、セロコールドさん、あの男は監禁する必要があると思いますよ。自分のエゴのためにピストルをぶっ放す人間なんか！　公衆のことも、念頭に入れなければなりませんからな」

「その問題については、マヴェリック博士と相談してください」とルイスはいいはった。

「いずれにもせよ、医者の立場から、あなたにお答えするはずです」それから、こうつけ足した。「あのかわいそうなエドガーは、グルブランドセンを撃ちはしませんでしたよ。なにしろこの部屋で、あの男は私を撃つといっておどかしていたのですからな」

「それから、もうひとつおたずねしたいことがあるのです、セロコールドさん。私たちは家の外のことを考えに入れてきませんでしたね。なにものかが外から入ってきて、グルブランドセン氏を撃ったとも考えられるじゃありませんか。なにしろテラスのサイド・ドアには鍵がかかっていなかったのですからね。しかし、テラスのサイド・ドアのところは、この屋敷でも狭いところですな。あなたのお話から考えても、いつも人目にさらされているように思われますね。それから、あなたとグルブランドセン氏とがもうすでに会って話しあったということは、あのミス――ええと、ミス・マープルを除いたら、だれも知らなかったということだってあり得ます。ミス・マープルは、偶然、彼女の寝室の窓からのぞいたので、お二人が話しているのがわかったのですからね。で、だれもまだ、お二人が話しあったということを知らないとしたら、グルブランドセン氏が撃たれたのは、彼が自分の疑惑をあなたにうちあけるのを防ぐためだったのかもしれません。むろん、いちがいにそうきめてしまうのは早計です。ほかにも殺人の動機があるかもしれないのですから。グルブランドセン氏は財産家だと思いますが？」

「ええ、なかなかの財産家ですよ。彼には息子たちと娘たち、それに孫までいます。こうした子どもたちは、彼が死ねば遺産もごっそり入ってくることでしょう。だが、彼の家族は、イギリスにいないと思っていましたがね。それに、みんな真面目な尊敬に価する人たちばかりですよ。私の知っているかぎりでは、悪い人間はひとりもいないはずです」

「グルブランドセン氏には、敵のようなものはありませんか？」

「そういうことはちょっと考えられませんな。彼は――そうです、敵がいるようなタイプの人間じゃありません」

「そうなると、結局のところ犯人は、この家のなかの人間ということになりませんか？この家のなかで、グルブランドセン氏を殺害できた人間というと？」

「簡単にいうわけにはまいりませんな。使用人たち、それに家族とお客。あなたの眼から見ればひとり残らず、殺人の可能性を持っていることでしょう。ただ、これだけは、申し上げられる。使用人を除いたぜんぶのものは、クリスチャンが自分の寝室にひきあげたとき、そして私がホールにいたあいだ、あのホールからだれひとり出ていかなかったということです」

「ひとり残らずですか？」

「たしか――」ルイスは、記憶をたぐりよせようとして、眉をひそめた。「ああそうだ、電灯のヒューズがとんで――ウォルター・ハッドがヒューズを調べに出ていきましたっけ」

「あの若いアメリカの方ですな？」

「そうです――それからエドガーと私がこの書斎に入ってしまいましたから、そのあとのことは私にはわかりませんがね」

「まだなにか、お忘れになっているようなことはありませんか、セロコールドさん？」

ルイス・セロコールドは首を横にふった。

「ありませんな。どうもお役に立たなくて――こんどの事件は、じつに信じられないことばかりです」

カリイ警部は溜め息をついていった。

「グルブランドセン氏は、小型自動拳銃で撃たれたのです。家のもので、だれかこのような銃を持っている人間をご存じないでしょうか？」

「わかりません。そんなことはないと思います」

カリイ警部はふたたび溜め息をついていった。

「みなさんに、寝室にひきあげても結構だと、あなたからおっしゃっていただけませんか。ほかの方たちからは明日お話をうかがいますから」

セロコールドが書斎から出ていくと、カリイ警部がレイク部長刑事にいった。

「きみはどう思うね？」

「あの人は知っていますね――すくなくとも犯人の目星ぐらいつけていると思いますが」

「そうだ。私もきみの意見に賛成だよ。そして、彼は、知っているということをそぶりにも出そうとはしないのだ……」

11

I

翌朝、ミス・マープルが食堂におりてくると、ジーナが挨拶がわりにたいへんないきおいで、まくしたててきた。

「またお巡りさんが来ているのよ。今日は図書室にいるわ。ウォルターときたら、あの連中にすっかり夢中になっているのよ。どうして連中があんなに落ち着きはらっているのか、ウォルターにはのみこめないんだわ。あのひと、事件以来、スリルで胸をわくわくさせているんですよ。あたしはごめんだわ。とてもこわいんですもの。どうしてあたしがこんなに興奮しているかご存じ？　あたしのからだにはイタリア人の血が半分流れているからなのよ」

「そうでしょうとも。どうしてあなたが自分の感じたことをそのまま率直に示すことができるのか、それでわかりましたよ」

ミス・マープルはこう答えると、微笑してみせた。

「ジュリエットときたら、おそろしいほどご機嫌ななめなのよ」ジーナはそういうと、ミス・マープルの腕にすがりつきながら、食堂のなかに押していった。「きっと、お巡りさんが来ていて、ほかの人たちのように〝いいようにあしらう〟わけにはいかないからなのね」マープルとジーナが食堂に入っていくと、ちょうどアレックスとスティーヴンの兄弟が朝食をすませたところだった。

「アレックスとスティーヴンは、ぜんぜん気にしてなんかいないのよ」ジーナは痛烈な口調でいった。

「やあジーナ」とアレックスがいった。「きみぐらい思いやりのないひとはいないね。あ、おはようございます、ミス・マープル。ぼくは心配もいいところだよ。きみの伯父さんのクリスチャンをよく知らないという事実をのぞいたら、ぼくはさしずめ容疑者の第一号だからね。たのむからぼくの気持ちにもなってくれよ」

「どうして？」

「だってきみ、ぼくが車でこの家に乗りつけたのは、ちょうど殺人の時間ごろだったらしいもの。警察の連中は、いちいち時間を照合しているんだ。門のところから家までぼくがやってくるのに、時間がかかりすぎたと思っているんだよ。つまり時間がかかりすぎるというのはだね、ぼくが車をのりすてて、この家のテラスまで走ってきて、サイド・ドアを通りぬけ、クリスチャンを撃って、おもてにとびだし、また車に帰るという意味がふくまれているのさ」

「じゃ、実際には、あなた、どうしていたの」

「いい若い娘さんがそんな無神経な質問をするものじゃないって、とっくに教えられていると思っていたがね。ヘッドライトに照らされた霧の感じを、数分間というもの、ぼくはばかみたいにぼんやり立って見ていたのさ。それから舞台でこの効果が使えないものかと考えたりしてね、ぼくの新作の《ライムハウス・バレエ》のためにさ」

「で、そのことはお巡りさんにいったの」

「もちろんさ。だけど、警察の連中がどんなものだか、きみだって知っているだろう。連中は、『どうもありがとうございました』と如才なくいって、ぼくのいったことをみんな書きとめるのさ。そして、あの連中ぐらい疑い深い人間はいないと思うぐらいで、あの連中がいったいどんなことを考えているのか、さっぱりきみにはわからないというわけさ」

「きみが犯人に思われるなんて、痛快だね、アレックス」スティーヴンが、いくぶん残酷そうな薄笑いを浮かべながらいった。「ところで、ぼくは絶対シロだよ！　昨夜は、ホールから一歩も出なかったんだからね」

ジーナが叫んだ。

「だけど、犯人があたしたちのなかにいるなんて、まさかあの人たちは考えてはいないでしょうね！」

彼女の黒い眼が恐怖に見ひらかれた。

「浮浪者かなにかの仕業とでもいうのかい」アレックスがマーマレードをたっぷりつけながらいった。「そいつはいささか陳腐というものだよ」

そのとき、ミス・ベルエヴァーが食堂のドアから顔を出していった。

「マープルさん、お食事がすみましたら、図書室においでねがえませんか？」

「また、おばさまですの？　だれよりも一足先に行かなきゃなりませんの？」ジーナがいった。

いくぶんか気分をこわされたような口調だった。

「おい、あれはなんだい？」とアレックス。

「なにも聞こえなかったよ」とスティーヴン。

「ピストルの音だ」

「刑事さんたちがクリスチャン伯父さんが殺された部屋で、ピストルを撃っているのよ」とジーナがいった。「どうしてか、わからないけど。おもてでも撃っているわ」

食堂のドアがまたあいて、ミルドレッド・ストレットが入ってきた。彼女は黒い服を着て、縞めのうのブローチをつけていた。

だれのほうにも顔を向けずに、ただ口のなかで朝の挨拶をすると、テーブルに座った。それから、ひそひそ声でいった。

「お茶をちょうだい、ジーナ。食欲がないのよ。トーストがすこしあればいいわ」

彼女は片手に持っているハンカチで、鼻と眼のあたりをぬぐった。それから眼をあげると、アレックスとスティーヴンのほうを、はじめて見るような感じで眺めた。兄弟は不愉快になってきた。二人はまるでささやくように声をひそめて話していたが、やがて椅子から立ちあがると、食堂から出ていった。

ミルドレッド・ストレットは、全人類にでもつげるのか、それともミス・マープルだけに話しかけたのか、ちょっとさだかではなかったが、こういった。

「あの二人ときたら、黒いネクタイさえしていないんだから！」

「まさか殺人が起こるなんて、あの人たちも前々から知っていたわけじゃありませんからね」ミス・マープルは弁解するような口調でいった。

ジーナがあくびをかみ殺すような音をたてた。ミルドレッド・ストレットがとがめるようにジーナのほうをにらんだ。

「ウォルターは、今朝、どこにいるの?」とミルドレッドがたずねた。

「あたし、知らないのよ。ぜんぜん姿を見かけないの」

ジーナが顔を赤くしていった。

なにかいたずらを見つけられた子どもみたいな感じで、ジーナはかたくなって座っていた。

ミス・マープルが椅子から立ちあがった。

「それでは図書室へ行ってみましょう」

II

ルイス・セロコールドは図書室の窓際に立っていた。

部屋にはほかにだれもいなかった。

ミス・マープルが入ってくると、彼はふりむいて、彼女を出迎え、手をさし出した。

「べつに気分の悪いようなことはなかったでしょうね。こんなに身近で殺人事件が起こったら、こうしたことに慣れていない人だったら、心身ともにまいってしまいますからな」

まさか、殺人事件はお手のものだと答えるのは、マープルの謙譲の美徳がゆるさなかった。ただ彼女は、世間の人が思っているほど、セント・メアリ・ミード村の生活は、平穏無事なものではないと答えただけだった。

「あの村にだって、じつに忌まわしいことが起こりますわ」とミス・マープルはいった。

「大きな町では起こらないようなこともあって、いろいろと教わる機会もありましてよ」

ルイス・セロコールドは寛大に耳をかたむけていたが、実際はその半分も聞いてはいなかった。

彼は簡単にこういっただけだった。

「あなたのご協力をおねがいしたいのです」

「ええ、できますことならなんでも、セロコールドさん」

「妻のキャロラインの身に起こったことなのですけど、あなたは妻を愛していらっしゃいますね？」

「ええ、もちろんですわ。ほかの方とご同様に」

「私もそうだと思っておりました。どうも私はまちがっていたらしいのですよ。カリイ警部の了解を得ましてね、これからあなたにお話ししようと思うことがあるのです。だれもまだ知らないことをです、いや、ひとりだけ知っているというべきかもしれませんが」

彼は昨夜カリイ警部にも話したことを要領よくマープルに話した。

ミス・マープルは、心から恐怖を感じたようだった。

「とてもわたしには信じることができませんわ、セロコールドさん」

「いや、私にしても、クリスチャン・グルブランドセンからその話を聞いたときは、あなたとまったく同じ気持ちでした」

「あのキャリイ・ルイズにかぎって、この広い世の中に敵などひとりもいないと、申さなくてはいけませんわ」

「そうです。あれに敵がいるなど、とても信じられないことですよ。しかし、このほのめかしはあなたにだってわかるでしょう、毒殺──それも徐々に死にいたらしめる毒殺。これはあきらかに親しいものの仕業ですよ。親密な関係にむすばれている私たちの家族のなかに、犯人がいるのにちがいないのです──」

「もし、それが事実でしたらね。グルブランドセンさんのお考えちがいということはないのでしょうか？」

「クリスチャンにかぎってはそんなことはありえませんよ。はっきりした根拠がないかぎり、そんなことをひとにいうような男ではありません。慎重すぎるくらい慎重なのです。おまけに、警察は、キャロラインの常用していた強壮剤の瓶と、べつにとっておいた薬のサンプルを分析してみたのです。二つとも砒素が入っていました——砒素はその強壮剤の処方にふくまれていないのです。定量検査はもっと時間がかかると思いますがね——しかし砒素が入っていたことだけははっきりと認定されたわけです」

「すると、キャリイのリウマチ——あの歩くのにも骨が折れるというのは——みんな、そのせい——」

「そうです、足の関節炎は砒素による典型的な症状だと聞いています。それにまた、あなたがここへ来られる前に、キャロラインは、一、二度胃にはげしい痛みをうったえましてね——クリスチャンから話を聞くまで、私は夢にも思ったことが——」

彼はそこで口をつぐんだ。ミス・マープルがそっといった。

「やっぱり、ルースの勘があたっていたんだわ」

「ルース？」

ルイス・セロコールドは驚いて聞きかえした。ミス・マープルはパッと顔をあからめた。

「じつはまだ、あなたにお話ししていないことがあるんですの。わたしがこちらにうかがったのは、まったくの偶然ではないのです。うまくお話しできるかどうかわかりませんけど、聞いていただけますか？」

ミス・マープルが、ルースの不安と、緊迫感を説明しているあいだ、ルイス・セロコールドはじっと耳をかたむけていた。

「これはまた驚きましたな。そんなこととはぜんぜん知りませんでした」

「とにかく、なにからなにまで雲をつかむような話ですよ」とミス・マープルはいった。「なぜ不安でたまらないのか、ルース自身にもそのわけがはっきりとわからない始末なんです。わたしの経験からいっても、なにかそこには理由があるはずですけど、〝変なこと〟といっても、ルースが感じたことだけですからね」

ルイス・セロコールドは厳しい口調でいった。「わかりました。どうもルースが正しかったようですな。マープルさんには私がどんな立場にあるか、おわかりだと思います。私からキャリイ・ルイズにこのことを話しましょうか？」

「それはいけませんわ」

ミス・マープルは苦しげな口調で即座にいった。そして顔をあからめると、ルイスのほうをあいまいに見つめた。

彼はうなずいた。

「あなたも、私と同じように思っていらっしゃるようですな？　クリスチャン・グルブランドセンもそうでしたよ。妻をあたりまえの女として考えてみる必要はないのでしょうか？」

「キャリイ・ルイズは普通のひとではありませんわ。あのひとは人間性というものを頭から信じこんで生きているのです――あら、うまく説明できませんわ。とにかく、犯人がわかるまでは――」

「そうですね、それが難点ですよ。だが、マープルさん、あれになにもいわないでいるということは、かえって危険ではないですか――」

「で、あなたはわたしに――なんといったらいいかしら――そのう、彼女から目を離さないようにとおっしゃりたいのではございませんか？」

「そうなのです。とにかく、私が信用できるのはあなただけですからな」とルイス・セロコールドはあっさりいった。「たしかに、みんな、妻のことを愛してくれているようです。しかし、ほんとにそうでしょうか？　それにひきかえ、あなたは、数十年来のお友だちですからね」

「それにまた、ほんの数日前にこちらに来たのも、わたしだけですから」とミス・マープルは適切におぎなった。

ルイス・セロコールドは微笑した。

「まさにそのとおりです」

「金銭ごとのおたずねになりますけれど」とミス・マープルは弁解がましく前置きして、「かりに、あのキャリイ・ルイズが死ぬとなれば、どなたが経済的な利益を得ることになるんでしょうか？」

「金！」ルイスは吐き出すような口調でいった。「とどのつまりは金ということになるんですな」

「ええ、この事件にはお金がからんでいるとわたしは思いますよ。なぜって、キャリイ・ルイズは、とても魅力のあるやさしい婦人ではありませんか。あのひとのことを嫌うひとなんて、とても想像できませんからね。それに、敵を持つようなひとではありませんから、あなたがおっしゃったように、結局はお金が目的だということになりますわ。セロコールドさん、あなたにわざわざご説明するまでもなく、人間というものは、お金のためなら、どんなことでもやりかねないものですからね」

「たしかに、そうかもしれませんな」セロコールドは言葉をつづけて、「むろん、カリイ警部も、その点をすでに問題にしているのです。ギルフォイ氏も、今日ロンドンからこちらに向かっていますから、はっきりしたことがわかるでしょう。ギルフォイ、そうです、ジェイムズ・アンド・ギルフォイ弁護士事務所は、なかなか優秀でしてね。いまのギルフォイ氏の父というのは、この協会の創立発起人のひとりで、キャロラインの遺言書も、エリック・グルブランドセンの遺言書も、すべてギルフォイ氏の事務所が作成したのです。あなたのために、その条項だけ、簡単に説明しましょう」

「おそれいります。法律というものはどうもややこしくて」ミス・マープルは恐縮しながらいった。

「エリック・グルブランドセンは、少年寮ならびに各種の組合、信託の基金、慈善関係への遺贈金を残し、ならびに彼の娘のミルドレッドと養女のピパ（ジーナの母親）に同額の遺贈金をあたえたのち、残余の莫大な遺産は信託して、それからの収入は、すべてキャロラインが死ぬまで、彼女に支払われることになっていたのです」

「で、キャリイ・ルイズが死にますと？」

「妻の死後は、ミルドレッドとピパ——もしその二人がキャロラインより先に死ねば、その子たちに、等分に分配されることになっているのです」

「すると、キャリイ・ルイズが死ねば、遺産はストレット夫人とジーナのところに行くわけですね」

「そうです。それにキャロラインも、自分の財産をかなり持っていますからね――グルブランドセン家には匹敵できないとしても。その財産の半額を、四年前、彼女は私に譲ってくれたのです。残りの財産については、一万ポンドをジュリエット・ベルエヴァーに、またその残りを彼女の二人の義理の息子たち、アレックスとスティーヴンに、平等に分配することにきめたのです」

「とするとみんなだめですわ」ミス・マープルはいった。

「というと?」

「この家にいらっしゃるみなさん、ひとり残らずがお金の動機を持っているという意味ですよ」

「たしかにそうなりますな。が、それにもかかわらず妻を殺そうなどと思うものがひとりでもいるとは、どうしても私には信じられないのです。ええ、どうしても……ミルドレッドはキャロラインの娘ですし――お金には不自由していません。ジーナは祖母を愛しています。あの子は気前がよくて金づかいも荒いが、欲ばりではありません。ジュリエット・ベルエヴァーは、キャロラインを熱愛しています。リスタリックの二人の兄弟はまるでじつの母のように彼女の身を心にかけていますよ。アレックスとスティーヴンは、とりたてていうほど、お金を持っているわけではないが、キャロラインの収入の大部分は、二人の事業の資金にまわっているのです——とりわけアレックスにね。まさかあの二人のどちらにしろ、キャロラインの遺産めあてに、彼女に毒を盛るなんて、とても考えられることではありません。いずれにしろ、だれも該当しないですな、マープルさん」

「ジーナの夫はいかがでしょう？」

「なるほど」ルイスは重々しくいった。「ジーナの夫がいましたね」

「あのひとのことについては、あなたもあまりよくご存じないはずですわ。それに、あのひと、とても暗い感じを人にあたえますわね」

ルイスは溜め息をついた。

「あの男には、ここが不向きなのですよ。私たちがやっていることにたいして、なんの興味も関心も持っていないのですからな。しかしまた、どうして彼に殺人の動機などがあるでしょうか？　あの男は若くて粗野で、人生の成功者ばかりが尊敬される国からやって来た人間です」

「ところが、ここでは失敗者ばかりかわいがられていますね」

ルイス・セロコールドが、鋭い視線で、疑わしげにマープルの顔を見つめた。

彼女はかすかに顔をあからめると、しどろもどろになっていった。

「あの――その反対に、ものごとをやりすぎるということもあると思うことがあるんですよ。つまり、いい遺伝を受け、めぐまれた家庭ですくすくと育てられ、勇気と胆力と人生に成功するだけの才能を持っている若い人たち――そうです、そういう人が――一朝《いっちょう》ことあるとき、国家がほんとうに必要とする人たちが――」

ルイスは眉をひそめた。ミス・マープルはますます真っ赤になって、早口につじつまのあわぬことをまくしたてた。

「いいえ、わたしにその真価がわからないわけじゃないいんですのよ――ほんとによくわかるんですの――あなたとキャリイ・ルイズのお仕事――ええ、それはもう立派なお仕事ですとも――まぎれもない哀れみの情――そうですとも、わたしたちは同情を持たなければなりませんですよ――なぜって、人間はとどのつまり運、不運に左右されるものなんですからね。まして、幸運を待ちのぞむのは、人情というものですわ。でも均衡の感覚を持つことが必要じゃないかしらと、ときどき思うことがありますの。あら、べつにあなたのことを申し上げているわけじゃありませんわ、セロコールドさん。ほんとに、なにをいっているのか、自分でもわかりませんが――イギリス人て、すこし変なところがありますわね。戦争中でさえ、自分たちの勝利より敗北や退却をよけいに誇りにしているくらいですもの。なぜわたしたちが、ダンケルクの悲劇をあれほど自慢にするか、外国人にはとうてい理解できるものではありませんわ。外国人にしたら、かえって黙っていたいことですものね。ですけど、わたしたちイギリス人は、勝利に対して、なにかおもはゆい感じがしてならないのですわ。むしろ、勝ったときは、自慢してはいけないとでも思いこんでいるみたいですよ。イギリスの詩人がみんなそうではありませんか！『軽騎兵の突撃』とか、『カリブ海の復讐』とか——こう考えてくると、ほんとに変わっている国民性ですわ！」

ミス・マープルは、ここまでしゃべりまくると、息を深々と吸いこんだ。

「こういったことはみんな、あのウォルター・ハッドに固有なものにちがいない、こうわたしは申し上げたかったのです」

「なるほど、いや、あなたのおっしゃりたいことがわかってきましたよ。それにウォルターはすばらしい戦功をたてているのです。彼が勇敢だということは疑いのないところです」

「いいえ、そんなことはなんの足しにもなりませんわ」とミス・マープルは率直にいった。「なぜって、戦争と日々の生活とは、まるでちがうものですからね。それに、殺人をおかすなんて、それこそ勇気のいることだと思いますわ——それとも、うぬぼれがなければね、そうですわ、なによりもうぬぼれがいりますよ」

「しかし、ウォルター・ハッドには、れっきとした動機があるとは思えませんな」

「そうでしょうかしら？」とミス・マープルはいった。「あのひとは、ここが嫌いなんですよ。ここから出ていきたがっているじゃありませんか。ジーナを連れだしたがっていますよ。そして、もしあのひとが心底からお金をほしがっているとしたら、ジーナが、その——だれかほかの男の人とぬきさしのならなくなる前に、彼女の手にお金が入ってくることが、重大になってくるはずですわ」

「ほかの男とぬきさしならなくなる？」ルイスは、びっくりした口ぶりでたずねかえした。

ミス・マープルはこの熱心な社会改革家の盲目さにあきれてしまった。

「ええ、そうですわ。あのリスタリックの兄弟は、二人ともジーナに恋しているではありませんか」

「そうかなあ、私にはちょっと考えられないが」とルイスはぼんやりした顔でいった。それから言葉をつづけて、「スティーヴンは私たちにとって貴重な存在なのです、ええ、じつにかけがえのない青年ですよ。少年たちの心をつかむ彼のやり方は、まことにあざやかなものです。少年たちは、先月みごとな芝居をやりましてな。舞台装置といい、衣裳といい、なにもかも満点でした。私が日ごろからマヴェリックにいっておりますように、子どもたちが犯罪におちこむのは、彼らの生活にドラマが欠けていたからだということを如実に示してくれましたよ。自分を芝居がかって表現するということは、あなた、子どもたちの自然な本能ですからな。マヴェリックも――そうそう、忘れていた、マヴェリック――」

ルイスは言葉を切った。

「エドガーのことでマヴェリックをカリイ警部に会わせようと思っていたのです。なにからなにまでばかげたことばかりですよ」

「エドガー・ローソンについては、どういうことをご存じなのですの、セロコールドさん？」

「どんなことでも知っていますよ」ルイスはいかにも確信ありげに答えた。「お知りになりたいことならなんでも。出生、無意識のうちに自己不信をつちかってきた彼の生い立ち――」

ミス・マープルは話をさえぎった。

「エドガー・ローソンに、夫人に毒を盛るような真似はできないでしょうか？」彼女はたずねた。

「まず無理ですな。あの男はここに来てまだほんの数週間にしかなりませんからね。いずれにしてもそんなことはばかげています。だいいち、なんでエドガーが妻を殺さねばならぬわけがあるでしょうか？　そんなことをして、あの男にどんな利益があるというのです？」

「たしかに物質的な利益はなにひとつありませんわね。でも、あのひとには人とはちがった理由があるかもしれませんよ。なにしろ、とても変な人ですからね」

「精神異常だからと、いわれるのですな？」

「ええ、でも、それはちょっとちがうんですの。わたしのいいたいのは、あのひとにはなにか全体にちぐはぐな感じをうけるんです」

マープルには自分の感じをうまく説明することがなかなかできなかった。しかしルイスは、その言葉をそのままうけとった。

「そうなんです」溜め息をつきながら彼はいった。「頭が変なのです、かわいそうにね。見ちがえるくらいによくなったのですが、どうして急にぶりかえしたのか、私には納得がいかない……」

ミス・マープルはここぞとばかりに、からだを前にかがめていった。

「それですわ。わたしが気にかかっているのも、そのことなのです。もし——」

カリイ警部が図書室に入ってきたので、彼女は中途で言葉をのみこんだ。

12

I

ルイス・セロコールドが部屋から出ていってしまうと、カリイ警部が椅子に座って、意味ありげな微笑を浮かべた。

「セロコールドさんは、あなたに番犬のようなお役目をおねがいしたんですね」

「ええ、でも、どうぞご心配なく――」ミス・マープルは弁解がましくいった。「いやべつに。なかなか名案だと思っておりますよ。でも、セロコールドさんは、どうしてあなたが適任だと考えたのでしょうね？」

「わたしにもまるで見当がつきませんわ、警部さん」

「そうだ、あなたが夫人と同窓の、親切な老婦人だと、彼が見てとったからですよ」警部はミス・マープルに向かって首をふってみせた。「いやいや、あなたがそれだけじゃないということを私たちは知っておりますよ、そうでしょ、マープルさん？　犯罪はあなたの性にあっているのですよ。犯罪の局面がわかっているのは、セロコールドさんだけですからな――素人にしてはたのもしいですよ。ときどき彼は、私をうんざりさせることがあるのです。おそらく、私がまちがっているのでしょう、頭も古いですからね。ところでずいぶんたくさんの若者たちがおりますな、もう世の中に出してやってもいいようなちゃんとした若者たちです。社会では正直というものは、それだけでもいい報酬がなければならないのに、金持ちは助けるに価するもののためにお金を委託するようなことをしませんからな。いや、いや、私のいうことなど、気にとめないでください、私の頭は時代遅れなのですよ。これまでに、ずいぶんいろいろな子どもたちを見てきましたよ。逆境、悪い家庭、不運、不幸な境遇におかれた男の子や女の子たち、そして人生の荒波を乗り切っていくだけの勇気を持っている子どもたちをね。株でも持っていたら、そういう子どもたちにやりたいものです。むろん、株など一生持てないでしょうがね、私にあるものといったら、年金と小さな庭ぐらいのものですよ」

警部はミス・マープルにうなずいてみせた。

「じつは昨夜、ブレイカー警視からあなたのことをお聞きしたのです。あなたは人間性の裏面について、ずいぶんいろいろと経験をお持ちだそうですな。それでひとつ、ぜひあなたのご意見をうかがいたいのです。あなたが疑わしいと思われる人物はだれです？ジーナの夫の、あのアメリカの兵隊さんですか？」

「そうなれば、みなさんぜんぶにとても好都合ですわね」ミス・マープルはいった。

カリイ警部はひとり笑いをもらした。

「ある兵隊さんにね、私は恋人をとられたことがあるのですよ」彼は昔を思いうかべながらいった。「当然、私には偏見があります。彼の態度だけ見ても、役には立ちませんな。ひとつアマチュアのご意見を聞かせてください、人目にもふれず、一定量の毒薬を、きちんきちんきちんとセロコールド夫人に飲ませることのできる人間は、いったいだれでしょうな？」

「そうですね」ミス・マープルは、第三者の立場に立っていった。「人間のつねとして、こういう場合、その夫を想定するようですわね。その反対の場合は、その妻になりますわ。毒殺事件の場合、第一にこう仮定してみるものじゃないでしょうか？」

「いや、ことごとくあなたに同感ですな」

「しかし、こんどの場合にかぎって――」ミス・マープルは首をふった。「率直に申しまして、ちがいますわね――わたしには、セロコールドさんを犯人に想定することができません。なぜって、警部さん、あの方はとても奥さまを愛していらっしゃいますからね。もちろん、愛しているようなふりを人前でしているとも考えられますけれど――でも、あれは見せかけなどとはちがいます。セロコールドさんの妻への愛情は、とてもひかえめなものですけど、まじりけのないものですわ。あの方は奥さまを愛しています。そしてわたしは、あの方が奥さまを毒殺するようなことはないと確信していますよ」

「夫人の毒殺をくわだてるような動機をセロコールドさんが持っていないことはいうまでもないことです。夫人は、財産の半分をすでに彼に譲渡されたのですからね」

「夫が妻をなきものにしようとするのには、もちろんほかにもまだ理由がありますけれどね。たとえば、夫に若い恋人ができたというようなことです。でも、こんどの場合には、そのようなきざしはひとつも見受けられませんわね。セロコールドさんが、なにか情事に身をやつしているようなところもありませんもの」それから、いかにも残念そうな口ぶりで、「おそらくわたしたちは、セロコールドさんを、容疑者から除外しなければなりませんわ」

「そんなに除外するのが残念ですか？」と警部はいった。彼は白い歯をみせて笑った。「いずれにせよ、彼にはグルブランドセンを殺すことはできなかったのですからねえ。グルブランドセンを射殺した犯人がわかれば、自然と毒殺をくわだてた人間もわかるはずじゃありませんか。セロコールド夫人に毒を盛っている人間がなにものであれ、そいつが秘密のもれるのを防ぐために、グルブランドセンを殺したのですからな。われわれが現在、つきとめなければならないのは、昨夜、グルブランドセンを射殺する機会を持っていた人間です。そして、その容疑者第一号は――いうまでもないことですが――あのウォルター・ハッドですよ。ヒューズのとぶ原因となったスタンドのスイッチをひねったのはあの男ですし、そのおかげで、彼はヒューズを直しに、ホールから出ていけたのですからな。ヒューズ・ボックスは、廊下から入っていける料理室の通路にあるのです。そして、銃声が聞こえたのは、彼がホールにいないあいだのことですよ。ですから、完全に殺人の容疑者第一号というわけです」

「それでは第二号は？」ミス・マープルがたずねた。

「第二号はアレックス・リスタリックです。彼は、下宿から家まで、たったひとりで車に乗っていたのですし、時間もかかりすぎていますよ」

「そのほかには？」ミス・マープルはひざを乗りだしてたずねた。「でも、ほんとにご親切に、よくいろいろとわたしに話してくださいますわね」

「いや、なにも親切ごかしに、こんなことをお話ししているわけではないのです。ぜひ、あなたにお力になっていただきたいからですよ。いま、〝そのほかには？〟とあなたがいわれましたけれど、お力になっていただきたいのはそこのところなのです。なぜなら、あなたは昨夜、あのホールにいらっしゃったのですし、だれがホールを出たか、あなたなら話していただけるのです」

「ええ、それはまあ、わたしのほうからお話ししなければいけないのでしょうけど――でも、あの場合は――」

「つまり、セロコールドさんの書斎の騒動にすっかり気をとられていたからだと、おっしゃるのでしょう？」

ミス・マープルは、大きくうなずいてみせた。

「そうなんですよ。わたしたち、すっかり驚いてしまって。ローソンさんときたら、すっかり変になってしまって――ええ、ほんとに、落ち着きはらっているように見えたセロコールド夫人はさておき、わたしたちみんな、ローソンさんがセロコールドさんに危害を加えはしないかとはらはらしていましたの。あのひと、大声でわめきたてて、それはもう身の毛のよだつようなことをどなりちらすんですからね――それがまた、はっきりホールまで聞こえてくるんですよ――おまけに、電気はみんなといっていいくらい消えてしまっているし――ほかのことはなにひとつわたしの眼には入りませんでしたわ」

「すると、その騒動がつづいているあいだ、だれかがそっとホールから脱け出して、廊下づたいに歩いていって、グルブランドセン氏を撃ってから、またもどってくることもできるということになりますかな？」

「ええ、やろうと思えばできないことも……」

「あの時間のあいだ、だれとだれとがずっとホールにいたとはっきりいえますか？」

ミス・マープルは眼をとじて考えこんだ。

「そうですね。セロコールド夫人はいましたわ——なぜって、わたし、ずっと彼女から目を離さなかったのですもの。あのひと、書斎のドアのすぐそばに座っていて、一度も席から離れませんでしたわ。どうして、あんなに落ち着きはらっていられるのかしらと思ったくらいですもの」

「で、ほかの人たちは？」

「ミス・ベルエヴァーはホールから出ていきました——でもたしか——そうですわ、銃声が聞こえてからだと思いますけど。ストレット夫人ね？　さあ、どうだったかしら、なにしろ、わたしのうしろに座っていたものだから、ぜんぜんわかりませんでしたわ。ジーナはずっと離れた窓際のところにいましたっけ。あのひと、あのあいだじゅうホールにいたような気がしますけど、でも、たしかではありませんわ。スティーヴンはピアノの椅子に座っていました。騒動がはげしくなったので、ピアノを弾くのをやめましたよ」

「私たちは、あなたが銃声を聞いた時間にばかりこだわっていると、とんでもないまちがいをしでかしますからな。銃声の聞こえる前に、すでに犯行がなされているというトリックもあるのです。いかにも犯行の時刻をよそおって銃声をならし、実際の犯行時刻をごまかす手ですよ。かりにミス・ベルエヴァーがこうしたトリックを（うまいトリックなら、あなたには決してわかりませんよ）使ったとしたら、銃声が聞こえたあとで、堂々と彼女が出ていったように、ホールから出ていくことだってできるのです。ですから、銃声だけで、私たちはアリバイをきめるわけにはいきませんね。そうすると、時間の境界線は、クリスチャン・グルブランドセン氏がホールを出ていったときから、ミス・ベルエヴァーが彼の死体を発見するまでのあいだということになります。ですからその時間のあいだに、射殺する機会を持たなかったとみとめられる人たちだけを排除していけばいいのですよ。その伝でいけば、排除される人は、書斎にいたルイス・セロコールドとエドガー・ローソン、そしてホールにずっといたセロコールド夫人ということになります。それにしても、よりによってセロコールドさんとローソンのあいだに一騒動あった同じ晩に、グルブランドセン氏が撃たれるなんて、非常に不幸なことでしたね」

「単に不幸だったとお思いなんですね？」ミス・マープルが口のなかでつぶやくようにいった。

「え？　じゃ、あなたはどうお考えなのです？」

「わざと仕組まれたような気がしてきましたの」

「これは、あなたのご意見ですか？」

「つまりね、あのエドガー・ローソンが、あんなに突然再発するなんて、みなさん、とても腑におちない様子でしたもの。ローソンは顔も知らない父親にたいして、どのような術語を使ってもかまわないのですけれど――つまり奇妙なコンプレックスみたいなものを持っていますわ。ウィンストン・チャーチルだとか、センゴメリイ卿だとか――いかにも彼の心の状態にふさわしいものばかり。たまたま彼の心に浮かんだ有名人ばかりですわ。しかし、ルイス・セロコールドが実父であり、いままで、彼を虐待ばかりしてきたとか――彼こそ、このストニイゲイトの、いわば皇太子になるべき権利があるということを、だれかがローソンにふきこんだものと仮定してみましょう。彼の薄弱な精神状態なら、ローソンはその考えをうのみにして――すっかり逆上し、おそかれはやかれ、昨晩のような騒動をひきおこすことは火を見るよりもあきらかですわ。なんという巧妙な隠れ蓑《みの》でしょう！　みんながみんな、成り行きのわからないこの物騒な一幕に注意をうばわれてしまいますものね。おまけに、だれかがあらかじめ、ローソンにピストルまであたえていたとしたら」

「なるほど、ウォルター・ハッドのピストル」

「ええ、わたしもはじめはそのことを考えたのですよ。でも、ウォルターは無口で陰気で無愛想ですけど、ばかだとは、わたし思いませんの」

「では、やるとしたら、ウォルターの仕業ではないとお考えなのですな？」

「もしウォルターが犯人だったら、それこそ、みんなホッと胸をなでおろすことでしょうね。こういうとずいぶん冷たく聞こえるでしょうけど、ウォルターはこの家の人間ではありませんからね」

「では細君のジーナはどうなります？　彼女も安心するでしょうか？」カリイ警部がたずねた。

ミス・マープルは答えなかった。彼女はいま、はじめてこの家に来たとき目にした、一緒に湖のほとりにたたずんでいたジーナとスティーヴン・リスタリックのことを考えていたのである。それから、アレックス・リスタリックが昨夜ホールに入ってくるなり、ジーナに視線を向けたときの様子を思いうかべた。あのときのジーナの態度はどうだったかしら？

II

　それから二時間後、カリイ警部は椅子に大きくそりかえると、のびをして、溜め息をもらした。

「さてと、だいぶいろいろなことがわかってきたぞ」

　レイク部長刑事が、それに同意していった。

「使用人の調べはつきました。現在、ここに住みこんでいるものは、みんな戦争中からここで働いているもので、そうでないものは、故郷に帰ったそうです」

　カリイ警部はうなずいた。彼は精神的な疲労で、すっかりまいっていた。

　物理療法の医者や教職員の連中にも会って話を聞いたし、昨夜、家族の晩餐に招ばれていた〝二人の若い囚人〟——こう警部は、自分で名づけていたのだが——その少年たちにも会ってみたのである。彼らの話には、ひとつとして食いちがいはなかった。あらためて書きとめるほどのこともなかった。彼らの活動や習慣は公共的なものばかりだった。ひとりだけで、なにかができる余地はなかった。そういうことは、アリバイを調べるのに好都合だった。カリイ警部は、彼が判断したかぎりでは、この少年寮の責任者であるマヴェリック博士に会うのを、いちばんあとまわしにしておいた。

「いま、博士が来るからね、レイク」

するとと、若い医者がせかせかした足どりで入ってきた。こざっぱりした服装で、かけている鼻眼鏡《パンスネ》が、なにか人間的なつめたさを感じさせた。

マヴェリックは職員の陳述をみとめ、カリイ警部の判定にも同感の意を表した。こと少年寮に関するかぎり、警部につけこませる余地は、ぜんぜんなかった。クリスチャン・グルブランドセンの死を、警部流にいうならば〝若い患者たち〟の仕業に帰することはできなかった——警部は医学的な用語にまくしたてられて、だんだんそんな気になってきたのである。

「患者というものは、そういったものですからね」マヴェリック博士は、かすかな微笑を浮かべていった。

それは優越的な微笑だった、これにムッとしないようでは、カリイ警部は男とはいえまい。

警部は事務的な口調でいった。

「それでは、あなたご自身の昨夜の行動は？　お話ししていただけますな？」

「ええ、おおよその時間はおぼえていますから、ざっとならお話しできますよ」

マヴェリック博士は、レイシイ氏とバウムガートン氏と一緒に九時十五分にホールから出ていった。三人はバウムガートン氏の部屋に行って、ミス・ベルエヴァーがとびこんできて、すぐにホールに来てくれるように彼女にたのまれるまで、治療上のことで議論をしていた。だいたい九時半ごろだった。博士がすぐホールにかけつけると、エドガー・ローソンが虚脱状態になっていた。

カリイ警部はかすかに身うごきした。

「ちょっとおたずねしたいのですが、マヴェリック博士、その若い男は、あなたの診断からみて、あきらかに精神病患者なのですか」

博士はまた、あの優越的な微笑を浮かべた。

「私たちはみんな精神病患者ですよ、警部さん」

ひとを小ばかにした返答だ、と警部は思った。マヴェリック博士が精神病だろうと、おれは正気なんだぞ！

「あの男は、自分の行動に責任を負うべきでしょう。自分のしていたことが、はっきりわかっていたと思いますがね？」

「そのとおりです」

「それでは、セロコールドさんにピストルを発射したとき、はっきりした殺意があったわけですな」

「いや、そうじゃありませんよ、警部さん、殺意のようなものはなにもなかったのです」

「しかしですね、マヴェリック博士、壁に弾痕が二つあるのを、私はこの眼ではっきりと見たのですからな。あの状況ではもう少しのところで、セロコールドさんの頭にあたっていましたね」

「そうかもしれませんな。しかしローソンにはセロコールドさんを殺したり傷つけたりするような意図はなかったのです。セロコールドさんのことがとても好きですからね」

「だとしたら、ピストルを撃つなど変ではありませんか」

マヴェリック博士は、また微笑を浮かべた。警部には、博士が微笑をむりに浮かべているのだということがわかった。

「人間のすることにはみんな意図があるのです。あなたが人の名前や顔を見忘れるのも、警部さん、あなたが無意識のうちに忘れたいと思っているからなのですよ」

カリイ警部は疑わしそうな顔つきをしていた。

「あなたが失言したときでも、それにはちゃんとわけがあるのです。エドガー・ローソンは、セロコールドさんから一メートルほど離れたところに立っていました。簡単に相手を撃ち殺せる距離です。ところが、彼は撃ちそこなってしまいました。なぜ、撃ちそこなったか？　はじめから弾をあてるつもりがなかったからですよ。話はじつに簡単です。セロコールドさんの身にべつに危険ははじめからなかったのです——セロコールドさん自身、そのことをちゃんと知っておられるのです。彼は、なんのために、あんなジェスチャーをローソンがするのか、よくわかっていたのです——あの、子どもにとって欠くことのできない愛情と保護を彼に拒んだいっさいのものに対する反抗と憤懣のジェスチャーをですね」

「そのローソンという男に会ってみたいのですが」

「ええ、どうぞ。昨夜の爆発が、下剤のような効果をきたしましてね、今日はすっかりよくなっています。セロコールドさんも、これですっかり安心なさるでしょう」

　カリイ警部は、穴のあくほど彼の顔を見つめたが、マヴェリック博士は、あいかわらずしかつめらしい顔をしていた。

　カリイは溜め息をついた。

「砒素をお持ちですか」警部がたずねた。

「砒素？」マヴェリック博士はびっくりした。たしかに、突拍子もない質問だった。

「ずいぶん、妙なご質問ですな。どうしてまた砒素のことなど？」

「お答えだけしていただきたいのですが」

「いや、砒素は持っておりませんね」

「では、なにか麻酔剤をお持ちですか？」

「ええ、むろんありますよ。鎮静剤、モルヒネ――催眠薬。ま、ありきたりのものばかりですが」

「あなたはセロコールド夫人の診察をなさいますか？」

「マーケット・キンドルのガンター博士が、ここの家族の主治医なのです。むろん私は、医学の学位も持っていますが、精神医学者として仕事に専念しているのです」

「よくわかりました。どうもいろいろとありがとうございました、マヴェリック博士」

マヴェリック博士が部屋から出ていくと、カリイ警部は、あんないやなやつはおらんと、レイク部長刑事にこぼした。

「それでは、家族のものにとりかかろう。まずはじめに、ウォルター・ハッドに会うか」

ウォルター・ハッドの態度は用心深かった。ちょっと油断のない表情で、警察官のほうをうかがっているようだった。しかし尋問にはなかなか協力的だった。

ストニイゲイトの架線には故障しやすいところがたくさんあった。電気の配線そのものが、大時代のものであり、アメリカだったら、もうそんなものは役に立たない――

「たしか、まだ電気がめずらしかったころ、亡くなったエリック・グルブランドセン氏が、電気をとりつけたという話ですな」苦笑を浮かべながら、カリイ警部がいった。

「ええ、そうですとも！　イギリス人て、ほんとに封建的ですね。いままでそのままにしておくんですから」

ホールについている電灯の大部分につながっているヒューズがとんだので、彼はそれを直しにヒューズ・ボックスのところまで行った――ヒューズをつけおわったので、ホールにもどってきた――

「それはどのくらい時間がかかりました？」

「さあ、はっきりしたことはいえませんね。なにしろヒューズ・ボックスがとても不便なところにあったものですから、踏み台とローソクを持ってこなければなりませんでした。たしか十分――いや、十五分ぐらいかかったと思いますね」

「銃声を聞きましたか」

「いいえ、そんな音は、なにも聞こえませんでしたよ。料理室は二重扉になっていて、そのひとつにはフエルトのような布が、はってありますからね」

「なるほど、で、あなたがホールにもどってきたときは、どうなっていました？」

「みんな、セロコールドさんの書斎のドアのところにかたまっていました。ストレット夫人が、セロコールドさんが撃たれたといっていましたけど。でも、実際はそうじゃなく、セロコールドさんはピンピンしていました。弾があたらなかったのですね」

「一目見て、そのピストルがわかったのですな？」

「わかりましたとも、ぼくのですからね」

「そのピストルを最後に見たのはいつです？」

「二、三日前でした」

「どこにしまっておいたのです？」

「部屋の引き出しです」

「その場所をだれか知っていましたか？」

「この家じゃ、だれがなにを知っているか、ぼくには見当もつきませんよ」

「どういう意味です、それは、ハッドさん？」

「みんな、そろいもそろって狂っていますからね！」

「あなたがホールにもどってきたとき、全員そこにいましたか？」

「全員といいうと？」

「ヒューズを直しに行く前と、顔ぶれは変わっていなかったかということですよ」

「ジーナはいたし……白髪の老婦人と……それからミス・ベルエヴァー……さあ、とくに注意して見たわけじゃないから——でも、同じだったと思いますね」

「グルブランドセン氏は、なんの連絡もなしに、その前日、突然来られたのですな？」

「そうだと思います。いつもの彼に似合わないことだと、思いましたが」

「彼がやって来たことで、だれか驚いたようなひとはいませんでしたかね？」

ウォルター・ハッドは、それに答えるのに少し時間がかかった。

「ええ、いなかったと思いますね」

また、彼の態度には、用心深さのようなものがまじってきた。

「どういうわけで、彼がやって来たと思いますか」

「大事な大事なグルブランドセン信託のことでしょうよ。この家の仕事ぐらい、狂ったものはありませんよ」

「でも、アメリカにだって感化院があるじゃありませんか、そうでしょう」

「計画を立てることと、この家でやっているような仕事の進め方とはちがいますからね。軍隊にも、精神科医は、くさるほどいましたよ。ここでもまるで、影がうすいじゃありませんか。小さな悪漢どもに、シュロの葉っぱでバスケットをつくるのや、パイプ掛けの彫り方を教えたり、それから小僧っ子どものゲームのお相手だ、まるで、女のくさったような連中ばかりですよ！」

カリイ警部はこのウォルターの批評にひとことも答えなかった。おそらく同感しかねないところだろう。

警部はウォルターを注意深く見つめながらいった。

「だれがグルブランドセン氏を殺したか、思いあたりませんかね？」

「グルブランドセンから実習をうけていた少年寮のお利口な少年のなかにいるんじゃないですかね」

「いや、それは無理ですな、ハッドさん。あの少年寮は自由な空気をできるだけかもしだすようにはしてあるものの、やはり拘留所には変わりがないのですからね。そっと脱けだして殺人をおかし、またもぐりこめるものではありませんよ」

「あの連中を除外するなんて、ちょっと考えられないけれどなあ——そうですね、この家のものに限定したいとおっしゃるなら、あなたがいちばんマークしているのは、アレックス・リスタリックじゃないでしょうかね」

「どうして、そう思うのです？」

「あの男には、機会がありましたよ。たったひとりで、下宿から家まで、車に乗ってきたのですからね」

「では、どんな動機です？」

ウォルターは肩をすくめた。

「ぼくはよそ者ですからね、ここの内幕は知らないですよ。たぶん、クリスチャンのおやじさんの耳に、なにかアレックスのことが入って、セロコールド家のものに、その秘密をもらそうとでもしたからでしょう」

「どんな結果になるのです？」

「セロコールド家では、あの男に金をまわさなくなりますからね。だれから聞いても、あの男は平気でじゃぶじゃぶ金を使っていますからね」

「というと——芝居の仕事に使うのですか？」

「へえ、あの男はそういっていますか？」

「ほかに、なにかあるのですか？」

ウォルター・ハッドは、また肩をすくめてみせた。

「さあ、ぼくにはわかりかねますな」

13

I

アレックス・リスタリックはじつによく舌のまわる男だった。そこにまた、手ぶり身ぶりまで加わった。

「や、どうも、どうも！　ぼくぐらいおあつらえむきの容疑者はいませんね。ぼくはここまでひとりきりで車で来たし、この家に入る途中で、創造的な感情におそわれたんですがね。とても、あなたにわかっていただけないでしょうな、いかがです？」

「そうかもしれません」カリイ警部は、冷淡に答えた。アレックス・リスタリックは、それにもかまわずしゃべりつづけた。

「ちょうど、それだったのです！　インスピレーションというやつは、時も手段もえらばず、わいてくるものですからね。ある効果が――アイデアが――あらゆることがパッとひらめくのです。ぼくは来月《ライムハウスの夜》というバレエを演出するんですよ。突然——昨夜の——あの舞台装置にしたくなるようなすばらしい光景……あの光の感じ。霧ですよ——霧のなかに流れるヘッドライトの光——反射——あの高い一群の建物にぼんやりと照りはえているライト。あらゆるものが、ぼくの演出に役立ったのです！　銃声——走り去る足音——シュシュッポッポとなっている電気の動力エンジンのひびきは、そのままテムズ河を行くランチの音になりますからね。そしてぼくは考えた——これだ——でも、どうしていつも、舞台のことばかりぼくは考えているのかしら——」

カリイ警部が言葉をはさんだ。

「銃声を聞きましたね？　どこでです？」

「霧のなかですよ、警部さん」アレックスは、両の手を空中で波だたせてみせた。肉づきのいい手入れのゆきとどいた手だった。「霧のなかですよ。とにかくあたり一面の霧でしたからね」

「銃声を聞いて、これはおかしいと、思わなかったですか？」

「おかしい？　いったいなぜそう思わなくちゃならないんです？」

「銃声などというものは、そうちょいちょい聞こえるものでしょうか？」

「ああ、やっぱりあなたにはわからないのだ。あの銃声は、ぼくが考えていた舞台にぴったりきたのですよ。銃声が必要だったのだ。危険——阿片——狂った事件。あの音が、ほんとのところ、なんであろうと、ぼくの知ったことでしょうか？　道路を走っているトラックのエンジンのバックファイア？　兎を追う密猟者？」

「連中は、このあたりでは兎をわなで捕えるのですよ」

アレックスは聞きながした。

「それとも子供の火遊び？　ぼくはその——銃声だとも考えなかったのですよ。ぼくは《ライムハウス》に没頭していたんです——それとも、劇場のなかにいたといったほうがいいかな——《ライムハウス》を観ながら」

「何発、銃声が聞こえましたか？」

「さあ、わかりませんね」と、アレックスは短気そうにいった。「二発か三発、二発つづけざまに鳴ったことは、おぼえていますよ」

カリイ警部はうなずいた。

「それから、走り去っていく足音がしたといわれたようでしたね？　どこから聞こえました？」

「霧のなかからですよ。家の近くでした」

カリイ警部はしずかにいった。

「すると、クリスチャン・グルブランドセン氏を射殺したものは、外から来たということになりますな」

「むろんですとも、そうじゃないですか。まさか、犯人が家のなかにいるとおっしゃるのじゃないでしょうね？」

なおもしずかな口調でカリイ警部がいった。

「私たちは、あらゆる場合を、考えに入れなければならないのです」

「そりゃあそうでしょうな」と、アレックスはいかにももののわかりがよさそうに答えた。「いや、たいへんなお仕事ですね、警部さん！　こまごましたディテール、時間、場所、おまけにとるに足りぬものをいちいちこねくりまわして。で、結局、そんなことがどんな役に立つというのです？　あのかわいそうなクリスチャン・グルブランドセンが生きかえりでもするのでしょうか？」

「あなたにおあつらえむきの人物をつかまえることで満足ですよ、リスタリックさん」

「アメリカの西部劇調ですな！」

「あなたは、グルブランドセン氏のことは、よくご存じでしたか？」

「殺すほどの仲ではありませんがね、警部さん。ぼくは子どものときからここに住んでいましたから、ときどき会ってはいましたよ。ちょいちょい、顔を見せましたからね、うちの仕事の幹部ですし。ぼくには興味のないタイプの人間ですよ。たしか、デンマークの彫刻家ツアヴァルセンの彫刻をずいぶん集めていたようです」アレックスは身ぶるいして、「これだけいえば、どんな男だったかおわかりでしょうね、とにかく金持ちでしたよ！」

カリイ警部は黙想するかのように、アレックスの顔を見つめていたが、やがて、

「毒薬に興味がおありですか、リスタリックさん？」

「毒薬にですって？　冗談じゃない、彼はははじめに毒を飲まされて、あとから射殺されたわけじゃありませんよ。それじゃまるで、ものすごい探偵小説みたいですよ」

「そうです、毒殺されたわけではありません。しかし、私の質問に、あなたはまだ答えてくださいませんな」

「毒薬には、たしかに魅力がありますね……ピストルや鉄棒のような兇器にくらべたら、ずっと洗練されていますからね。でも、毒薬については専門的な知識を持っていないのです、ま、こういう意味のことをおたずねならば」

「砒素を持っていたことがありますか？」

「芝居がはねてからのサンドイッチのなかに――？　こいつは、なかなかすてきじゃありませんか。ローズ・グリイドンという女優を知らないでしょうね？　女優というもの

は、自分が有名だと考えたがるものでね！　そうだ、砒素のことは考えなかったな、たしか砒素は農薬か蝿取り紙からとれましたね」

「ここの家には、よくおいでになるのですか、リスタリックさん？」

「そうですね、いちがいにはいえませんよ、警部さん。ときによっては、何週間も来なかったり。できるだけ週末には来るようにしていますがね。このストニイゲイトは、ぼくの実家だと、いつも思っているんです」

「セロコールド夫人のほうから、あなたがそう思うように、しむけてくれるのでしょう？」

「セロコールド夫人から受けた恩は、とてもぼくにかえせるようなものじゃありませんよ、同情、理解、愛情――」

「それに、たしか、たくさんのお金までも？」

アレックスの顔に困惑したような色が浮かんだみたいだった。

「夫人はぼくをじつの子どものように思っていてくれるのです。それにぼくの仕事にもとても理解があって」

「夫人の遺言書のことで、彼女から話を聞いたことがありますか？」

「ええ、ありますとも。ですけど、いったい、あなたのおたずねになっていることは、どういうことなんです？　セロコールド夫人の身になにも起こっていないではありませんか」

「そういうことにならなければいいですがね」とカリイ警部は厳しい口調でいった。

「いったい、どういうことなんです、それは？」

「あなたが知らないのなら、それに越したことはありませんが、もし知っているのなら――私はあなたに警告します」

アレックスが部屋から出ていくと、レイク部長刑事がいった。

「たいへんなくわせものだと、おっしゃりたいのでしょう？」

カリイ警部は首をふった。

「いや、そうとばかりはいえないね。あの男にはほんとうの創造的な才能があるのかもしれないし、もちろん大ぼら吹きなのかもしれないしな、ま、わからんがね。走っていく足音を聞いたと、あの男はいっていたね？　あれは十中八、九まで、あの男のでっちあげだろうな」

「これという理由は？」

「まだ、はっきりとした理由はわれわれにはわからないが、いまにわかるさ」

「けっきょくのところ、少年寮の子どもたちのひとりが、思いもよらないところから、外へしのび出たのかもしれませんね、警部。きっと天窓などから、しのび出る天才がいるんですよ、もしそうなら——」

「考えてみる必要はあるが、それではあんまり話がうまくできすぎるな。もしそうなら、レイク、きみの好きなものをなんでもおごってやるよ」

II

「ぼくはピアノを弾いていたのです」とスティーヴン・リヘタリックがいった。「騒動が起こったとき、低い音でしずかに鳴らしていたのですよ。あの、ルイスとエドガーの騒ぎがはじまったときはね」

「どう思いました？」

「そうですね、率直にいって、ぼくはそれほど気にしなかったのですよ。あいつ、さかんに毒舌をあびせていましたがね、ほんとは頭が変なわけじゃないのですよ。あのばか騒ぎも、蒸気を噴き出すみたいなものでしてね、じつは、あいつは内心ぼくたちぜんぶのことを根に持っているのですよ——とりわけジーナにね」

「ジーナ？　ハッド夫人のことですか？　なぜあの男は、彼女のことを根に持っているのです？」

「それはね、彼女が女性だからですよ——それもうつくしい女性、そして、彼女があの男のことをばかにしているからです。彼女には半分イタリア人の血が流れているのです。イタリア人というものは、残酷な性質がありますからね。あの連中は、年寄りだろうと、不器量な人間だろうと、頭のおかしな人間にだろうと、哀れみの情など持ったためしがないんですからね。平気で容姿を指さしたり、嘲笑したりしますよ。例をあげるなら、ジーナのやり口がそうなんです。ジーナは、あんなエドガーなんか嫌いですからね。あいつはばかで、横柄で、底の底からぐらついているんですよ。あいつは人に印象づけたくてたまらないのですよ。で結局、ばかに見えるのがおちですけどね。あいつがどんなに悩もうと、ジーナにとっては、どこ吹く風というところですよ」

「つまり、エドガー・ローソンが、ハッド夫人に恋しているとでもいわれるのですか？」カリイ警部がたずねた。

　スティーヴンはあかるく答えた。

「ええ、そうですとも。実際のところ、多かれ少なかれ、ぼくたちはみんなジーナに恋していますからね。もっとも、そうされるのが、ジーナにはうれしいのですよ」

「まさか、ご主人はよろこばれないでしょうに?」

「あの男にはぼんやりとしかわかりませんよ。あの男も悩んでいるのです。うまくいかないのですよ。結婚のことですけどね。もう長いことないですね。ま、これも戦争の産物ですが」

「なるほど、興味がつきませんな」警部はいった。「ところで、クリスチャン・グルブランドセンの事件から話がそれてしまいましたな」

「ほんとですね、でも、ぼくはお話しすることがなんにもないのです。ぼくはピアノの椅子に座っていて、ジュリエットが古ぼけた鍵を持ってきて、書斎のドアの鍵穴を鳴らすまで、ぼくはピアノから離れなかったのですから」

「あなたはピアノの椅子に座っていた。そのまま、ずっとピアノを弾きつづけていたのですか?」

「ルイスの書斎の、生死にかかわる騒動のしずかなる伴奏をですか? いや、騒動がクライマックスに来たときは、ピアノを弾くのをやめましたよ。成り行きには、なんの心配もしていませんけれどね。ルイスは、ギラギラしたとしかいえないようなダイナミックな眼つきをしています。あの眼でひとにらみしたら、あんな男なんか、わけなくちぢこまってしまうでしょうからね」

「しかし、エドガーは、セロコールドさんに二発発射したではありませんか」

　スティーヴンはしずかに首をふった。

「あれは、おどかしただけですよ。自分でもおもしろがってやったことですからね。ぼくの母も、よくそんなことをしたものですよ。ぼくが四つのとき、母は死んだか、だれかと駆け落ちしたんです。なにかに興奮すると、母がよくピストルを鳴らしていたのをおぼえていますけどね。一度なぞ、ナイトクラブでピストルを撃ったことがありました。壁に弾痕で模様をつくりましたよ。母は射撃がうまかったのです。母はよくトラブルを起こしましてね、母はロシアのダンサーだったのです」

「なるほど。ところでリスタリックさん、昨夜、あなたがホールにいたあいだ——問題の時間ですが、そのホールからだれが出ていったか、お話しになれますね？」

「ウォルターです——ヒューーズを直しに行ったのですよ。それから、ジュリエット・ベルエヴァーが書斎の合鍵を探しに出ていきました。ぼくの知っているかぎりでは、ほかにはいませんでしたね」

「かりにだれかが、ホールを出ていったとしたら、すぐ気がついたことでしょうね？」

　スティーヴンは考えこんだ。

「いや、ちょっとわからないかもしれませんよ。足音をしのばせて出ていって、またもどってきたとしたらね。とにかくホールは暗かったし――みんな、騒動に心をうばわれていましたからね」

「ホールにはじめからおわりまでずっといたと、あなたがはっきりいいきれる人は？」

「セロコールド夫人――そうだ、それからジーナです。この二人は保証できますね」

「ありがとうございました、リスタリックさん」

スティーヴンはドアのほうへ歩いていった。それから少しためらっていたが、またひきかえしてくると、

「なにか砒素のことが、問題になっているそうですね？」

「砒素のことをだれに聞いたのです？」

「アレックスです」

「ああ――なるほど」

スティーヴンがいった。

「セロコールド夫人に、だれかが砒素を飲ませているのですか？」

「またどうして、セロコールド夫人だといわれるのです？」

「砒素中毒の症状を読んだことがあるのです。末梢神経症でしたね？　多少、最近の夫人の症状と一致するではありませんか。それに、ルイスが昨夜、彼女が強壮剤を飲もう

としたら、急にとめましたからね。そういう危険があるのですか？」

「その件につきましては、目下調査中です」カリイ警部は事務的な口調でいった。

「夫人は、そのことを知っているのですか？」

「セロコールド氏は、夫人を驚かしてはいけないと、頭を悩ましているのです」

「驚かすという言葉はちょっとあてはまりませんよ、警部さん。だいいちセロコールド夫人は、驚くような人ではありませんからね。こいつが、クリスチャン・グルブランドセンの死に深い関係があるのですね？　夫人が毒を盛られているのをクリスチャンが嗅ぎつけた――しかし、どうやって嗅ぎつけたのかな？　どうも、事件全体が信じられないことばかりだ。なにがなんだかさっぱりわからない」

「驚いたでしょう、リスタリックさん？」

「ええ、ほんとに。アレックスから話を聞いても、ちょっと信じられないくらいでした」

「あなたの眼から見て、だれが夫人に毒を盛りそうですかね？」

一瞬、スティーヴン・リスタリックのハンサムな顔に冷笑が浮かんだ。

「ありきたりの人物ではありませんね。ルイス・セロコールドは、除外しても大丈夫ですよ。彼は、夫人が死んだところで、なんの利益もないのですからね。それにまた、彼は夫人の崇拝者ですから。彼女が小指に怪我をしただけでも、ルイスはいてもたってもいられないくらいですよ」

「すると、だれです？　あなたの心あたりは？」

「ええ、ありますとも」

「さ、教えてください」

スティーヴンは首を横にふった。

「心理学上の確信で、ほかには証拠となるようなものはなにもないのですよ。それに、たぶん、あなたは納得してくださらないでしょうからね」

スティーヴン・リスタリックはそういうと、すまして出ていった。カリイ警部は、テーブルの上の紙に猫をかいていた。

警部は三つのことを考えていた。A、スティーヴン・リスタリックは、自分のことをひどく買いかぶっている。B、スティーヴン・リスタリックはアレックスと共同戦線を張っている。C、スティーヴン・リスタリックがハンサムなのにひきかえ、ウォルター・ハッドは醜男である。

それから、あと二つのことを考えてみた。スティーヴンがいっていた〝心理学上の確信〟という言葉、それに、ピアノに座っていたスティーヴンから、窓際にいたジーナの姿が見えるかどうかということ——二つとも、あやしいぞ。

III

ゴシック風の陰気な図書室のなかにジーナが入ってくると、あたりの空気はエキゾチックな派手な雰囲気に変わった。カリイ警部でさえ、腰をおろしたまばゆいばかりの若い女性のからだに、思わず眼をふせたくらいだった。彼女は、テーブルごしにからだを乗り出すと、待ちかまえるようにいった。

「なんでしょう?」

カリイ警部は、彼女の真っ赤なシャツとダーク・グリーンのスラックスをジロッと見ると、冷淡な口調でいった。

「喪服を着ていないのですね、ハッド夫人?」

「あたし、持っていないんですもの。喪服に真珠の首飾りをすることぐらい知っていますけど、あたし、ないんですの。それに、黒が嫌いなんですよ。背筋がゾクゾクしてくるわ、黒い服なんて、応接係か家政婦か、そういった人たちが着るものじゃなくて。いずれにしたって、クリスチャン・グルブランドセンとは、血縁関係などなにもないんですもの。あたしのおばあさまの義理の子どもですからね」

「それに、あなたは氏のことをよく知らないのでしょう？」

ジーナはうなずいた。

「クリスチャンは、あたしがまだ子どものとき、三度か四度、ここに来たわ。でも、そのうち戦争になって、あたし、アメリカへ行ったんです。ここに帰ってきたのは、まだほんの六カ月前ですわ」

「こちらで暮らすために帰ってきたのですね？　ただの訪問ではなくて？」

「ええ、そうですわ」

「あなたは昨夜、グルブランドセン氏が自室にひきあげたとき、ホールにいたのですね？」

「ええ、クリスチャンはおやすみをいって、お部屋に行きましたわ。おばあさまは、クリスチャンに入用なものがそろっているかどうか、たずねたら、そろっていると答えて――ジュリエットはとてもよく気がつくって。そっくりそのままじゃないけど、こういった意味のことをいってましたわ。これから手紙を書く用があるって」

「それから？」

ジーナは、ルイスとエドガー・ローソンの一幕を説明した。カリイ警部にとって、耳にたこができるほど聞いた同じ話だった。しかし、ジーナの手にかかると、それに新しい色彩と趣向が加わって、ドラマチックになってきた。

「それがウォルターのピストルだったのよ。あのエドガーに、ウォルターの部屋から盗みだす勇気がよくあったわ。あの男にそんな勇気があるなんて、どうしても思えなかったけど」

「二人が書斎に入っていって、エドガー・ローソンが鍵をかけたときは、さぞかしびっくりなさったでしょうな？」

「とんでもない」ジーナは、褐色の眼を大きく見ひらいて、「とてもおもしろかったわ、たいへんな大根役者だし、それにドタバタ芝居ですものね。エドガーのすることといったら、なにからなにまでいつも噴飯《ふんぱん》ものなのよ。だれが真面目にとってなんかやれるものですか」

「ですが、ピストルを撃ったではありませんか」

「そうね、あたしたち、ルイスが撃たれたものとばかり、思いましたわ」

「それでもおもしろかったですか？」警部は、そうたずねずにはいられなかった。

「いいえ、そのときは、とてもこわかったわ。あたしだけじゃなくてよ、みんなね、おばあさまを除いたら。おばあさま、びくともなさらなかった」

「それはすこし、おかしいような気がしますね」

「いいえ、そうじゃないわ、おばあさまは、そういう人なの。浮世ばなれしたところがあるのね。悪いことが起こるなんて、とても信じられないといったような人なのよ。おばあさまは、心がとてもやさしいんだわ」

「その騒動があったあいだ、ホールにいた人は？」

「ええ、みんないましてよ。むろん、クリスチャン伯父さんを除いてね」

「それはちがいますね、ハッド夫人。ホールを出入りした人がいるではありませんか」

「そうだったかしら？」ジーナはあいまいにいった。

「たとえば、あなたのご主人です。ヒューズを直しに出ていきました」

「そうね、ウォルターは修繕がとても上手なの」

「たしか、ご主人がいないあいだに、銃声が聞こえたのですな。その銃声は庭園のほうから聞こえてきたと、あなた方は思ったのですね？」

「さあよくおぼえていないけど……あ、そうだわ、電気がついて、ウォルターがもどってきた直後だったわ」

「ほかにだれか、ホールから出ていった人は？」

「そうね、いなかったようね、よくおぼえていないけど」

「あなたは、ホールのどこに座っていたのです、ハッド夫人？」

「窓際のところですわ」

「書斎のドアよりの窓ですね？」

「ええ」

「あなたはホールから一歩も出ませんでしたか」

「一歩も出ない？　興奮のあまり？　もちろん出ませんでしたわ」

ジーナは、まるで傷つけられたような口ぶりだった。

「ほかのひとたちは、どこに座っていました？」

「大部分、暖炉のまわりに座っていたと思いましたけど。ミルドレッド伯母さんは編み物をしていたし、ジェーンおばさまも——ええ、ミス・マープルのことよ——編み物をしていた——おばあさまはただ座っていただけ」

「スティーヴン・リスタリック氏は？」

「スティーヴン？　あのひとはピアノを弾きはじめていたわ。あとでどこへ移ったのか、知らないけど」

「ミス・ベルエヴァー？」

「あいかわらず、やきもきしてましたわ。席のあたたまるひまもなかったくらいよ。あのひと、鍵かなにかを探していましたわ」

それからだしぬけにたずねた。

「あの、おばあさまの強壮剤がどうかしましたの？　薬屋が調合するのをまちがえたかなにかしたんですか？」

「なぜそんなことをいわれるのです？」

「だって、お薬の瓶がなくなっているし、ジュリエットがさっきから、真っ青になって探してあるいているんですもの。アレックスがジュリエットに、お巡りさんが持っていったといってましたけど、ほんとですの？」

それには答えないで、カリイ警部はききかえした。

「ミス・ベルエヴァーが真っ青になっていたといわれましたね？」

「ええ、そうよ、とても心配していたわ」ジーナは気にもとめずに答えた。「あのひと、やきもきするのが好きなのよ。あれでよく、うちのおばあさまが我慢していられると、思いますわ」

「あとひとつだけおたずねしたいのですがね、ハッド夫人。だれが、なぜ、クリスチャン・グルブランドセンを殺したか、あなたは思いあたりませんか？」

「少年寮の子どもの仕業じゃないかしら。ほんとの強盗だったら、もっと賢明ですもの。つまりね、その連中ならお金や宝石類を盗むのに、棍棒かなにかで音のしないように相手をなぐるだけですもの——おもしろ半分にあんな真似はしませんわ。しかしあの子どもたちのひとりだったら、おもしろ半分にピストルを撃ったりするかもしれませんわ、そうじゃないかしら？　そうでも考えなかったら、クリスチャン伯父さんが殺された理由の説明がつきませんもの、そうでしょ？　べつにあたし、冗談をいっているのじゃないのよ——でも——」

「あなたには、動機が考えられないのですね？」

「ええ、つまりそういうことがいいたかったのよ」とあっさりいった。「伯父さんはなにも盗られたりしなかったんでしょ？」

「しかしですね、ハッド夫人、少年寮の戸じまりは厳重なのですよ。それに通行証なしでは、だれひとり出ていくわけにはいかないのですからね」

「そんなことあるものですか」ジーナはあかるく笑った。「どこからだって、おもてへ出ていけますわ！　子どもたちからそのトリックをたくさん、あたし、教わったんですもの」

ジーナが出ていくと、レイク部長刑事がいった。

「ずいぶん陽気なひとですね。はじめて、そばでいまの女性を拝みましたよ。なかなか愛らしい容姿をしているじゃありませんか。エキゾチックな感じですけどね」

カリイ警部は、じろりと部長刑事を見た。レイクはあわてて、「陽気な奥さん」といいなおした。「どんなことでも、楽しんでいるみたいですね」

「彼女の結婚がもう長いことはないと、スティーヴン・リスタリックがいっていたが、その当否がどうであろうと、ウォルター・ハッドが、銃声の聞こえる前にホールに帰ってきたと彼女がわざわざ証言したのに、私は注目したよ」

「ほかのひとたちの証言と食いちがいますね」

「そのとおりだ」

「それにまた、ミス・ベルエヴァーが鍵を探しにホールから出ていったとも彼女はいいませんでしたね？」

「そうだ」警部は、もの思いにふけりながらいった。「彼女はいわなかった……」

14

I

たしかにストレット夫人は、ジーナ・ハッドよりも古めかしい図書室の雰囲気にはるかにとけこんでいた。ストレット夫人には、エキゾチックめいたところは、どこにも見受けられなかった。彼女は黒い服を着て縞めのうのブローチをつけ、ヘアネットで灰色の髪をきっちりとまとめていた。

カリイ警部は、おもわずひとりごちたのだが、彼女の印象は、いかにも国教会の大聖堂参事会員の未亡人にふさわしかった――これはむしろおかしな感じさえあたえた。なぜなら、いかにもその人らしい印象をあたえる人などというものは、ほとんどいないものだからである。

かたくむすばれた彼女の唇にさえ、難行苦行に耐えている聖職者のおもむきがあった。

キリスト教的忍苦、キリスト教的不屈の精神が、彼女の全体から感じられたが、しかし――とカリイ警部は思った――彼女にはキリスト教的慈愛は感じられない。

そのうえ、感情を害していることはあきらかだった。

「いつごろ、あなたがあたくしにお会いになるのか、前もって教えていただけるものと思っていたのでございますよ、警部さん。午前中いっぱい、お待ちするだけで、すっかりつぶれてしまいましたわ」

自尊心が傷つけられたのだなと警部は見てとった。警部はあわててとりなしにかかった。

「いや、これはどうも失礼いたしました、ストレット夫人。おそらく、私たちがどんなふうにとりかかるか、事情をご存じないからだと思うのです。私たちは、さして重要でない証言から始めます。いわば役に立たないものをふるいにかけるのですな。そして私たちが信頼できるような判断を持っている方を、いちばんあとまで残しておかなければならないのですよ。つまり、いままでの証言を私たちがチェックできるような、すぐれた観察力を持っている方をですな」

ストレット夫人は、みるみるうちに気色をやわらげた。

「まあ、そうでございますの、あたくし、ほんとにわからなかったものですから……」

「あなたこそ円熟した思慮の持ち主ですよ、ストレット夫人。世故にたけたご婦人でいらっしゃるうえに、ここはあなたの実家です。あなたはこの家の直系の娘さんなのですからね。あなたなら家族の方たちについてつぶさにお話ししていただけると思います」

「それはもう、どんなことでも」ストレット夫人はいった。

「そこで、だれがクリスチャン・グルブランドセンを殺したかという問題に入るのですが、きっとあなたでしたら私たちの力になっていただけると思うのですが」

「でも、ほかになにか、おたずねになることはございませんの？　だれがあたくしの兄を殺したかなどということは、あまりにわかりきったことじゃございません？」

カリイ警部は、椅子に背をもたせた。彼は、手入れのいきとどいた小さな口髭をなでた。

「なるほど——しかし、私たちはできうるかぎり慎重でなければなりませんからな。わかりきったことだとお考えなのですね？」

「ええ、そうですとも。あのかわいそうなジーナの、見るのもけがらわしいアメリカ人の夫ですよ。よそものはこの家ではあの男だけですからね。あの男のことについては、あたくしたち、なにひとつ知らないんでございますよ。きっと、アメリカのおそろしいギャングの一味にちがいありませんわ」

「しかしそれだけでは、彼がクリスチャン・グルブランドセンを殺したことになりません。いったいどういう理由で彼が殺人をおかしたというのです？」

「クリスチャンが、彼のことでなにかを嗅ぎ出したからですわ。でなかったら、このあいだ来たばかりなのに、なんですぐこちらへ兄が来るものですか」

「確信がおありなのですか、ストレット夫人？」

「もう一度申しますけどね、あたくしには火を見るよりもあきらかでございますわ。兄は信託のことに自分の来訪をかこつけていましたけれど、リンセンスでございますよ。たった一ヵ月前に、こちらへ来たばかりなんですから。それにあれ以来、さして重要なことはなにひとつ持ちあがっていないのですよ。ですから、なにかプライベートな用事があって、来たのにちがいございません。兄はこの前来たとき、ウォルターを見かけて、なにかあの男のことで気がついたことがあるのかもしれませんわ――さもなければ、アメリカに彼のことを問いあわせて――ええ、兄は世界中に代理業者を持っておりますもの――なにかよくないことでも発見したのでしょうね。ジーナときたら、ほんとにあきれたばかですわ。ええ、昔からそうなんでございますよ。なにしろ、ろくろく知りもしない男なんかと結婚したりするんですからね――あの子は、男をまよわせてばかりいますもの！　きっとあの男はね、警察のおたずね者か、重婚者、それでなかったら、ギャングの一味ですよ。ですけど、うちの兄はやすやすとだまされるような人間ではございませんからね。兄がここへ来たのも、はっきりと片をつけるためだと、あたくし、いいきれましてよ。ウォルターの秘密をあばき、あの男の本性を暴露してやるためですわ。そこで、ウォルターが兄を撃ったのでございますよ」

カリイ警部は、吸取り紙帳にかいてあった猫の絵に特大の口ひげをかき足しながらいった。

「なーるほど」

「では、きっとこうだったのにちがいないというあたくしの意見に、警部さんは同意していただけませんの？」

「まあ——そうですな」警部はみとめた。

「それでは、ほかにどんな解答がございまして？　クリスチャンには敵などありませんですよ。どうしてあなた方が、ウォルターをとっくに逮捕なさらないのか、あたくしにはとんと納得がいきませんわ」

「つまりこうなのですよ、ストレット夫人。私たちは、証拠がなければ動けないのです」

「そんなもの、簡単に手に入るじゃございませんか、アメリカへ電報を打ちさえしたら

――」

「いや、そうですな、それではウォルター・ハッド氏のことを照会してみましょう。ま、ご安心ください。しかし、動機がはっきりしないうちは、なにひとつ着手するわけにはいかないのです。それに、射殺の機会のこともありますからね――」

「あの男はクリスチャンが部屋にもどったあとから、ホールを出ていったのでございますよ。電灯のヒューズがとんだように見せかけて――」

「しかし、電灯は消えましたね」

「そんなもの、事前に工作しておくのはわけないことじゃありませんか」

「なるほど」

「それが口実なんでございますよ。あの男はクリスチャンの部屋へ行って射殺し、ヒューズを直してから、ホールにもどってきたのです」

「彼の奥さんは、あなた方が、おもてのほうでした銃声を聞く前に、彼がホールへ帰ってきたと証言しておりますがね」

「そんなことあるものですか！　ジーナだったら、きっとそういうでしょうよ、なにしろ、イタリア人というのはほんとのことをいったためしがないんでございますからね。それに、むろん、ジーナはローマン・カソリックですわ」

カリイ警部は、この聖職者的なもののいい方から身をかわした。

「そうすると、ハッド夫人は、ご主人とうまくいっているとお考えなのですね？」

ミルドレッド・ストレットは一瞬ためらった。

「あの——いいえ、ところが、うまくいっているとは思えないのでございますよ」そういわざるを得ないのが、いかにも残念そうな様子だった。夫人は言葉をつづけて、「真相がジーナの耳に入るのをふせぐために——いくぶんか、それが殺人の動機になったのにちがいございませんですよ。とどのつまり、ジーナはあの男にとって命の糧ですものね」

「それになかなか美人ですからなあ」

「ええ、そうですとも、あたくし、いつもジーナはきれいだといっているんでございますよ。むろん、イタリアではざらにお目にかかれるタイプですけどね。ですけれど、ウォルター・ハッドが狙っているものはお金でございますよ。あの男がこの家にやって来たのも、セロコールド家にみこしをすえたのも、みんなそのためですわ」

「たしかに、ハッド夫人はお金持ちだという話ですが？」

「いいえ、いまのところはまだでございますよ。あたくしの父が、あたくしに残してくれたのと同額のものを、ジーナの母親のピパにも残してくれたのです。しかし、ピパは夫のイタリアの国籍に入ったものですから、（もういまでは法律も改正になったことと存じますけど）それに戦争と、夫がファシストだったおかげで、ジーナの財産というものは、ないといってもいいくらいですの。あたくしの母ときたら、ジーナを甘やかしますし、あの子のアメリカ人の伯母のヴァン・ライドック夫人は法外なお金をあの子のために使って、戦争中などは、あの子の欲しがっているものは、なんでも買ってやったのでございますよ。それにもかかわらず、あのウォルターの目から見れば、ジーナが相続することになる莫大な遺産も、あたくしの母が死ななければ、手に入らないということになりますからねえ」

「そして、あなたのほうにもですね、ストレット夫人」

ミルドレッド・ストレットの頬に、かすかに血の気がのぼってきた。

「ええ、あなたのおっしゃるとおりですわ。夫とあたくしは、ずっと地味に暮らしてまいりました。夫は、書籍以外にはほとんどお金を使いませんでした——立派な学者でございましたよ。あたくしのお金は倍になったようなものでございます。あたくしのつつましい生活では、とても使いきれるものではありません。もっとも、お金というものは、ひとのために使わなければならないものですわ。で、あたくし、お金が入ってくるようなことがありましたら、神聖な委託と見なすつもりでございますの」

「しかし、遺産は、信託に付されるわけではないのでしょう?」警部はわざと聞きまちがえたようにいった。「遺産はそっくり、あなたの手に渡るわけなのですからね」

「ええ、その意味でしたら、たしかにそうでございますよ。遺産はあたくしに入りますわ、そっくりね」

夫人の〝そっくりね〟という言葉にこもっているひびきのなかに、カリイ警部の顔をパッとあげさせるなにものかがあった。ストレット夫人は警部のほうを見ていなかった。彼女の眼はきらきらとかがやき、あの一文字にむすばれたうすい唇には勝ちほこった微笑が浮かんでいた。

カリイ警部は慎重な口調でいった。

「それでは、あなたの目からごらんになると——いや、むろんあなたには、判断をくだすだけのたくさんの機会があるわけですが——ウォルター・ハッド氏は、セロコールド夫人が死ぬと妻に入ってくる遺産をあてにしているというわけですな。ところで、セロコールド夫人はあまりお丈夫でないようですが、ストレット夫人?」

「うちの母は、昔からきゃしゃなたちでございますから」

「そうでしょうな。しかし、きゃしゃな方というものは、頑健な人より長生きなさる場合が多いですね」

「たしかに、そのようですわ」

「最近、お母さまのご健康が、とみにおとろえたことに、お気づきになりませんですか？」

「母はリウマチをわずらっておりますの。でも、年をとると、だれしもどこか悪いところが出てまいりますからね。それにあたくし、おきまりの痛みかなにかで、騒ぎたてるようなひとにには、同情などいたしませんわ」

「すると、セロコールド夫人は、騒ぎたてたりなさるのですか？」

ミルドレッド・ストレットは、一瞬口をとざし、それからおもむろにいった。

「母は、自分から騒ぎたてるようなことはありませんんですわ。ただ、はたで騒がれるのになれておりますのよ。あたくしの義父ときたら、ほんとに気にしすぎますわ。それにミス・ベルエヴァーは、ミス・ベルエヴァーで、ばかばかしいほど大騒ぎをするんですからね。どんな場合でも、ミス・ベルエヴァーはこの家に悪い影響をおよぼしてきましたわ。あの女はこの家に来てからもうずいぶんたちますの。あの女の母への献身ぶりはそのこと自体賞讃に価しますけどね。そのじつ、かえって苦痛になるくらいのものでございますよ。文字どおり、母には専制的にふるまっておりますもの。あの女は自分でも手にあまるくらい、家のなかのことをなにからなにまでひっかきまわしているんでございますよ。ルイスでもいやな気持ちになるときだって、あるようですもの。かりにルイスがあの女を馘《くび》にしたって、あたくし、あたりまえだと思いますわ。あの女には、ひとの気持ちを察するようなところが、ぜんぜんないんですからね。もとめて、ご主人が、専制的な女に頭を押さえられている自分の妻に気づくようにしむけているようなものですもの」

カリイ警部はしずかにうなずいてみせた。

「なるほど……なるほど」

彼は考え深げに夫人に眼をそそいだ。

「よくわからないことがひとつあるのですがね、ストレット夫人。この家におけるリスタリックの二人の兄弟の関係はどういうことになっておるのです？」

「愚にもつかない感傷でございますよ。あれたちの父親というのが、お金めあてにうちの母と結婚したのですわ。それから二年ののち、男は——ユーゴスラヴィア人の歌うたいの女、ほんとに最低もいいところですわ——その女と駆け落ちしてしまったのでございます。男もとるに足りない人間でした。母は心がやさしすぎたせいで、あとに残された二人の男の子のことをかわいそうに思ったのでございますよ。あんな最低の女のところへ、二人の息子を休暇に遊びに行かせておくわけにはいかなかったものですから、うちの母はあの子たちをひきとるようなことになったのです。それ以来、この家にいついてしまったのでございますよ。ほんとにうちときたら、居候ばかりうようよしていて」

「アレックス・リスタリックには、クリスチャン・グルブランドセンを殺す機会がありましたな。彼は車にひとりで乗ってきたのです——ロンドンの下宿からこの家までね。スティーヴンはどうでしょうか？」

「スティーヴンは、あたくしたちと一緒にホールにおりましたわ。アレックス・リスタリックについては、あたくし、感心できませんの——とても下品な感じがしますし、ふしだらな生活を送っているのじゃないでしょうか——ですけど、あのひとが人殺しをするとは考えられませんわ。それに、兄を殺すような理由が、あのひとにあるでしょうか？」

「私たちは、きまってこの問題につきあたってしまいますな？」とカリイ警部は愛想よくいった。「クリスチャン・グルブランドセンが知っていたのはどんなことなのでしょうね——だれかが彼を殺さなければならなくなるような？」

「そんなこと、きまっておりますわ」とストレット夫人が勝ちほこったようにいった。「だれかというのは、ウォルター・ハッドにちがいありませんもの」

「犯人が家族ともっと親密な関係を持っていないかぎりですね」

ミルドレッドが鋭くききかえした。

「と、おっしゃいますと？」

カリイ警部はゆっくりといった。

「グルブランドセン氏は、ここにいたあいだ、セロコールド夫人の健康をとても気づかわれていたふしがあるのです」

ストレット夫人は眉をひそめた。

「母がいかにも弱々しく見えるものですから、男の人たちは、いつも騒ぎたてるのでございますよ。そうしてくれるのが、母にはうれしいのじゃないかしらと、あたくし思うくらいですもの。さもなければ、クリスチャンはジュリエット・ベルエヴァーのいうことを額面どおりうけとっていたのですよ」

「あなたご自身は、お母さまの健康について、べつに心配なさらないのですか、ストレット夫人？」

「いいえ、気づかう点では、あたくしだってひとさまにおとらないと思いますわ。それに母も年ですし――」

「万人にとって死は避けられないものですからね」とカリイ警部はいった。「といって、寿命より前に亡くなるようなことがあってはならないのです。それは、私たちの手で防がなければなりません」

警部はいかにもいわくありげにいった。突然、ミルドレッド・ストレットの頭に血が逆流したようだった。

「ほんとにそうですとも――泣くにも泣けませんわ。だれひとり、そのことを親身になって思ってくれるものは、この家にはいないんでございますからね。なぜ、みんな冷たいのか、おわかりになって？　この家のなかでは、あたくしだけでしてよ、クリスチャンと血のつながりのある人間は。母にとっても、兄は義理の息子にすぎません。ジーナにとっては、兄はまるっきりあかの他人でございますわ。でもあたくしにとってかけがえのない兄妹《きょうだい》ですからね」

「異母兄妹になるのですね」カリイ警部が口をはさんだ。

「ええ、そういうことになりますわね、年があんなにちがっているのにもかかわらず、グルブランドセンの兄妹でございますよ」

カリイはしずかにいった。

「なるほど――あなたのおっしゃりたいことがわかりました……」

ミルドレッド・ストレットは眼に涙を浮かべて、図書室から出ていった。警部はレイクのほうを見た。

「夫人は、あくまでウォルター・ハッドだとにらんでいるのだよ。だれかほかのものがやったとは、一瞬なりとも考えられないのだね」

「夫人の考えるとおりかもしれませんな」

「夫人が疑うのも無理はないよ、たしかにウォルターはあてはまるからね、機会——それに動機。あの男がいち早く金を手に入れようとするには、まず細君のおばあさんが死ぬことだからな。そこでウォルターがセロコールド夫人の強壮剤に細工をする、それをクリスチャン・グルブランドセンに見つけられる——あるいは、そんなことが耳に入る。そうだ、ピッタリあてはまるじゃないか」

警部は言葉をくぎると、またつづけた。

「ところで、ミルドレッド・ストレットは、金に目がないね……そりゃあ、使いはしないだろうが、しかし、金が好きなのだ。はっきりしたことはいえないが……あの女はきっと守銭奴だよ——守銭奴の情熱を持っているんだ。あるいは、金力というようなものが好きなのかもしれん。慈善のための金か？　やっぱり、あの女はグルブランドセンの娘だよ。たぶん、おやじを見習いたいのだろう」

「コンプレックスじゃありませんか」レイク部長刑事がいってから頭をかいた。

カリイ警部がいった。

「頭のいかれているローソンに会ってみたほうがいいな、それがすんだらホールへ行って、だれがどこに座っていたとか、いつ、どうして——というようなことを実地にたしかめてみようじゃないか……とにかく、今朝のところは、二、三興味深いことがわかったからね」

II

いや実際のところ、ほかのひとたちの言葉から、ある人物をあやまちなく評価するということは、ほんとにむずかしいことだと、カリイ警部は思わずにはいられなかった。いまはじめて、図書室に姿をあらわしたエドガー・ローソンにお目にかかったわけだが、これまでには、ただいろいろなひとたちの口を通してローソンのことを警部は聞いていただけだったのだ。カリイ警部自身の印象は、おかしなくらい、いままでのひとたちの証言と食いちがっていた。

エドガーの様子は、〝変人〟とも〝危険人物〟とも、〝傲慢な男〟いや〝アブノーマルな男〟とさえ警部の眼には映らなかった。

ごくあたりまえの青年、伏目がちの、あの聖書に出てくるウリア（ダビデに謀殺されたバテシバの夫）のようなへりくだった態度だった。彼はまだ若く、ごくありふれた、どちらかといえば感傷的な感じがした。

　エドガーはただ弁明するのに汲々としていた。

「ええ、みんなぼくが悪かったんです。どうしてあんなことになったか、ぼくにもわからないんです――ほんとにそうなんです。あんな活劇を演じたりして、それにピストルなんか撃ったりして、それも、ぼくをあんなにかわいがってくださっているセロコールドさんにですよ」

　彼は、いかにも神経質そうに、両の手をからみあわせた。やせた手首についているその手は、いたましい感じさえした。

「もし、この事件で訴えられなければならないのでしたら、ぼくはすぐ、あなたのところへ来るつもりでした。ぼくは当然、罰せられなければならないのですから。ぼくは罪に服します」

「いや、告訴されませんでしたよ」カリイ警部はてきぱきした口調でいった。「それに、あなたを告訴するだけの証言が得られませんでしたしね。セロコールド氏の証言によると、ピストルから弾がとびだしたのは、事故だというのです」

「それは、セロコールドさんが親切な方だからです。セロコールドさんのように親切なひとは、どこにもいません。セロコールドさんは、ぼくのことをなにからなにまで面倒を見てくださいました。それなのに、あんな真似をセロコールドさんにするなんて」

「どうして、あんなことをしたのです？」

エドガーは、なんといって返事していいものか、困っている様子だった。

「ほんとにばかな真似をしたものです」

カリイ警部はつめたくいった。

「たしかにそうですね。あなたは、多くの人の面前で、セロコールド氏があなたの実父だということがわかったと、氏にしゃべったそうですな、ほんとのことですか？」

「とんでもない、ちがいます」

「どうしてまた、そんなことを考えついたのです？　だれかがあなたに、そんなことをほのめかしたのですか？」

「なかなか説明できないんです」

カリイ警部は、エドガーの顔をまじまじと見つめていたが、やがて思いやりのある口調でいった。

「まあいいから、思ったことを話してごらんなさい。あなたに無理なことは、こちらでもききませんからね」

「ええ、わかりました。子どものときは、とてもみじめだったのです。ほかの子どもたちから、からかわれてばかりいたんです。それというのも、父親がなかったせいです。おふくろは酒ばかり飲んでいて、年中、いろんな男が出入りしていました。父親は、外国の船乗りだという話です。家のなかにはみだらな空気がしみこんでいて、魔窟みたいなものでした。やがてぼくは、父親が名もない船乗りなんかじゃなくて、なにか偉い人のような空想にとらわれてきたのです――ぼくは二、三のことをでっちあげました。出生を変えたり――ちゃんとした嫡子だとか――まあ、子どもじみた嘘ですよ。それから新しい学校へ行くようになってから、一、二度、でたらめをいってみたことがありました。ぼくのお父さんは、海軍の提督なんだぞ。いつのまにか、自分でもそんな気になってきたのです。べつに悪いことをしているような気はしませんでした」

彼は休んでから、またつづけた。

「やがて――といっても、比較的最近のことですけど――ぼくは、もっとべつなことを思いついたのです。ホテルに泊まったときなど、戦闘機乗りだといってみたり、陸軍情報部部員だといって、罪のないでたらめを吹聴したものです。自分でもなにがなんだかわからなくなりました。嘘をつくのをよそうと思っても、もうできなくなってしまったのです。

でも、嘘をついてお金を騙し取ろうとしたことはありませんでした。世間の人が、すこしはぼくを見直してくれるかと思って、虚勢を張ってみただけのことなんです。不正なことをしようなどと思ったことはありませんでした。セロコールドさんやマヴェリック先生から聞いていただけば、おわかりになると思うんです――なにしろ、あの方たちは、みんな、よく知っているんですから」

カリイ警部はうなずいた。彼はもう、エドガー・ローソンの病歴や警察の記録の調べがついていたのだ。

「セロコールドさんは、ぼくの混乱した頭をなおしてくれました。そして、ここへおいてくださったのです。秘書がいるからとおっしゃって――ぼくはセロコールドさんのお仕事を手伝ったのですよ！　それなのに、ほかのひとときたら、ぼくをもの笑いの種子《たね》にして、そうですとも、ぼくをばかにしてばかりいるのです」

「ほかのひとというと？　セロコールド夫人のことですか？」

「いいえ、セロコールド夫人じゃありません。あの方はちゃんとしたレディです。あの方はいつもやさしくて親切なんです。でも、ジーナときたら、ぼくのことをごみかあくたみたいにとりあつかうんです。それからスティーヴン・リスタリックです。それにストレット夫人です。まるで紳士あつかいができないみたいに、ぼくを見くだしているんですよ。ミス・ベルエヴァーだってそうだ——いったい、あの女がなんだというのです？　たかだか使用人にすぎないじゃありませんか」

エドガーがだんだん興奮してきたことに、カリイ警部は気がついた。

「そういう人たちが、あなたはとてもつめたいと思ったのですね」

エドガーは感情的になっていった。

「それも、ぼくが私生児だからです。もしちゃんとした父親さえいたら、いままでのようなことをぼくにできなかったはずです」

「それで、有名な父親を二人もでっちあげたのですな？」

エドガーは顔を真っ赤にした。

「どうもぼくは、たえまなく嘘をつくようになってしまったらしいのです」とつぶやくようにいった。

「で、とうとうしまいには、セロコールドさんが自分の父だなんて、いいだしましたね。なぜです？」

「そういえば、みんな、いっぺんに、ぼくをばかにしなくなると思ったからなんです。ね、そうでしょう？　もしセロコールドさんがほんとの父親だったら、金輪際、あの連中はぼくに指一本させなくなるじゃありませんか？」

「なるほど。しかし、あなたはセロコールドさんのことを、自分を虐待している敵だといって非難しましたね」

「あの――」彼は額をこすった。「なにがなんだかわからなかったんです。そういうときが――よくあるんです。頭のなかが支離滅裂になっていたんです」

「それから、ウォルター・ハッド氏の部屋からピストルをあなたは持ちだしましたね？」

エドガーは、狐につままれたような顔をした。

「ぼくがですか？　いったい、どこからピストルなんか、持ちだしたんだろう？」

「おぼえていないのですか？」

エドガーがいった。

「ぼくはピストルでセロコールドさんをおどかしてやろうと思ったのです。また、子どもじみたいたずらが、出てきたんですよ」

カリイ警部は忍耐づよくいった。

「そのピストルをどうやって手に入れたのですか？」

「警部さんは、ウォルターの部屋から持ちだしたと、おっしゃったばかりじゃありませんか」

「じゃ、あなたは思いだしたんですね？」

「きっと、あのひとの部屋から持ってきたのにちがいありませんよ。でなかったら、ピストルなんか、ぼくの手に入るはずがありませんもの、そうでしょ？」

「いや、だれかが——あなたにピストルを持たせたのかもしれない——？」

エドガーは黙りこんだ。彼の顔は無表情だった。

「どうかしましたか？」

エドガーはカッと熱くなってしゃべりだした。

「おぼえていませんね。とても興奮していました。はらわたが煮えくりかえって、庭を歩きまわっていたのです。みんながぼくをスパイしている、監視している、あとをつけていると思ったのです。あのやさしい白髪の老婦人までが……ああ、どうしてそんなことを思ったのか、いまになってみると、ぜんぜんわかりません。きっと、頭が狂っていたのですね。どこへ行って、どんなことをしたのか、まるっきり思い出せないんです！」

「しかし、セロコールドさんがあなたの父だと、だれがあなたにいったか、それはおぼえているはずです」

エドガーはまたうつろな表情で、警部を見た。

「だれも、そんなこと、ぼくにはいいませんでしたよ」彼は無愛想にいった。「自分で、ふっと思ったんです」

カリイ警部は溜め息をもらした。彼にはもの足りなかった。しかしいまのところ、これ以上のことは、聞きだせそうもないと彼は見てとった。

「結構です。今後は気をつけてくださいよ」

「はい、よく気をつけます」

エドガーが出ていくと、カリイ警部はゆっくりと首をふった。

「どうも精神病の患者は苦手だね！」

「あの男は気がちがっているとお思いになりますか、警部？」レイクがたずねた。

「私が想像していたよりは、ずっと気はたしかだがね。頭が弱くて、自慢屋で、嘘つきで——しかし、どこか無邪気なところがあるよ。それに他人の暗示にかかりやすい人じゃないかな……」

「すると、だれかがあの男に暗示をあたえたとお考えなのですね？」

「そうだよ、その点にかけては、ミス・マープルのいうとおりだ。あの老婦人は、なかなかどうして、鋭いな。しかし、だれが暗示をあたえたか、そいつが知りたいね。やつはしゃべるまい。それさえわかったら……さあレイク、ホールへ行って、昨夜の再構成をしてみよう」

Ⅲ

「なかなかしっかり固定してあるね」

カリイ警部はピアノの椅子に腰かけていた。レイク部長刑事は、湖が見晴らせる窓際の椅子に座っていた。

カリイ警部が言葉をつづけた。

「ピアノの椅子に座ったまま、半身になって書斎のドアのほうに見とれていると、きみの姿が見えないね」

レイク部長刑事は、そっと椅子から立ちあがると、図書室に通じているドアのほうに、じりじりと歩いていった。

「このホールの電灯は、ほとんど消えてしまっていたのだ。書斎のドアのそばにある電灯だけがついていたのだからね。おや、レイク、きみが歩いてきたのが、ぼくにはわからなかったよ。そうだ、そのドアから図書室に入れば、ほかのドアを通って廊下に出られる。二分もあればグルブランドセンの部屋まで行って、彼を撃ってから、また図書室のドアをぬけ、その窓際の椅子までもどってこられるじゃないか。

それに、暖炉をかこんだご婦人方は、きみのほうに背中を向けていたのだからね。セロコールド夫人は、そこに座っていたんだ——暖炉の右、書斎のドアよりのところだ。ひとり残らず、夫人がその席から動かなかったことをみとめている、それに夫人だけがみんなの眼から見える位置に座っていたのだからね。ミス・マープルは、ここにいたのだ。セロコールド夫人の頭ごしに、書斎のドアを見つめていたのだ。ストレット夫人の椅子は、暖炉のいちばん左端だよ——ロビイに出るドアのすぐそばだし、いちばん暗い角だね。彼女なら、しのび出て、またもどってこられるぞ。うん、その可能性はある」

突然、カリイ警部はにやりと笑った。

「いや、私にだってできるじゃないか」彼はピアノの椅子からしずかに離れると、壁にそって蟹のようにはっていって、ドアから外へ出た。

「私がずっとピアノの椅子に座っていないことに、だれかが気がつくとしたら、それはジーナ・ハッドだけだよ。ジーナがなんと証言したかおぼえているだろ、〝スティーヴンは、はじめのうちピアノの椅子に座っていましたわ。でも、そのあと、どこにいたか、あたし、知りません〟といったのだ」

「では、スティーヴンだとお考えなのですね？」

「いや、まだだれだか、私にはわからんよ。ただエドガー・ローソン、ルイス・セロコールド、セロコールド夫人、ジェーン・マープルでないことだけはたしかだね。そのほかのものを除いたら——」警部は溜め息をついた。「あのアメリカ人だってくさいぞ。そ電灯のヒューズがとぶなどと、偶然にしては話がうますぎるじゃないか。そうはいうものの、私はあの男に好感が持てるのだ。それにいまのところ、まだ、証拠もないしね」

警部は、ピアノにのっている楽譜を、もの思いにふけりながら、のぞきこんだ。「ヒンデミット？　だれだね、これは？　聞いたことのない名前だな。ショスタコヴィッチだと！　おやおや、ひどい名前があるものだ」彼は立ちあがると、古風なピアノ椅子を見おろした。彼は座面を持ちあげ、なかをのぞいた。

「こいつはまた、クラシックだね。ヘンデルのラルゴ、ツェルニイの練習曲。先代のグルブランドセンの時代のものばかりだ。〝われは知る、うるわしき園を——〟私が子どものころ、教区牧師の奥さんがよく歌っていたっけ——」

警部は、楽譜の黄ばんだページを繰っていた指をピタリととめた。——その下、ショパンのプレリュードの上に、小型自動拳銃がのっていたのだ。

「スティーヴン・リスタリックにきまった！」レイク部長刑事が歓呼の声をあげた。

「まあ、あわてるな」とカリイ警部がレイクをたしなめた。「十中八、九まで、われわれの思っていたとおりだ」

15

I

ミス・マープルは階段をのぼると、セロコールド夫人の寝室のドアをノックした。

「入ってもいいかしら、キャリイ・ルイズ？」

「どうぞ、ジェーン」

キャリイ・ルイズは、銀髪をブラッシングしながら、化粧台の前に腰かけていた。彼女は肩ごしに顔を向けた。

「警察でしょう？　あと、二、三分したらいいのよ」

「もうすっかりよくなったの？」

「ええ、大丈夫ですとも。ジュリエットは、わたしがベッドで朝食をとらなくちゃいけないっていいはるし、ジーナときたら、まるでわたしが瀕死の重病人ででもあるかのように、足音をしのばせて入ってくるんですからね。クリスチャンの死のような悲劇は、年寄りにとってはたいしてショックにならないということが、みんなにはわからないのじゃないかしらね。なぜって、年寄りは、たいていのことには驚かないし、この世に起こることといったら、ほんとに知れていますもの」

「そうかしら」ミス・マープルは、疑わしげにいった。

「そうは思わないの、ジェーン？　あなたが考えそうなことを、わたしは考えているだけなのよ」

ミス・マープルはゆっくりといった。

「クリスチャンは殺されたのよ」

「そうよ……あなたがおっしゃりたいこと、わたしにだってわかるわ。重大なことだと、思っているんでしょ？」

「じゃ、あなたはそう思わなくて？」

「重大なのはクリスチャンではなくて、それがだれだろうと、彼を殺した人間ですよ」とキャリイ・ルイズはあっさりといった。

「だれがクリスチャンを殺したか、あなたは知っていらっしゃるの？」

セロコールド夫人は、うろたえて、首をふった。

「とんでもない、ぜんぜん知りませんよ。だいいち、なぜ殺されたのか、そのわけだって、わたしには考えられないくらいですもの。ちょうど一カ月前に、クリスチャンがここへ来たこととなにか関係があるにちがいないわ。さもなければ、特別の用もないのに、突然、クリスチャンがまたやってくるわけがありませんもの。それがどんなことであれ、前に来たとき、なにかあったのにちがいないんだわ。わたし、考えに考えたけれど、いつもと変わったことは、なにひとつ思い出せないのよ」

「そのとき、この家にいた人たちは？」

「ええ、いま家にいる人たちとおんなじでしたわ――そうよ、やっぱりアレックスはロンドンから来ていたし、それから――そうそう、ルースがいたっけ」

「ルース？」

「いつもの伝でね、あわただしい訪問だったけど」

「ルースがねえ」ミス・マープルはまたつぶやいた。彼女の心の働きは活発だった。クリスチャン・グルブランドセンとルース？　ルースはその理由もわからぬまま、ただ不安と心配を胸にひめて帰ってきたのだ。なにか、とても空気がおかしかった。彼女にいえることといったら、これだけだった。クリスチャン・グルブランドセンもまた、不安と心配を胸にやどしたのだ。しかし彼は、ルースにはわからなかったあることを知ったか、疑惑を持ったかしたのだ。クリスチャンは、キャリイ・ルイズに毒を盛っている人間を知っているか、疑っているかしていたのだ。いったい、どんなことを彼は目にしたのか、耳に入れたのか？　ルースが目にしたか耳に入れたものも、それと同じものだったのか、彼女には、その意味をはっきりつかむことのできなかったものと？　ミス・マープルは、彼女が知ろうと思えば知ることができたのに、と思わざるを得なかった。マープルの漠然とした予感では、それがどんなことであれ、エドガー・ローソンと関係があるとはどうしても思われなかった。ルースはエドガーのことについては、ひとこともふれなかったからだ。

ミス・マープルは、大きく息をついた。

「あなた方みんなで、なにかわたしに隠しているのじゃない？」キャリイ・ルイズがいった。

そのものしずかな声を聞くと、ミス・マープルは思わずピクッとした。

「どうしてまた、そんなことをおっしゃるの？」

「あなただからよ、ジェリエットはわたしに隠しごとはしないけど、ほかのひとたちはみんな隠している。ルイスさえね。わたしがベッドで朝食をとっていたら、ルイスが部屋に入ってきて、とても変なことをしたのよ。わたしのコーヒーを一口すすってみたり、おまけにトーストやマーマレードをちょっぴり食べてみたりしたの。あのひとらしくもない。なぜって、コーヒーのかわりにいつもお茶を飲むのだし、マーマレードは好きじゃないんですもの。きっと、なにか、ほかのことを考えこんでいたのね。あのひと、朝食をとるのも忘れていたんだわ。ルイスは食事のようなものを、よく忘れることがあるのよ。それに、とても心配そうでしたもの」

「殺人――」ミス・マープルがいいかけると、キャリイ・ルイズが言葉をうばった。

「ええ、ほんとにおそろしいことね。わたし、こんなことにかかずらったことなど、生まれてはじめてですわ。あなたは、ジェーン？」

「そうね――わたしはありますよ」ミス・マープルはみとめた。

「ルースがそういっていましたもの」

「この前、ルースがこちらに来たときに、あなたに話したの？」とミス・マープルはたずねた。

「いいえ、そのときじゃなかったと思う。よく思い出せないわ」

キャリイ・ルイズの口ぶりはあいまいで、心ここにあらずといった体《てい》だった。

「なにを考えていらっしゃるの、キャリイ・ルイズ？」

セロコールド夫人は微笑した。ようやく我にかえったという感じだった。

「ジーナのことを考えていたのよ。それから、あなたがスティーヴン・リスタリックについていったことをね。ジーナはとてもいい子よ。それにウォルターを心から愛しているわ。わたしはそう信じているの」

ミス・マープルはなにもいわなかった。

「ジーナのような若い娘というものは、浮かれたがるものですよ」セロコールド夫人は、弁護するような口調でいった。「あの子たちはまだ若いのだし、自分の力を意識したがるものですもの、あたりまえのことよ。そりゃあ、わたしだって、ウォルター・ハッドが、ジーナの結婚相手にわたしたちが想像していたような男じゃないということは知っている。戦争でもなかったら、あの子は彼に会うようなこともなかったのよ。でも、あの子は彼と知りあって、恋をしたんですもの——あの子だって自分のことは、いちばんよく知っていることでしょうしね」

「まあ、そうでしょうね」ミス・マープルはいった。

「でも、ジーナが幸福になることが、なんといってもいちばん大切なことですからね」

ミス・マープルは驚いて、キャリイの顔を見た。

「そうですとも、人間が幸福になるということは大切なことよ」

「ええ、そうよ。でもね、ジーナの場合は、それが特別なのよ。わたしたちがジーナの母親を——ピパを養女にしたとき、どうしても成功させなければならない実験だとわたしたちは思ったのよ。つまりね、ピパの母親というのは——」

キャリイ・ルイズは言葉を切った。

ミス・マープルがいった。

「ピパのお母さんというのはだれなの？」

キャリイ・ルイズが口を開いた。

「エリック・グルブランドセンとわたしは、このことだけはだれにもいうまいと誓ったのよ。ピパ自身にもとうとうわからなかったわ」

「わたしに教えてくださらない？」ミス・マープルがいった。

セロコールド夫人は、疑わしげに、ミス・マープルの顔を見つめていた。

「いいえ、ただの好奇心からじゃないのよ」とミス・マープルはいった。「わたし——ほんとにそれを知る必要があるの——秘密は守りますよ」

「あなたは、昔から口がかたかったわね、ジェーン」とキャリイ・ルイズは、過ぎし日のことを思い出しながら、微笑を浮かべた。「ガルブレイス博士——現在、クローマーの主教をしていらっしゃる——この方だけが知っているけれど、ほかにはだれも知らないのよ。ピパの母親というのはね、キャサリーン・エルスワースだったの」

「エルスワース？　夫に砒素を飲ませた女じゃなかった？　有名な事件だわ」

「そう」

「絞首刑になった？」

「そうなの。だけど、あの事件では、彼女の犯行だという確証があがらなかったことは知っているでしょ。夫というのが砒素の中毒者だった――当時では、こうしたことについて、陪審員にはほとんど理解がなかったのよ」

「その女は、蠅取り紙から砒素をとったのね」

「その家のメイドの証言にはとても悪意があったと、わたしたち思っていたけれど」

「それで、ピパがエルスワースの娘なのね？」

「そうなの。エリックとわたしは、その子に新しい人生の道を開いてやろうと決心したのよ――愛といたわりと、子どもにとってなくてはならないすべてのものでね。わたしたちは成功したのよ。ピパは、口ではいえないほど幸福なやさしい女性になったのですもの」

ミス・マープルは、長いこと、ひとことも口をきかなかった。

キャリイ・ルイズは化粧台から身を離した。

「お待ちどうさま。警部さんかだれかに、わたしの居間まで来てくださるように、おたのみになるんでしょ。警部さんなら、べつに気にしないと思うわ」

II

たしかにカリイ警部は気にしなかった。それどころか、セロコールド夫人の居間で、夫人に会えるチャンスができたのを歓迎したくらいである。

警部は立ったままで夫人を待っているあいだ、好奇心にかられて、あたりを見まわした。彼が日ごろから持っていた〝富裕な貴婦人の居間〟という観念とは、およそそぐわなかった。

古風な長椅子と、あまり座り心地のよさそうに見えない、ねじり細工の木製の背がついているヴィクトリア朝風の椅子。さらさ木綿は古ぼけ、水晶宮の模様もすっかり色あせてしまっていた。大部分の近代的な家屋の客間よりは大きなものだったが、古風な建物から見たら、この部屋は小さかった。しかし、小さないくつかのテーブルや、装飾的な小物、それに写真などがところせましとあるにもかかわらず、天蓋付きの二人掛け用椅子までがでんと置いてあった。カリイ警部は、二人の小さな女の子のスナップ写真に眼をとめた。そのひとりは、黒髪の、かわいらしい女の子、もうひとりは、うっとうしく垂れ下がった前髪から陰気そうに見つめている、不器量な女の子だった。午前中に、彼はそっくり同じ表情にお目にかかったのだ。〈ピパとミルドレッド〉と、その写真に書いてあった。それから、金の台紙とがっちりとした黒檀の額におさまっているエリック・グルブランドセンの写真が壁にかかっていた。それから、さらに、警部が、笑いで眼をほそめている美男子——おそらくジョン・リスタリックだと彼は思った——の写真を見つけたとき、ドアがあいて、セロコールド夫人が入ってきた。

夫人は、透明な模様の浮かびあがっている喪服を着ていた。彼女の、銀髪におおわれたその白い顔は、なみはずれて小さく見えた。そして、いかにも弱々しそうな彼女の感じが、カリイ警部の心をしめつけた。午前中、了解に苦しんでいたことが、この瞬間、警部にはいっぺんにわかった。

なぜ家人が、まるで腫れ物にでもさわるかのように、キャロライン・ルイズ・セロコールドの心配の種子《たね》になるようなすべてのことに、気をつかっていたか、彼にはのみこめたのである。

しかし、それにもかかわらず、警部は思った、夫人はどんなことがあっても取りみだすようなタイプの婦人ではないと……

夫人は警部に挨拶すると、椅子をすすめ、そばの椅子に彼を座らせた。まるでいたわられているのが、夫人のほうではなくて、むしろ警部のほうだという感じだった。警部はさっそく尋問にとりかかった。夫人はこころよく、なんのためらいもなしにそれに答えていった。電灯の消えたこと、エドガー・ローソンと夫との騒ぎ、みんなが耳にした銃声……

「あなたには、その銃声が家のなかから聞こえたとはお思いになれないのですな？」

「ええ、家の外でしたと思いましたわ。自動車のバックファイアじゃないかと、わたし思いましたの」

「ご主人とローソン青年が書斎でもめていたあいだに、だれかホールから出ていったものにお気づきになりませんでしたか？」

「ウォルターは、その前に、ヒューズを直しに行っておりましたわ。すぐそのあと、ミス・ベルエヴァーが出ていきました——なにかをとりに。でも、それがなんだか、ちょっとおぼえておりませんけど」

「そのほかに、ホールから出たひとは？」

「知っているかぎりでは、だれも」

「ほかにご存じじゃないでしょうか、セロコールド夫人？」

彼女は一瞬考えた。

「いいえ、やっぱりだれもおりませんわ」

「あなたは、書斎のなかのことにすっかり注意をうばわれていらっしゃったわけですね？」

「ええ」

「書斎でなにか起こるかもしれないと、心配していらっしゃった？」

「いいえ――それはちがいましてよ、べつに心配になるようなことは起こらないと思っておりましたもの」

「しかし、ローソンはピストルを持っていたではありませんか？」

「ええ」

「そのピストルで、ご主人をおどかしましたね？」

「ええ、でも、本心からやったことではありませんもの」

この返事に、カリイ警部は、怒りのようなものがこみあげてくるのが自分でもわかった。なんだ、夫人もほかの連中と同じじゃないか！

「しかしあなたには、そんな確信がお持ちになれるわけがありませんよ、セロコールド夫人」

「でも、わたしにはちゃんとありました。わたしひとりの確信ですけどね。よく若い人たちは、お芝居をするというじゃございませんか？　わたしは、それだと思ったのですよ。なにしろ、エドガーは、まだ子どもですからね。あの子は、いやに感傷的になっていて自分のことを、まるで箸にも棒にもかからない絶望的な人間だと思いこんでいたんですよ。メロドラマにでも出てくるような悪い主人公のような気持ちだったのね。ですからあの子がピストルを撃つなんて、夢にも思っていませんでしたよ」

「しかし、彼は撃ちましたね、セロコールド夫人」

キャリイ・ルイズは微笑した。

「きっと、暴発したのだと思いますけど」

またさっきの怒りがカリイ警部の胸にこみあげてきた。

「事故などではありません。ローソンは二発も発射しているのです——しかもあなたのご主人をめがけてですよ。弾丸はほんのすれすれのところだったのです」

キャリイ・ルイズはびっくりしたようだった。だが、やがてしずかにいった。

「そんなこと、とてもわたしには信じられませんわ。ああ、待ってください——」警部が抗議しようとするところを、夫人はあわてて制して、「もちろん、あなたがそうおっしゃるのなら、わたくし信じなければなりませんわね。でも、なんですか、それではあまりにも単純な解釈のような気がしてならないのです。たぶん、マヴェリック先生なら、わたしに説明できると思いますけど」

「いやそうでしょうとも、マヴェリック博士ならうまく説明できるでしょうな」カリイ警部は冷淡な口調でいった。「とにかく博士に説明できないものは、なにひとつないのですからね。きっとそうだ」

不意にセロコールド夫人は、こんなことをいいだした。

「わたしたちがここでしている仕事が、あなたにはばかばかしく、無意味なことだと思われていることぐらいは、よく存じておりますわ。そして精神科医たちがときにはいらいらすることもあると思いますよ。でも、わたしたちは業績をあげていますわ。それは失敗もあれば、成功もまたありました。それにわたしたちの仕事は、価値のあることです。たとえ、あなたがお信じになれなくとも、エドガーは、わたしの主人を心から敬愛しておりますの。あの子は、ルイスのような父親がほしかったものですから、あんなばかな真似をしたんですよ。ですけど、またなぜ、突然あんなにあの子が猛りくるったのか、そのわけがわたしにはのみこめないのです。あの子は目に見えてとてもよくなっていたのです――ふつうのひとと少しも変わらないまでにね。ほんとに、すっかりよくなっていたと思っていたのですよ」

警部はその点にふれなかった。

「エドガー・ローソンの所持していたピストルは、あなたのお孫さんの夫のものだったのです。おそらくローソンが、ウォルター・ハッドの部屋から持ち出したのでしょう。おたずねしますけど、このピストルを以前にごらんになったことがありましたか？」

警部は黒い小型自動拳銃を手のひらにのせてさしだした。

キャリイ・ルイズは見つめた。

「さあ、見たことはありませんわ」

「ピアノ椅子のなかに隠されていたのです。しかも、ごく最近発射した痕跡があります。充分にたしかめてみる時間がまだありませんが、おそらくグルブランドセン氏が射殺された兇器にちがいないとにらんでいるのです」

夫人は眉をひそめた。

「で、ピアノ椅子のなかにありましたの？」

「非常に古い楽譜の下になっていたのです。その楽譜は、この数年間、演奏されなかったものといってさしつかえないでしょう」

「隠してあったのですね？」

「そうです。昨夜、だれがそのピアノに向かっていたか、おぼえていらっしゃいますな？」

「スティーヴン・リスタリックですわ」

「彼はピアノを弾いていましたか？」

「ええ、でもしずかに弾いていましたわ。なんだか妙にメランコリックな調子でした」

「ピアノを弾くのをやめたのはいつでしたか、セロコールド夫人？」

「あの子がピアノをやめたときですの？　さあ、わかりませんわ」

「しかし、彼は弾くのをやめましたね？　騒ぎのあいだじゅう、ピアノを弾いていたわけじゃありますまい」

「ええ、ピアノの音はしませんでしたわ」

「彼はピアノ椅子から離れましたか」

「わかりませんわ。あの子が鍵をあわせるために書斎のドノのところへ来るまで、わたしはあの子がどんなことをしていたのか、さっぱり知らないんですよ」

「スティーヴン・リスタリックがグルブランドセン氏を射殺するような理由をなにか考えられますか？」

「ひとつもありませんわ」それから、考え深げにつけ足した。「あの子がそんなことをしたとは、とても信じられませんもの」

「グルブランドセンが、彼のことで、なにか、いかがわしいことを見つけたのかもしれませんな」

「そんなことがあるとは、とてもわたしには思えませんよ」

カリイ警部はよっぽど、こう答えてやりたかった——〝豚が空を飛ばないともかぎらない、どんなに小鳥に似ていなくても〟よくお祖母さんがいっていたっけ——ミス・マープルなら、きっと、この諺の意味を知っているにちがいない——こう警部は、心のなかでつぶやいた。

Ⅲ

キャリイ・ルイズが広い階段の昇り口までおりてくると、三人の人間がべつべつの方角から彼女のところに集まって来たような形になった。ジーナが長い廊下から、ミス・マープルが図書室から、そしてジュリエット・ベルエヴァーがホールから。

ジーナがはじめに口を切った。

「まあ、おばあさま！」いかにも心配そうに叫んだ。「もう大丈夫なの？　刑事さんたち、おばあさまをいじめなかった？　拷問かなにかして？」

「そんなことはないとも、ジーナ。なんてばかなことを考えるの！　カリイ警部さんはとても親切で、思いやりのある方ですよ」

「そんなこと、あたりまえなことですよ」ミス・ベルエヴァーがいった。「カフ、お手紙と小包がまいりましたの。いまお部屋までお届けしようと思っていたところよ」

「図書室に持ってきてちょうだい」とキャリイ・ルイズがいった。

四人は図書室に入った。

キャリイ・ルイズは椅子に腰をおろすと手紙を開封しはじめた。手紙は、二、三十通来ていた。

全部開きおわると、夫人は手紙をミス・ベルエヴァーに手渡した。彼女は手紙を山にして分類しながらミス・マープルに説明した。

「だいたい、三つに分類するんですよ。ひとつは、少年たちの関係。これは、わたしからマヴェリック博士にお渡ししますの。二番目は、寄付関係、これはわたしが処理します。三番目のは、個人あてのもの——カラが処理のしかたを教えてくれますの」

セロコールド夫人は小包に眼を移すと、鋏で紐を切った。きれいな包装紙のなかから、金色のリボンでむすばれたチョコレートの美しい箱が出てきた。

「だれかが、わたしのお誕生日に贈ってくれたのね」微笑を浮かべながら、セロコールド夫人がいった。

彼女はリボンをはずすと、箱をあけた。なかにカードが入っていた。キャリイ・ルイズは、あっけにとられたような表情で、それに眼をおとした。

「〝愛をこめて、アレックスより〟」彼女は声に出して読んだ。「あの子がここに来た同じ日に、なんだって、わざわざチョコレートの箱をわたしに郵送したんだろう、ほんとうに変な子だわ」

ミス・マープルは胸さわぎを感じた。

彼女は早口にいった。

「待って、キャリイ・ルイズ、まだ食べちゃだめよ」

セロコールド夫人は、ちょっと驚いたようだった。

「みんなにくばろうと思ったのよ」

「ね、待って、わたしがたしかめるまで待って――アレックスは家にいるのかしら、ジーナ？」

ジーナはすぐ答えた。

「アレックスは、たったいまホールにいたと思うけど」

彼女は図書室を横切ると、ドアをあけて、彼を呼んだ。

アレックス・リスタリックは、すぐ戸口に姿をあらわした。

「やあ、おかあさん、お呼びですか？　ご気分はどうです？」

彼はセロコールド夫人のところまでやってくると、両頰にそっとキスした。

ミス・マープルがいった。

「キャリイ・ルイズが、あなたからチョコレートをいただいて、とてもよろこんでいますわ」

アレックスはキョトンとした顔をした。

「チョコレートって、いったいなんです？」

「このチョコレートよ」キャリイ・ルイズがいった。

「だって、チョコレートなんて、あなたに贈らなかったですよ」

「箱のなかに、あなたのカードが入っておりますわ」ミス・ベルエヴァーがいった。

アレックスはそのカードを見た。

「ほんとにそうだ。おかしいな、いや、こんなおかしなことがあるものか……ぼくには贈ったおぼえはありませんよ」

「変なことがあるものですわね」ミス・ベルエヴァーがいった。

「あらすてきだわ」箱のなかをのぞきこみながら、ジーナがいった。「おばあさま、ほら、あなたの大好きな桜桃酒《キルシュ》入りのチョコレートが、真んなかにあってよ」

ミス・マープルはおだやかに、だが、きっぱりとした態度でジーナの手からチョコレートの箱をとりあげた。それからひとことも口をきかずに、箱を持ったまま図書室から出ていくと、ルイス・セロコールドを探しに行った。ルイスは少年寮に行っていたので、探すのに少し時間がかかった。ミス・マープルは、彼がマヴェリック博士の部屋にいるところを見つけた。ミス・マープルは、チョコレートの箱をルイスの眼の前にあるテーブルの上においた。ルイスは簡単な説明を聞いた。途端に彼の表情はこわばった。

マヴェリック博士は、注意深くチョコレートをつぎつぎにとりだして、調べていった。「私がえりだしたものは、あきらかに、手を加えたあとがあるようですよ。ほら、外側のチョコレートの形が少し変になっているじゃありませんか、さあ、分析してみなければなりませんな」マヴェリック博士がいった。

「でも、とても信じられませんわ」とミス・マープルがいった。「だって、この家のひとたちがひとり残らず毒殺されるなんて！」

ルイスはうなずいてみせた。彼の顔は、まだ蒼白だった。

「そうです、残酷きわまる――みさかいのない――」彼は言葉をあらためると、「このなかの特別なチョコレートといえば、キルシュ入りのチョコレートのようですね。キャロラインの大好物ですよ。すると、よく知っている人間の仕業だということになる」

ミス・マープルがしずかにいった。

「かりにあなたが疑われたように――つまり、かりにこのチョコレートのなかに――毒が入っているとしたら、彼女の身にどういうことが起ころうとしているのか、キャリイ・ルイズにも教えなければいけないのではないでしょうか。こうなったら、彼女は、自分の身を自分で守らなければなりませんもの」

ルイス・セロコールドは重々しくいった。

「そうですね、だれかに命を狙われているということを、彼女に教えなければなりませんな。ま、容易にそんなことを信じてはくれまいが」

16

I

「お嬢さん、毒殺をたくらんでいるおそろしいやつがいるというのは、ほんとですか？」

ジーナは、垂れ下がってくる髪の毛を額からかきあげたが、しわがれた声が耳もとでしたので、驚いてとびあがった。彼女の頬にもスラックスにも、絵の具がついていた。彼女とその助手たちは、次期公演の《日没のナイル》の背景の幕を作るので、大わらわだったのだ。

いま耳もとでささやいたのは、その助手のひとりだった。アーニイというその少年はなかなか得がたい鍵のトリックを、前に彼女に教えてくれたことがあった。アーニイの手先は、劇場の大道具係にまけぬくらい器用だったし、こと芝居にかけては、とても熱心な助手のひとりだった。

彼の眼はまるでビーズ玉のようにキラキラとかがやき、期待に燃えあがっていた。

「まあ、いったい、どこでそんなことを聞いたの？」ジーナは叱りつけた。

アーニイは片眼をつぶってみせた。

「寮で知らないものは、ひとりもいませんよ。でも、お嬢さん、そいつはぼくらの仲間じゃありませんからね。そんなこと、するもんですか。それに、セロコールド夫人に毒を飲ませようとするやつはひとりもいませんよ。ジェンキンスでさえ、夫人には手は出さないでしょうね。あの古狐なら話はべつだけど。あの女なら、ぼくだって毒ぐらい盛るかもわからない」

「いけません、ミス・ベルエヴァーの悪口をいったりして」

「ごめんなさい、お嬢さん、うっかり口をすべらしちゃった。だけど毒というのは、なんなんでしょうか、お嬢さん？　ストリキニーネですか？　こいつだったら、身を弓なりにのけぞらして、悶死しますよ。それとも、青酸カリですか？」

「いったい、あなたはなんのことをしゃべっているの、アーニイ？」

アーニイはまたウインクをした。

「なんだ、知っているくせに。アレックスさんがやったという噂ですよ。ロンドンからチョコレートを持ってきたんですって。でも、そんなことは嘘ですよ。アレックスさんがそんなことをするはずはありませんよ。そうですね、お嬢さん？」

「そうよ、あのひとがそんなことをするものですか」ジーナがいった。

「バウムガートン先生なら、はるかにやりそうだけどなあ。あの先生が体操を教えるときときたら、ものすごい形相をするんですよ。ドンとぼくは、先生、頭が変なんじゃないかと思っているんです」

「さ、邪魔にならないようにテレビン油をどけてちょうだい」

アーニイはひとり言をつぶやきながら、いわれたとおりにした。

「どうも、人生というのはわからないなあ！　グルブランドセンさんが昨日コロッといったと思ったら、こんどは毒殺をたくらんでいるやつがいるなんて。同じ人間の仕業だと思いますか？　だれがグルブランドセンさんを殺したか、ぼくが知っているとして、お嬢さんに話したとしたら、なんというかな？」

「あなたに、なにもわかるはずがないじゃないの？」

「ぼくにわからないんですって？　ぼくがゆうべおもてに出て、あるものを見たとしたら？」

「どうしてあなたがおもてに出られるの？　少年寮は七時の点呼がすめば、鍵がかかってしまうのよ」

「点呼ですって……ぼくはいつだって、自分の好きな時間におもてに出られるんですからね、お嬢さん。鍵なんか、ぼくにかかっちゃ、ないも同然ですよ。ぼくはいつもこっそり脱け出して、おもしろ半分にあっちこっち歩きまわっているんです」

ジーナがいった。

「嘘なんか、もう聞きたくないわ、アーニイ」

「だれが嘘をつきました？」

「あなたじゃないの。嘘ばかりついて、自分でぜんぜんしたこともないことを自慢ばかりするのよ」

「それじゃお巡りさんがここへ来るまで待ってて、ゆうべ見たことをひとつ残らず、ぼくに話させればいいじゃありませんか」

「そう、じゃあなたはいったいなにを見たの？」

「そんなこと、聞きたくないんでしょ？」アーニイがいった。

ジーナは、アーニイにとびかかったが、少年はあざやかに身をかわして退却した。スティーヴンが、劇場のもう一方の側からジーナのそばまでやって来た。二人はいろいろな技術面のことを議論してから、肩をならべて家のほうへもどっていった。

「みんながね、おばあさまとチョコレートのことを知っているらしいのよ」とジーナがいった。「みんなって、子どもたちのことだけど。どうしてわかったのかしら？」

「田舎の噂というやつだよ」

「それに、アレックスのカードのことまで知っているのよ。スティーヴン、アレックスがここへ来ているというのに、チョコレートの箱のなかに彼のカードを入れておくなんて、ほんとにばかね」

「そうだね。でも、彼がここに来ていることを知っているのはだれだろう？　なにしろ彼は、急に来ることになって、電報を打ったのだからね。たぶん、あのチョコレートの箱は、その前に郵送されたものなんだよ。そして、もし彼がここへ来ていなかったら、彼のカードを入れておいたことは、名案ということになったところだ。なぜって、アレックスはキャロラインにちょいちょいチョコレートを送っていたからね」

スティーヴンはゆっくりとつづけた。

「ただ、どうしてもぼくの腑におちないことは――」

「どういうわけで、おばあさまを毒殺しようと考えたひとがいるかということでしょ」ジーナが口をはさんだ。「あたしにも、ぜんぜん想像がつかないわ！　だっておばあさまみたいに愛らしいひとっていないし、それにみんなから、あんなに敬愛されているひともいないわ」

　スティーヴンは答えなかった。ジーナは彼の顔をにらんだ。

「あなたがなにを考えているかわかってるわ、スティーヴ！」

「なんだい」

「あなたはウォルターのことを考えているのよ――彼はおばあさまを嫌っているもの。でも、ウォルターはひとを毒殺するようなことは絶対しないわ。そんなこと、考えるだけでこっけいよ」

「おお、忠実な妻！」

「そんな、嘲笑するような口調でいうものじゃなくてよ」

「嘲笑するつもりはないさ。きみはほんとに忠実だと思うよ。それだけでも、ぼくはきみを尊敬する。だけど、ジーナ、ウォルターときみはそう長くつづかないよ」

「どういう意味、スティーヴ？」

「きかなくたって、よく知っているはずじゃないか。きみとウォルターは、いっしょに暮らせない。うまくいかないのは、そのせいもあるんだ。ウォルターだって、そのことは知っているよ。きみたちが別れるのも目に見えているんだ。むしろ、その日が来てしまったほうが、二人とも前よりかずっと幸せになれるんだよ」

ジーナがいった。

「ばかをいわないで」

スティーヴンが声をたてて笑った。

「ねえ、きみたちがうまくいっているようなふりや、ウォルターがここで幸福に暮らしているというようなふりは、きみにはできないんだよ」

「彼がどうなろうと、あたしの知ったことじゃないわ！」ジーナが叫んだ。「朝から晩まで、あの人、陰気な顔をしていて、ほとんどしゃべったためしがないんだから。どうなろうと、あたしの知ったことじゃないわ。あの人はここにいると、なぜ楽しくなれないのかしら？　あたしたち、ここへ来る前は、とても楽しかったわ。なにからなにまで楽しかった——ところが、いまとなったら、あの人、まるで別人になったみたい。なぜ、人間は変わってしまうの？」

「ぼくは変わった？」

「あら、あなたはべつよ。あなたは昔からのスティーヴよ。学校がお休みのとき、鬼ごっこで、あたしがあなたをよく追いかけまわしたのをおぼえていて？」

「ほんとにきみはうるさかったなあ——小さな小さなジーナ。さあ、こんどは鬼がかわったぞ。きみがぼくをつかまえたんだからね、ジーナ？」

ジーナはすばやくいった。

「おばかさん」それから大いそぎでつづけた。「アーニイが嘘をついてると思って？　あの子ったら、昨夜の霧のなかを歩きまわって、なにか事件のことを知っているような口ぶりなのよ。そんなこと、ほんとにありうることかしら、どう思って？」

「嘘にきまっているじゃないか。あいつの自慢ぐせはきみだって知っているのに。なんとかして、偉く見せようと思っているんだ」

「ええ、それはあたしにもよくわかっているのよ。ただ、あたし、なんだか——」

二人は肩をならべたまま、なにも言葉をかわさないで、歩いていった。

II

沈みゆく太陽が、この家の西正面を照らした。カリイ警部は、じっとそれを眺めていた。

「昨夜、車をとめたのは、ここらあたりなのですか？」警部がたずねた。

アレックス・リスタリックは思い入れよろしく、ほんの少しあとにさがって立った。

「だいたいそんな見当ですよ。なにしろ霧がひどかったものですから、はっきりしたことをいうのは無理だけど。そうですね。だいたい、ここだといってさしつかえないでしょう」

カリイ警部は、値ぶみをするような眼つきで、あたりを見まわしながら立っていた。

砂利を敷きつめた車道が、ゆるいカーヴをえがきながら一周するようにつづいていた。そして、シャクナゲの生け垣から車道が姿をあらわしているところが家の西正面で、そこから急に、テラスとイチイの間垣と、芝生におりていく段々が目に入ってくる。車道は、なおもカーヴをえがきながら、木々の生い茂っている地帯を通りぬけ、家と湖のあいだをめぐりながら、この家の東側の一帯に砂利を敷きつめた道路に出るまでつづいていた。

「ドジェット」カリイ警部がいった。

いまかいまかと待ちかまえていたドジェット巡査は、命令一下、さっと前方にとびだした。ちょうど家に向かって広がっている芝生の対角線を、脱兎のごとく駆けだすと、テラスにとびあがり、サイド・ドアからなかに入った。それから、ひとつの窓のカーテンが内側ではげしくゆれた。ドジェット巡査の姿が庭の木戸からあらわれたかと思うと、蒸気機関車のように息をきらしながら、警部たちのところへ駆けもどってきた。

「二分四十二秒」タイムをはかっていたカリイ警部がストップ・ウォッチを押すといった。

「時間はたいしてかかりませんな、どうです?」

警部の口調は上機嫌だった。

「ぼくはいまのお巡りさんのようには、とても速く走れませんよ。あなたがはかっていたタイムで、ぼくも走れたんじゃないかと、思っていらっしゃるんでしょう?」

「あなたには殺人のチャンスがあったということを指摘したかっただけですよ。それだけです、リスタリックさん。なにも、あなたを告発しているのではないのですよ――いままでのところはね」

まだ息をきらしているドジェット巡査に、アレックス・リスタリックは、親しげな口調でいった。

「ぼくはあんたのようには速く走れないな、しかし、練習さえすれば、もっと走れますよ」

「去年の冬に気管支炎をわずらったものですから」ドジェット巡査がいった。

アレックスは、警部のほうにからだを向けた。

「まじめにお話ししますけどね、ええ、ぼくが不愉快な目にあわされたり、ぼくの反応をじろじろ観察されているのにもかかわらずですよ——そうですとも、ぼくたち芸術家というものが、どんなに感受性がつよくて、傷つきやすいものであるか、忘れないでくださいよ」彼は嘲笑するような口ぶりで、「ぼくがこんどの事件にぜんぜん無関係だということが、あなたには信じられないんですかね？　セロコールド夫人に毒入りチョコレートなど、贈れるはずがないんですよ、しかも自分のカードまで入れてね」

「ま、一応考えてみなければならないことなのですよ。裏の裏をかくということもありますからね、リスタリックさん」

「なるほど、すばらしい頭脳の持ち主ですな、あなたは。ところで、あのチョコレートには毒が入っていたのですか？」

「いちばん上に並んでいたキルシュ入りの六つのチョコレートには、毒が入っていました。毒物はアコニチンです」

「じゃ、ぼくの得意の毒薬じゃありませんね、警部さん。じつをいいますとね、ぼくはマチン（マチン属の植物の汁からとった毒物。南米原住民が矢につける）に目がないんです」

「マチンは静脈に注射しなければならないのですよ、リスタリックさん。服用したのではだめです」

「警察というものは、たいした知識をお持ちですな」アレックスは感嘆の声をはなった。

カリイ警部は、この若い男をそっと観察した。すこしとんがっている耳、英国人らしくない、モンゴリアンのタイプに属している顔、なにか一癖ありげな、嘲笑の色を浮かべる眼つき、アレックス・リスタリックがなにを考えているか、どんなときでも人にはちょっとわかるまい。彼という男は、ギリシャ神話に出てくる半人半獣の森の神——馬の耳と尾がついていて、酒と女が大好物——それとも、ローマ神話に出てくる半人半羊の、みだらな牧畜の神か？　そうだ、こいつはえさを喰いすぎた半人半羊の牧畜の神だ。カリイ警部はふと思ったが、どういうものか、こんなことを考えたのが不愉快でたまらなかった。

頭のいい不正直者——どの程度まで、警部には彼の正体がつかめたか。弟のスティーヴンよりは如才がない。母親はロシア人だった、あるいは、そのように彼は聞いていた。カリイ警部にとって、〝ロシア人〟という語感は、十九世紀の初期の〝ボニイ〟（ナポレオン・ボナパルトの蔑称）を、二十世紀初期の〝ハン〟（四、五世紀に欧州を侵略したフン族から来たもので、第一次大戦当時用いられたドイツ兵の蔑称）という言葉を思いださせるのだ。とにかく、ロシア人の関係することで、ろくなことがないというのが、カリイ警部の意見だった。そして、もしアレックス・リスタリックがグルブランドセンを殺害したのなら、これほどおあつらえむきの犯罪者は考えられないだろう。だが不幸なことに、カリイ警部には、彼が下手人だという確信がどうしてもなかった。

ようやく息ぎれのおさまったドジェット巡査が、口を開いた。

「警部のいわれたように、私はカーテンを三十秒動かしたのでありますが、カーテンのフックが上のほうで、はずれているのに気がつきました。つまり、すきまができているのです。あれなら、おもてから、部屋の明かりが見えるはずです」

カリイ警部は、アレックスにいった。

「昨夜、あの窓から光がもれていたのに気がつきましたか？」

「いや、霧がひどかったものですから、家の形さえわかりませんでしたよ。前にもそうお話ししましたね」

「しかし、霧というものには濃淡がありますがね。ときどき、むらになって、晴れ間が出てくるものですが」

「とにかく家の大部分が見えないくらいでしたから、晴れ間などなかったですね。体育館の建物が、すぐそばに幻のようにぼんやりと見えていましたけど。倉庫そっくりの幻覚《イリュージョン》でした。前にもいったとおり、ぼくは《ライムハウス・バレエ》に夢中になっていて――」

「そうでしたね」とカリイ警部はみとめた。

「なにを見ても、みんな舞台装置のように見てしまうくせがあるんです」

「しかしですね、舞台装置は、実在しているものじゃありませんか、リスタリックさん？」

「なにをおっしゃりたいのです、警部さん？」

「つまりですね、舞台装置はほんものの材料でできているということなのですよ——キャンバス、木、絵の具、ボール紙などでね。幻《イリュージョン》覚というものは、それを見る人の眼のなかにあるので、舞台装置そのものにあるわけじゃありません。ですから、舞台装置というものは、観客席から眺めるだけでなく、舞台裏も、それと同じように実在しているものだというのです」

アレックスは警部の顔を、穴のあくほど見つめていた。

「いや、じつに鋭いご意見ですな、警部さん。アイデアをあたえてくれましたよ」

「また、べつのバレエのですか？」

「いや、バレエなんかのことじゃありませんよ……こいつは驚いた。ひょっとしたら、ぼくたちはみんなまぬけも同然だったのかもわからんぞ」

Ⅲ

警部とドジェット巡査は芝生を横切って家にもどっていった。（足跡を探しているのだとアレックスは内心思ったが、それは彼の考えちがいだった。警部たちは、事件の一夜が明けると、すぐ足跡を探しにかかったのだが、午前二時に大雨が降ったので、うまくいかなかったのだ）アレックスは、ゆっくりと車道をのぼっていった。いまさっき、浮かんだばかりの可能性を心のなかで検討しながら。

しかし、湖岸の小道を歩いているジーナの姿が彼の目に入ったので、彼の考えはわき道へそれてしまった。家は小高い丘の上にあった。そして正面の砂利を敷きつめた道路から、地面はゆるやかな傾斜を見せて、シャクナゲやほかの灌木類にかこまれている湖につづいていた。アレックスは砂利道をかけおりると、ジーナのそばへ行った。

「あの奇怪なヴィクトリア朝風の建物さえ、この書き割りから消すことができたら」アレックスは眼をほそめながらいった。「この湖は、すばらしい《白鳥の湖》になるところなんだがな。そして、きみは白鳥の乙女というところさ、ジーナ。しかし、《雪の女王》のほうがきみにはふさわしいな。酷薄で、わき目もふらずわが道を進むかたい心、哀れみもやさしさも、同情心のかけらもないきみのつめたい心、これを考えるとなるとね。きみは、女性のなかの女性だよ、ジーナ」

「まあ、なんて意地悪なの、アレックス」

「だって、きみにだまされるのはごめんだからね。きみは自己満足しているんだ、そうじゃないか、ジーナ。スティーヴンも、きみの好きなように、ぼくらはあやつられているんだからね。このぼくも、ものすごく単純なきみの旦那さまもね」

「なにをいっているの、ばかばかしい」

「冗談じゃないよ。スティーヴンはきみに惚れているんだぜ、ぼくだってきみに首ったけだ。そしてウォルターは悲惨のどん底にいるんだ。女性として、これ以上なにを望むことがある？」

ジーナはアレックスの顔を見ると、声をたてて笑った。

アレックスは力強くうなずいてみせた。

「きみには正直のきざしがある。それを見て、ぼくはうれしいよ。きみにはラテン系の血が流れているからだ。きみは、わざと男に惚れられないようなふりをしないからね。そして、もし男に惚れられたとしても、恐縮するようなふりはしないものな。だいいち、きみは男をまいらせるのが好きなんだ。残酷なジーナよ、そうだろ？　あのかわいそうなエドガー・ローソンまで！」

ジーナは、彼の顔をしっかりと見すえた。

それから、真面目くさった口調でしずかにいった。

「もう長いことないわ。女というものは、男のひとなんかより、ずっと苦労が多いのよ。女はとかく弱いわ。子どもを産み、子どもを育てるのに、どんなに気をつかうことか。女は容色がおとろえると、愛する男は、もうその女を愛してはくれないのよ。裏切られ、捨てられ、のけものにされるだけ。あたしはなにも男の罪にしないわ。このあたしだって、同じですもの。あたしは嫌いよ、年とったひと、みにくいひと、病気のひと、愚痴をこぼすひと、いかにも自分がえらそうなふりをして、気取って歩く、エドガーみたいに頭の変なひとも嫌いだわ。あたしが残酷だって、あなた、いったわね？ 世の中そのものが残酷なのよ！ おそかれはやかれ、あたしは世の中から残酷な目にあわされるわ！ でもいまは、あたしは若く、きれいで、魅力的だと人に思われている」ジーナは白い歯をみせると、彼女独得のこぼれるような微笑をもらした。「そう、あたしは楽しんでいるのよ、アレックス。なぜ楽しんではいけないの？」

「いや、そうだともさ。ぼくがほんとに知りたいのは、きみがこれからどうするのか、ということなんだよ。きみはスティーヴンと結婚する気なのかい、それとも、ぼくと結婚してくれるつもり？」

「あたしは、ウォルターと結婚しているわ」

「それは、仮の姿だよ。女性なら、結婚に一度は失敗するさ——しかし、それに固執することなんかないんだ。田舎で試験興行をしてから、こんどはロンドンのウエスト・エンドの檜舞台に立つようなものさ」

「じゃ、あなたがウエスト・エンドというわけ？」

「いうまでもないことさ」

「あなた、ほんとにあたしと結婚したいの？　あなたが結婚するなんて、あたしには想像ができないわ」

「どうしても結婚したいんだ。情事なんてものはきみ、もう時代おくれだよ。旅券だ、ホテルだなどという苦労はね。もし、きみと結婚することができたなら、ぼくは情婦なんか絶対につくらないからね！」

ジーナは声をたてて笑った。

「あなたって、おもしろいひとね、アレックス」

「ぼくの第一の特技さ。スティーヴンは、ぼくよりずっと好男子だからね。彼はハンサムの上に、婦人を愛する情熱といったら、すごいものさ。しかし、強烈な情熱というやつは、家庭のなかではただ疲れさせるだけだ。ぼくと暮らしたら、ジーナ、きみの人生は楽しいよ」

「じゃ、あなた、あたしのことをはげしく愛してるなんて、いうつもりはないの？」

「いかに心で思っていても、ぼくは言葉に出してはいわないだろうね。そんなことをぼくがきみにいったら、きみは一点勝ち越し、ぼくは一点負け越さなければならないじゃないか。ぼくが心にきめていることは、きみへの結婚の申し込みをビジネスライクにやりたいということだよ」

「じゃあたし、考えなければならないのね」ジーナは微笑しながらいった。

「そうさ、それに、まずきみはウォルターを悲惨な境遇から救いださなくちゃいけない。ぼくはウォルターにはとても同情しているんだ。彼がきみと結婚して、この家の、慈善的なおもくるしい空気のなかに、きみの堂々たる四輪馬車のあとからとぼとぼ歩いて入ってきたことは、地獄の苦しみにちがいないのだからね」

「まあ、なんて口が悪いの、アレックス！」

「口が悪くたって、図星にはちがいないだろう？」

「ウォルターがあたしのことを、少しでも思ってくれているなんて、考えられないときがあるの。あたしのことなんか、あのひとの眼中にないんだわ」

「きみは鞭で彼をさかんにたたいているのに、あの男にはなんの反応もないんだね？

いやなものだ」

ジーナの手がパッとあがったかと思うと、アレックスのつやつやした頬にはでな音をたてた。

「痛い！」アレックスが叫んだ。

巧妙なはやさで、彼はジーナを両の腕のなかにかかえこむと、彼女が抵抗する前に、その唇に自分の唇を押しつけ、長い強烈なキスをした。彼女は一瞬もがいたが、やがてぐったりとしてしまった……

「ジーナ！」

二人はパッと離れた。顔を真っ赤にし、唇をわなわなふるえさせながら、ミルドレッド・ストレットが、忌まわしいものを見るような眼つきで二人をにらみつけていた。一瞬、彼女は、気負いたったあまり、かえって言葉が咽喉のところで、つっかえてしまった。

「なんという……なんという……堕落しきった娘……あなたは母親とそっくりよ……悪い女……あなたが悪い女だということは、あたしは前から知っていたんだからね……身も心も腐りきっている……姦婦というだけじゃない……人殺しなのよ、そうよ、あなたは、れっきとした人殺しよ。あたしにはちゃんとわかっているんですからね！」

「じゃ、どんなことを知っていらっしゃるの？　おかしなことをおっしゃらないで、ミルドレッド叔母さん」

「あたしはおまえの叔母さんなんかじゃありませんよ、とんでもない迷惑よ。あなたとはあかの他人なんですからね。あなたの母親がどんな人間で、どんな家の子どもだったか知りもしないで！　だけど、あたしの父親がどんなひとで、母親がどんなひとだか、あなたにはちゃんとわかっているわね。ああいうひとたちだから、養女をとるとしたら、どんな子どもを養女にするか、わかりそうなものじゃないの？　犯罪者の子どもか売春婦の子どもにきまっている！　あたしの両親というのはそういう人たちなのよ。だけど、うちの両親は、血はあらそえないということをちゃんとよくおぼえておくべきだったわ。あなたのからだにイタリア人の血が流れているとはいうものの、悪い血があなたを毒殺者にしたんだからね」

「まあ、なんということを」

「あたしはいいたいことをいうわ。だれが母に毒薬を飲まそうとしたか、あなたには返事ができないでしょ？　いちばん、そんなことをしそうな人間はだれ？　母が死んだら、いったいだれのところに巨大な遺産がころがりこむかしら？　あなたに返事ができて？　それは、あなたなのよ、ジーナ。警察だって、そういう事実を見落とさなかったということだけは覚悟していたほうがいいわ」

そういうと、まだからだをふるわせながら、ミルドレッドは足早に行ってしまった。

「病的だね」とアレックスが口を開いた。「まぎれもなく病的だよ。こいつはおもしろいや。あれじゃ死んだご亭主のストレット大聖堂参事会員が思いやられるよ……敬虔なためらいというやつか、それともインポテンツだったとでも、きみはいうのかい？」

「つまらないことをいわないで、アレックス。ああ、なんてひどい女、にくらしいったらないわ」

ジーナは両の手をにぎりしめると、はげしい怒りに燃えてふった。

「きみのストッキングのなかに、ナイフが隠してなかったのはほんとによかったよ」とアレックスがいった。「もしきみがナイフを持っていたら、さしずめストレット夫人は被害者の見地から、殺人についてなにごとかを学ぶところだったな。まあ、落ち着きたまえ、ジーナ。そんなにメロドラマチックに、イタリア歌劇みたいに、にらむなよ」

「だけど、どうして叔母さんは、あたしがおばあさまの毒殺をはかったなどというのかしら」

「そりゃあきみ、だれかが夫人を毒殺しようとしたんだ。動機という点から考えれば、きみがいちばん、ぴったりくるんだよ、そうだろう？」

「まあ、アレックス！」恐怖の色を浮かべながら、彼女は彼の顔を見つめた。「警察はそう考えているのかしら？」

「警察がどんなことを考えているか、そいつはちょっとわからないね……警察の秘密は厳重にたもたれているからな。警察は決してばかじゃないよ。そうだ、思い出したぞ……」

「あなた、どこへ行くの？」

「考えがあるんだ」

17

I

「だれかが、わたしを毒殺しようとしていると、おっしゃるのね？」

キャリイ・ルイズの口調には、当惑と不信のひびきがこもっていた。

「わたしには、とてもそんなこと信じられない……」

彼女はなかば眼をとじながら、そのまましばらく相手の言葉を待っていた。

夫のルイスがしずかにいった。

「このことだけは、おまえにいわないでおこうと思ったのだよ」

夫人は心もうつろのまま、手をさしのべた。夫はその手をとった。

そのすぐそばに座っていたミス・マープルは、同情をこめて首をふった。

キャリイ・ルイズは眼を開いた。

「ほんとのことなの、ジェーン？」夫人はたずねた。

「ええ、残念ですけど」

「するとあらゆることが……」キャリイ・ルイズはそこまでいいかけると、やめてしまった。

それから、またつづけた。

「わたしはこれまでに、虚実というものをわきまえているとばかり思ってきたのね。このことも、わたしにはほんとのことだとは思われない――でも……わたしは、なにからなにまでまちがっているのかもしれない……でも、だれがこのようなことをしようなどと思うのかしら？　この家のなかには、わたしを――わたしを殺そうと思うひとなどだれもいないはずなのに？」

彼女の口調には、いぜんとして、まだ信じられないといったひびきがこもっていた。

「この私だって、そう思わざるを得なかったよ。ところが、私のまちがいだった」とルイスがいった。

「ではクリスチャンが知っていたのね？　いわれないでもわかるわ」

「いわれないでもというと、なにが？」

「あのひとの態度よ」とキャリイ・ルイズがいった。「とても変だったじゃありませんんたいつもの彼とは似ても似つかなかった。あのひと——わたしのことで興奮していたようですし、あたしになにか、しきりにいいたそうにしていたけれど——なにもいわなかったわ。それから、あのひと、わたしの心臓が強いかどうか、わたしにたずねたわ。近ごろ、丈夫かどうかもね。たぶん、わたしにヒントをあたえようとしていたのよ。だけど、なぜ率直にいってくれなかったのかしら？　率直にいうことなど、とても簡単なことじゃありませんか」

「クリスチャンは、おまえに苦しみをあたえたくなかったからだよ、キャロライン」

「苦しみ？　いったいなぜ——ああ、そう……」彼女は眼を見ひらいた。「あなたはそう考えているのね。だけど、あなたはまちがっていてよ。あなたの考えちがい、ルイス。ぜんぜん思いちがいよ。あなたにきっぱり断言できてよ」

夫は、夫人の眼を避けた。

「ごめんなさい」ほんのしばらくして、セロコールド夫人はいった。「でも、この二、三日のあいだに起こったことが、どんなことでもほんとのことだとは、わたしにはどうしても信じられないわ。エドガーがあなたを撃ったこと、ジーナとスティーヴンのこと、あのばかげたチョコレートの箱のこと、みんな、ほんとのことではありませんよ」

だれも答えようとはしなかった。

キャロライン・ルイズ・セロコールドが溜め息をついた。

「きっとわたしは、もうずいぶん長いこと、現実のそとで、生きてきたのにちがいない……あの、あなた方お二人におねがいするわ、わたしをひとりにしておいて……とにかく、よく考えてみなければ……」

II

ミス・マープルが階段をおりて、ホールのところまで来ると、その大きなアーチ型の戸口のそばにアレックス・リスタリックが立っていて、大げさなジェスチャーで手をふっているのが見えた。

「さ、どうぞ、どうぞ」まるでこのホールの持ち主かなにかのように、アレックスはほがらかに呼びかけた。「ちょうどいま、ゆうべのことを考えていたところなんですよ」

ミス・マープルのあとについて、キャリイ・ルイズの居間からおりてきたルイス・セロコールドは、ホールを横切って、自分の書斎に入ると、そのドアをしめた。

「犯罪の再構成をなさっていらっしゃいましたの？」

ひかえめな熱心さで、ミス・マープルはたずねた。

「なんですって？」アレックスは眉を寄せて、彼女の顔を見た。やがて、眉をあげた。「ああ、なるほど。いや、そうじゃないのです。ぜんぜんちがった見地から、事件全体を検討しなおしているところなんですよ。つまり、このホールを劇場になぞらえて考えていたところなのです。なまの現実じゃなくて、人工的なものです！　まあ、こちらへ来てください。舞台装置の立場から考えてみましょう。いいですか、照明、登場口、退場口、登場人物、効果、ね、おもしろいじゃありませんか。でも、これはぼくのアイデアじゃないんです。警部が教えてくれたのですよ。あの警部くらい、たちの悪い男はないと思うな。今朝なんかも、ぼくをおどかすのにやっきになっているんですからね」

「警部さんが、あなたをおどかしたんですって？」

「はっきり、そうだとはいえませんけどね」

アレックスは、警部の実験と、はあはあ息をきらせていたドジェット巡査の走行タイムを説明してきかせた。

「時間というやつは、とても人を誤解させるものですよ。とても長くかかったと思っても、実際にはそんなにかかっていない場合がありますからね」

「そうですよ」とミス・マープルがいった。

観客になったつもりで、彼女は位置を変えた。舞台装置は、上のほうに行くにつれて、うすくなっている綴織り《つづれ》の模様のひろびろとした壁を背景に、左手にグランド・ピアノ、右手には窓と窓際の椅子があった。その窓際の椅子のそばに、図書室へ通じるドアがあった。ピアノの椅子は、廊下につづいている四角いロビイに出るドアから、わずか二メートルほどのところにあった。二つとも退場するにはもってこいの位置だ！ ミス・マープルの立っている観客席から、窓際の椅子と、ピアノの椅子が、よく見とおせる……

しかし、昨夜は、その位置に〝観客〟はいなかったのだ。いいかえるならば、いまミス・マープルが面している舞台装置を眺めているものは、ひとりもいなかったということである。昨夜の観客たちは、みなこの舞台装置に背を向けて座っていたのだ。

いったい、このホールからそっと脱け出して、廊下づたいに走り、グルブランドセンを射殺して、またもどってくるまで、どのくらいの時間がかかるだろうか？ ミス・マープルは胸のなかで考えてみた。ひとが思うほど、たいしてかかりはしまい、分秒をはかってみたら、きっと、驚くほど短いものだ……

さっき、キャリイ・ルイズが夫にいった言葉は、いったい、どういう意味なのだろう？ 〝あなたはそう考えているのね。だけど、あなたはまちがっていてよ、ルイス〟

「いや、じつに警部の言葉は、洞察力のある、鋭い意見だったのですよ」アレックスの言葉で、ミス・マープルの黙想はやぶられた。「つまり、舞台装置というものは、実在しているものだというのです。装置の材料は木やボール紙で、にかわでそれをつなぎあわせ、絵の具のぬってある観客席の側と同様に、なにも描いてない舞台裏も、ちゃんと実在しているものだというのです。〝幻覚《イリュージョン》は〟と警部は、こう指摘しましたよ、〝舞台にあるのではなくて、観客の眼のなかにあるのだ〟と」

「まるで魔術師みたいですのね」と、マープルはあいまいにいった。「魔術師のことをよくこういうじゃありませんか、〝あの連中のネタは鏡だよ〟って」

スティーヴン・リスタリックが、かるく息をはずませながらホールに入ってきた。

「おい、アレックス、うちの子どもでね、アーニイ・グレッグという男の子をおぼえていなかったかな？」

「ああ、《十二夜》を演《や》ったとき、フェストになった子どもだろう？　ちょっと才能があるなと思ったけどね」

「うん、なかなかあの方面では才能があるんだ。それに、とても手先が器用でね。大道具の仕事をずいぶん手伝ってくれているんだ。しかし、話というのは、そういうことじゃないんだ。その子が、夜になるとこっそり寮を抜け出して、近くをうろつきまわるなんてことをジーナに自慢したんだよ。おまけに、昨夜もおもてに脱け出してなにかを見たと、ジーナに吹聴しているんだ」

アレックスはびっくりしてききかえした。

「見たって、なにを？」

「どうしてもそれをしゃべろうとしないんだ！　だいたいあの子は、人に見せびらかして注目をひきたがっているだけなんだよ。なにしろすごい嘘つきだしね。しかし、とことんまで問いただしてやらなくちゃいかんとぼくは思うんだ」

アレックスが鋭い口調でいった。

「いや、ぼくだったら、しばらくほったらかしておくな。ぼくたちが関心を持っているなんて、その子に思わせちゃいけないんだ」

「そうだね、きみのいうとおりかもしれない。じゃ、今晩までほうっておくか」

スティーヴンは図書室に入っていった。

ミス・マープルはまるで気まぐれな観客のように、ホールのなかをしずかに歩きまわっていた。アレックス・リスタリックが、急にうしろにさがったとき、マープルは彼のからだにぶつかってしまった。

「あら、ごめんなさい」ミス・マープルがいった。

アレックスは顔をしかめた。なにかに気をとられているような口調で、「こちらこそ失礼」といってから、突然、すっとんきょうな声を出した。「や、あなたですか」いままで、しゃべっていたひとにしては、ずいぶん妙なご挨拶だとミス・マープルは思った。

「ちょっとほかのことを考えていたものですから」とアレックス・リスタリックはあわてていった。「アーニイという子が――」彼は両方の手であいまいな身ぶりをした。

彼は急に様子をあらためると、ホールを横切って、図書室に入り、後ろ手でそのドアをしめた。

なにかつぶやいている声が、そのとざされたドアの向こうから聞こえてきたが、ミス・マープルにはよく聞きとれなかった。彼女は、気まぐれな子どもにすぎないアーニイのことや、その子が見たか見たふりをしているなどということには興味がなかった。アーニイなど、なにひとつ見たものはないのだという、ぬきがたい疑いを彼女は持っていたのだ。昨夜のような寒くて霧の深い夜に、アーニイがわざわざ寮の鍵をこじあけて、庭を歩きまわったという話など、ミス・マープルには一瞬といえども信じられなかった。おそらく十中八、九まで、夜間に一歩たりとも、外に出たことなんかないのだ。ただ、そういって自慢したいだけのことなのだ。

〝まるで、ジョニイ・バックハウスそっくりだわ〟とミス・マープルは思った。彼女は、セント・メアリ・ミード村の住人たちという、いつでもひきだせる類似人物の宝庫を持っているのだ。

「ぼく、ゆうべあんたの姿を見たんだから」

ひとが見られて困るとなると、ジョニイ・バックハウスは、うんと意地悪く、こういってののしるのだ。

たしかにひとをおどかすにはもってこいの台詞だわ、とミス・マープルは思った。どんなに多くの人たちが、人に見られては困るような場所にいることか！

彼女は、ジョニイのことはそのくらいにして、活気をあたえたカリイ警部の言葉について、アレックスのどことなくあいまいなところが残っている説明に、頭を集中していった。警部の言葉は、アレックスにひとつのアイデアをあたえたのだ。自分にも、またひとつのアイデアをあたえなかったかしら？　アイデアをあたえられたとしたら、アレックスの頭に浮かんだものと同じか、それともぜんぜんちがったものだろうか？

ミス・マープルは、アレックス・リスタリックが立っていた場所に、自分も立ってみた。彼女は自分にいいきかせた——〝ここはほんもののホールじゃないのよ。ボール紙と木とキャンバスでできているだけ。ここは舞台なのよ……〟言葉の断片が頭にひらめいた。〝幻覚《イリュージョン》——〟〝観客の眼のなかにある——〟〝あの連中のネタは鏡だよ……

……〟金魚鉢……色のついた長いリボン……消える婦人……魔術の、あのあざやかな錯覚……

彼女の意識の底で、なにかがピクピクと動いた――ある情況――アレックスがいったなにか……彼が説明してくれたなにか……ドジェット巡査が息をきらしていた……息をきらしていた……マープルの心のなかでなにかが変わった――突然、焦点があった……

「なあんだ、そうだったの。そうにちがいなかったのだわ」ミス・マープルはいった。

18

I

「まあウォルター、びっくりしたじゃないの！」

ジーナは劇場のくらがりから出てくると、まるで闇の精のようなウォルター・ハッドの姿に気がついて、驚いてとびすさった。まだ、まっくらになりきってはいなかったが、物が実体を失い、まるで夢魔のように幻想的な形に見える、あの気味の悪い、ほんのりとした光が残っている時刻だった。

「どうしてこんなところにいらっしゃったの？　いつもなら、劇場の近くへなど足をふみいれたこともなかったのに」

「きみを探していたのさ、ジーナ。きみを探すんだったら、ここがいちばんじゃないのかい？」

ウォルターの消えいるような、ものうい口調には、これといって、あてこするようなところはなかったが、ジーナはちょっとうしろめたい感じにおそわれた。

「仕事に夢中なのよ。あたし、絵の具やキャンバスや、舞台裏の雰囲気といったものが好きなんですもの」

「そうだね、芝居は、きみにとって運命みたいなものだからね。ぼくにはよくわかっているんだ。ねえ、ジーナ、この事件がすっかり片づくまでに、あとどのくらいかかると思う？」

「検死審問がすめばね。それが二週間かそこいら延びるという話よ、カリイ警部の話ではね」

「二週間か」とウォルターは思いあぐむようにつぶやいた。「そうか、じゃ三週間と見ればいいわけだね。そのあとは――ぼくたちは自由なからだになるんだ。そうしたら、ぼくはアメリカへ帰るつもりだよ」

「まあ！　だってあたし、そんなにあわただしく帰れないわ」ジーナが叫んだ。「それにおばあさまから離れるわけにいかないし、あたしたちがやる新しいお芝居が二つもあるのよ――」

「ぼくは〝ぼくたち〟とはいってないんだよ。ぼ、く、は帰るといったんだ」

ジーナは口をつぐむと、夫を見あげた。影の効果がウォルターをとても大きなものに感じさせた。大きな無言の影——それはいいしれぬかすかな脅威を彼女にあたえた……彼女の前に立ちはだかっているその影は……。おびやかしているのだ——なにを？

「じゃ、あなたは——」彼女はいいよどんだ——「あたしと一緒にアメリカに帰りたくないのね？」

「どうしてさ。そんなことはないよ——そんなつもりでいったんじゃない」

「あたしが行こうと行くまいと、そんなこと、ちっともかまわないんでしょ？　ね、そうなんでしょ？」

彼女は急に怒りはじめた。

「まあ、待ちたまえ、ジーナ。ぼくらは、ここではもの笑いの種子《たね》になっているんだよ。ぼくらは結婚したとき、おたがいによく理解していなかった——おたがいの育ちや生まれも知らなければ、おたがいの家族のことだって、なにも知らなかったんだ。そんなことはどうだっていいと思ったんだ。ぼくらさえ幸福なら、ほかのことなんか、なんとでもなると思ったんだよ。そうだ、これで一段落ついたのさ。きみの家族は——ぼくのことなんかたいして考えてくれなかった——いやいまでも考えてくれていない。たぶん、きみの家族の人たちのほうが正しいよ。ぼくは、あの人たちとはだあいがちがうからね。

しかし、もしきみが、ぼくがここにいるものと思うなら、ぼくがおあずけをくって、ぼくが狂ってると思っているばかげた仕事をするものと思っているのなら――考えなおしてくれたまえ！　ぼくは、自分の国で暮らしたいんだ。自分の好きな仕事がしたいんだ。自分にできる仕事がしたいんだよ。ぼくが心にえがいていた妻というのは、年老いたパイオニアのあとから、どこまでもついてきてくれるひと、苦難、見知らぬ土地、危険、未知の環境……どんなことでも覚悟してくれるひとなんだ。そんなことをいったって、きみには無理な注文かもしれない、しかし、そうでなくては無に等しいのだ！　どうやら、きみをむりやり結婚に急がせてしまったらしいね。もしそうなら、ぼくと別れて、新しく人生のスタートをきったほうがいいと思うよ。そのほうがきみのためになる。もしきみが、あの演劇青年のどっちかが好きなのなら――それがきみの人生なんだ。どっちかをえらびたまえ。だけど、ぼく自身は国へ帰るよ」

「なんてあなたはおばかさんなのかしら」ジーナがいった。「あたしは、ここの生活が楽しいのよ」

「そうなの？　ぼくはちがうよ。きみには、殺人さえ楽しいんだろ？」

ジーナは息をのんだ。

「まあ、なんてひどいことをいうの、あなたは。あたしはクリスチャン伯父さんが大好きだったのよ。それに、この数ヵ月、だれかがそっとおばあさまに毒を飲ませていたということ、あなた、知っていて？　ああ、おそろしい！」

「ぼくはここにいるのがいやなんだと、きみにはいったはずだよ。ここの生活が嫌いなんだ。この家を出るよ」

「いいですとも、あなたにこの家が出られたらね！　クリスチャン伯父さん殺しの容疑者として、きっとあなたは逮捕されるということがわからないの？　カリイ警部があなたを見るあの眼が、あたしにはたまらないのよ。まるで猫が鼠にいまにもとびかかろうとして、おそろしい爪をみがきながら見つめている感じじゃないの。それというのも、電灯のヒューズを直しに、あなたがホールから出ていったせいよ。あなたがイギリス人じゃないからなのよ。そうよ、警察の人たちは、あなたに目をつけているんだわ」

「証拠がなければだめさ」

ジーナは泣きわめいた。

「あたしはあなたが心配なの、ウォルター。ずっとずっと、あなたが心配だったのよ」

「なにもそんなにおびえることはないんだ。ね、ジーナ、警察の連中がいくらやっきになったって、ぼくからほこりひとつ出なかったんだよ」

二人は黙々と家のほうに歩いていった。

ジーナが口を開いた。

「あたしがあなたと一緒にアメリカに帰ることなんか、あなたはちっとも望んでいないんだわ……」

ウォルター・ハッドは答えなかった。

ジーナ・ハッドは、ウォルターのほうにからだを向けると、足をふみならした。

「あたし、あなたが嫌い、嫌い、大嫌いよ。あなたっておそろしい――けだもの――残酷で薄情なけだものよ。あたしはあなたのためにつくしてきたのに、あたしのことを厄介払いにしたいのよ。別れることなんか、あなたは平気なのね。ええ、けっこうよ、あたしだって、あなたの顔なんかもう二度と見なくたって平気だわ！　あなたとなんか結婚して、ほんとにばかだったわ。一刻も我慢できなくてよ。あたし、離婚するわ。あたし、スティーヴンかアレックスと結婚する。そうすれば、あなたと暮らすより、ずっと幸福になるもの。さあ、アメリカへさっさと帰ってちょうだい。あなたをとことんまで惨めにするおそろしい女の子と結婚すればいいのよ！」

「そうだ！」とウォルターがいった。「いまやっと、ぼくらが、どんなことを考えているか、わかったんだ！」

II

ミス・マープルは、ジーナとウォルターが連れだって家へ入ってくるのを見た。彼女は今日の午後早々、カリイ警部がドジェット巡査と実験をした場所にたたずんでいたのだ。

ミス・ベルエヴァーにうしろから声をかけられて、彼女は思わずとびあがった。

「日が沈んでしまったというのに、こんなところに立っていらっしゃったら、冷えこんでしまいますよ」

ミス・マープルはすなおに彼女の言葉にしたがって、二人は足どりかるく家のほうへ歩いていった。

「わたし、魔術のトリックを考えていたところなんですよ」ミス・マープルはいった。「魔術師がやっているところをごらんになると、とてもむずかしそうですけど、あの人たちの説明を聞くと、とても簡単なのね（といっても、金魚鉢の魔術は、いったいどうしたら、あんなふうにできるのか、いまだにわけがわたしにはわかりませんけど）。下半身だけ白鳥になっている少女の魔術をごらんになったことあります？――とてもスリリングなトリックですよ。わたしがまだ十一のときでしたけど、すっかり夢中になってしまって、いまでもおぼえておりますわ。どうして、ああいう魔術ができるのか、考えることさえできません。でもこのあいだ、ある新聞に魔術の種あかしをした記事が出ておりましたよ。新聞がそんなことをするなんて、考えもしませんでしたけどねえ。少女がひとりと思えたものが、じつは二人の少女なんですよ。ひとりの娘の頭と、もうひとりの娘の脚。あなただったら、ひとりの娘だと思いますわ。ところが二人のべつべつの娘なんですよ――二人の娘が、まるでひとりの娘のように、うまいぐあいに調子をあわせているんですよ、驚きましたわね？」

ミス・ベルエヴァーはあっけにとられたように、ミス・マープルの顔を見た。ミス・マープルがいまみたいに、まるでお酒に酔ったみたいに、つじつまのあわぬことをいうなんて、滅多にないことだった。〝年老いた婦人には、こんどの事件は刺激がつよすぎるのだわ〟とミス・ベルエヴァーは心のなかでつぶやいた。

「つまりね、ものごとの一面しか見なかったら、その半面しか見ないことになるんですよ」ミス・マープルは言葉をつづけた。「どれが実物で、どれが虚像か、心のなかでけじめがつきさえすれば、あらゆることは、一分のすきなく、ぴったりとつじつまがあうんです」やぶからぼうに、マープルはこんなことをたずねだした。「キャリイ・ルイズ

――あのひと、おからだのほうは大丈夫でして?」

「ええ、お元気ですとも」ミス・ベルエヴァーが答えた。「ご心配になることはありませんわ。もっとも、だれかが、あの方を毒殺しようとしていることがわかって――ショックだったのにちがいありませんけれど。いいえ、ほんとに、あの方にはショックでしたわ。だって、そういった暴力というものが、あの方にはまるっきり理解できないんですもの」

「キャリイ・ルイズには、わたしたちにはわからないようなことでも、わかっているんですよ」とミス・マープルは、もの思いにふけりながらいった。「いつも、あのひとはそうだったわ」

「あなたのおっしゃること、あたしにはよくわかりますわ――でも、夫人は、なんと申しますか、浮世ばなれしたところがおありですから」

「そうかしら?」

ミス・ベルエヴァーはびっくりした表情で、ミス・マープルの顔を見た。

「だって、カラみたいに、あんなに浮世ばなれした方は、おりませんもの」

「じゃ、あなたは、たぶん――」ミス・マープルは、いいかけた言葉をひっこめた。ちょうどそのとき、エドガー・ローソンが、二人のそばを大股でからだをゆさぶりながら通りすぎたからだ。彼はちょっとはずかしそうな表情でうなずいてみせたが、二人のそばまで来ると顔をそむけた。

「あの青年がだれに似ていたか、わたし、やっと思い出したばかりですの」とミス・マープルがいった。「ほんのすこし前、突然思い出したばかりなんですよ。あのひと、レオナルド・ワイリイという若いひとにそっくりなんですの。そのひとのお父さんという方は歯医者さんでしたけど、もう年寄りで、おまけに眼が遠いんです。それに手も、いつもふるえているものですから、患者さんは息子さんのほうに行きたがるのです。ところがお父さんは、それをとても悲しがって、すっかりしょげこんでしまいましたの。もう、いいことはなにもないといってね。そして、心のとてもやさしい、ちょっとおばかさんのレオナルドは、まるで自分が大酒飲みみたいによっぱらいの真似をしだしたのです。たいして飲めもしないくせにね。レオナルドは、いつもウィスキーのにおいをプンプンさせて、自分の患者が来たときなど、わざと泥酔した真似なんかしたものです。その青年の考えでは、患者さんが、もとどおりお父さんのところへ行ってくれて、若い医者はやっぱりだめだといってくれるものと思ったのですね」

「で、患者さんたちは？」

「むろん、青年のおもわくどおりにはいきませんでしたわ。わけのわかったひとだったら、だれにでも予言できるようなことしか起こりませんでしたの。つまり、商売がたきのライリイ医院に、お客さんをみんなとられてしまったのですよ。心のやさしいひとというのは、分別というものがないものですわ。おまけにレオナルド・ワイリイときたら、すこしも自分がまちがっているとは思わないんですよ……それに、ほんとの酒飲みじゃないものですから、ウィスキーを飲みすぎて――それはもう、収拾のつかないくらい服をべとべとにしてしまいましてね」

二人はサイド・ドアから家のなかに入った。

19

ミス・ベルエヴァーとマープルが入っていくと、家のなかでは、家族のものが図書室に集まっていた。ルイスは部屋のなかを行きつもどりつしていて、なにか緊張した空気がいったいにみなぎっていた。

「なにかありまして？」ミス・ベルエヴァーがたずねた。

ルイスは言葉みじかくいった。

「アーニイ・グレッグが今晩の点呼にいなかったのだ」

「逃亡したのでしょうか？」

「わからん、マヴェリックと職員が、手分けして、いま探しているところだ。もし見つけられないようだったら、警察に連絡しなければならん」

「おばあさま！」ジーナがキャリイ・ルイズの顔面が蒼白なのにびっくりして、夫人のところへかけよった。

「ご病気みたいよ」

「わたしは悲しいんですよ、かわいそうな子ども……」

ルイスがいった。

「あの子が昨夜、なにか見たというので、今晩、私はあの子に問いただそうと思っていたところなのだ。まず、あの子に、いい持ち場をあたえて、そのあとで話しあってから、ほかの話題に入ろうと思っていたのだが、さて――」彼は言葉を中断した。

ミス・マープルがそっとつぶやいた。

「おばかさんね、あの子は……ほんとおばかさんよ……あの子……」

彼女は首をふった。セロコールド夫人がしずかにいった。

「あなたもわたしのように思って、ジェーン……?」

スティーヴン・リスタリックが図書室に入ってきた。彼は口を開いた。

「あなたを劇場で見失ってしまったんだよ、ジーナ。あなたが――おや、いったいどうしたんです?」

ルイスがいまの話をもう一度くりかえした。話しおわったところへ、マヴェリック博士が、金髪の、頬の赤い、けげんそうな表情をした美少年を連れて入ってきた。ミス・マープルは、このストニイゲイトに着いた夜、この子が晩餐のテーブルについていたのを思い出した。

「アーサー・ジェンキンスを連れてまいりました」マヴェリック博士がいった。「どうも、アーニイといちばん最後に言葉をかわしたのはこの子らしいのです」

「ねえ、アーサー」ルイス・セロコールドが声をかけた。「できることなら私たちの力になってくれないかね。アーニイはどこへ行ったの？　また、あの子のいたずらかね？」

「なんにも知らないんです、ほんとに知らないんです。彼は、ぼくになんにもいいませんでした。彼は劇場で芝居に熱中していたんです、それだけです。なんですか大道具のことで、ハッド先生やスティーヴン先生が第一等だと思ってくれるような、とてもすばらしい考えが浮かんだんだと、いってましたけど」

「それはそうと、アーサー、アーニイは昨夜閉門のあとで、庭をうろつきまわったなどと吹聴しているのだがね、ほんとうかな？」

「そんなこと、あるもんですか。彼の駄ボラですよ、それだけです。すごい嘘つきですからね、アーニイは。夜に外出したことなど、一度だってありませんよ。いつも自慢するだけで、鍵なんかあけられるもんですか！　鍵なんか、いじれっこありませんよ、なにもできないんです。どっちみち、ゆうべはちゃんといましたよ、ぼく、知ってるんです」

「おまえは、まだほんとのことをいわないね、アーサー？」

「神さまに誓いますとも」いかにも高潔そうにアーサーは答えた。

ルイスはまだ不満足そうな表情だった。

「しっ！」とマヴェリック博士がいった。「あれはなんだろ？」

なにか、つぶやく声が迫ってきた。ドアが開くと、まるで病人のように顔面蒼白の眼鏡をかけたバウムガートン氏が、よろめきながら図書室に入ってきた。

彼はあえぎながらかろうじていった。

「あの子を見つけましたよ――いや、二人です。おそろしい……」

彼は、椅子にどさりとからだをたおすと、額の汗をぬぐった。

彼は全身をふるわせた。

「舞台の下です。二人の頭は押しつぶされていました――大きな釣り合いおもりが、二人の上に落ちたのにちがいありませんよ。アレックス・リスタリックとアーニイ・グレッグです。二人とも死んでました……」

20

「濃いスープを持ってきたのよ、キャリイ・ルイズ」ミス・マープルがいった。「おねがいだから、召し上って」

セロコールド夫人は、大きな松材の、彫刻のほどこされている四柱寝台からからだを起こした。彼女はひとまわり小さくなり、まるで子どもみたいな感じだった。夫人の頬には血の気が消えうせ、その眼には、うつろな光をたたえていた。彼女はすなおに、ミス・マープルの手からスープを受けとった。夫人がそれをすすりはじめると、マープルはベッドのわきの椅子に腰をおろした。

「はじめは、クリスチャンね」キャリイ・ルイズはいった。「それから、こんどはアレックスと、あのかわいそうなアーニイ。あの子は——ほんとになにか知っていたのかしら？」

「わたしはそうは思わないわ」ミス・マープルはいった。「あの子は嘘をついただけなのよ——なにかを見たかのようなふりをして、自分をえらそうに見せただけのことですよ。悲劇のはじまりは、だれかが、あの子の嘘をそのまま信じて……」

キャリイ・ルイズは身をふるわせた。彼女の眼は、また遠いほうにさまよった。

「わたしたちは、あの子たちにいろいろなことをしてやるつもりだったのよ……なにかしてやったのだわ。あの子たちのなかには、驚くほど、よくやる子がいましたよ。何人かは、ちゃんとした責任のある役割をはたしていましたもの。ほんのかぞえるくらいの子どもたちだけが、また悪さをして——これはどうしようもないわね。現代の文化のいろいろな条件は、とにかくとても複雑ですからね——そうよ、単純な、成長しない性質を持っているものには、複雑すぎるのよ。ルイスの遠大な計画をご存じでしょ？　流刑というものは、過去における潜在的な犯罪者の多くのものを救ったものだということを、ルイスはたえず考えていたのよ。そういう人たちは、海外に出たわね——そしてより単純な境遇のなかで、新しく人生のスタートをきったのよ。ルイスは、その理論の上に立って、近代的な計画に着手したいと思っているの。広い土地を買い上げるか——一群の島を買い上げること。数年間の資金を供給し、共同的な自給自足の社会をつくりあげること——みんなが相互に利害関係を持つようなね。しかし、またもとの古巣に帰りたくなるような誘惑や、無効になるような古くさくてまちがった方法は排除しなければならないわ。これがルイズの理想なのよ。でも、むろん、それを実現するためには莫大なお金がいりますものね。また、そういう夢を持っている慈善家も、いまのところではそうたくさんはいないわ。わたしたちは、先夫のエリックのような人物を探しているわけ。エリックだったら、とても熱心に協力してくれたことでしょうからね」

ミス・マープルは鋏をとりあげると、いかにもおもしろそうにそれを眺めた。

「ずいぶん、変わっている鋏ですこと」と、彼女はいった。「二本指を入れる穴が、どちらにもついているのね」

キャリイ・ルイズは、ずっと遠くのほうを眺めていた眼を、手近のところに移した。

「今朝、アレックスがわたしにくれたのよ。これだったら、右手の爪を切るのにも切りやすいじゃありませんか。あの子は、とても熱心な子だったわ、わたしのために、あれこれとよく面倒を見てくれてね」

「それに、アレックスさんは切った爪を集めておいて、とても大切にしているのじゃないかしら」

「ええ、そうよ」とキャリイ・ルイズはいった。「あの子は——」ここまでいいかけてから、「なぜ、そんなことをおっしゃるの？」

「わたし、アレックスさんのことを考えていたのよ。あのひとは頭がよかったわ。そう、とてもよかった」

「つまり――そのためにあの子が死んだというのね？」

「そう――わたしはそう思うんですよ」

「あの子とアーニイ――ああ、考えようと思っても、わたしにはとても耐えられない。

警察では、いつ、死んだと推定しているの？」

「今晩、六時から七時までのあいだじゃないかと……」

「二人とも、今日の仕事を片づけたあとで？」

「ええ」

ジーナは夕方まで、あの劇場にいた――ウォルター・ハッドと。

スティーヴンもまた、ジーナを探しに、劇場へ行っていたといったっけ。

しかし、こうなったかぎり、だれにだって……

ミス・マープルの思考の糸が途絶えた。

キャリイ・ルイズがしずかに、だが思いもよらないことを切り出したのだ。

「あなたは、どのくらいまでわかっていて、ジェーン？」

ミス・マープルは、鋭くキャリイの顔を見あげた。

二人の婦人の眼と眼があった。

ミス・マープルは、ゆっくりいった。

「かりに、わたしの考えがたしかだとしたら……」

「あなたの考えはたしかだと思ってるわ、ジェーン」

ジェーン・マープルはゆっくりといった。

「どうしたらいいのかしら？」

キャリイは枕によりかかった。

「それは、あなたの掌中ににぎられていることよ、ジェーン。あなたが正しいと思うことをおやりになればいいのよ」

キャリイ・ルイズは眼をとじた。

「明日——」ミス・マープルはためらいがちにいった——「とにかく警部にお話ししてみますよ、警部が聞いてくださるなら……」

21

カリイ警部は、たまりかねたようにいった。

「それで、マープルさん？」

「ホールのほうに行ったらいけませんか？」

カリイ警部はあっけにとられた顔をした。

「人目を避けたいとおっしゃるのですか、でもここなら——」警部は書斎のなかを見わたした。

「いいえ、べつに、人目を避けたいと考えてるわけではないんです。あなたに、お見せしたいものがあるんですよ。アレックス・リスタリックが、それとなくわたしに教えてくれたものですわ」

カリイ警部は、溜め息をもらしながら椅子から立ちあがると、ミス・マープルのあとにしたがった。

「だれかがあなたに話したのですか？」警部は期待に胸をふくらませながら、先まわりをしてたずねた。

「いいえ」とミス・マープルはいった。「人が話してくれたようなことではないんです。魔術のトリックのことなんです。魔術師は、鏡をトリックに使いますわね——ま、そういったことですけど——おわかりになっていただけるなら」

だが、カリイ警部には、なにがなんだかさっぱりわからなかった。ミス・マープルの頭が狂ったのではないかと、彼は、ぽかんと彼女の顔を見つめていた。

ミス・マープルは、自分の〝観客席〟におさまると、カリイ警部をそのそばにまねきよせた。

「このホールを、舞台装置だとみなしていただきたいんですよ、警部さん。ちょうど、あのクリスチャン・グルブランドセンが殺された夜のね。警部さんはこの観客席から舞台の登場人物を眺めているわけですわ。セロコールド夫人、わたし、ストレット夫人、それからジーナ、スティーヴン——ちょうど舞台と同じように、登場口と退場口とがあって、おのおのちがった場所に、登場人物たちが出ていきますわ。あなたがお芝居の観客だったら、登場人物たちがほんとに出ていくとは思いませんわね。役者たちは、〝正面のドア〟から出ていったり、〝料理室のほうへ〟行ったりしますけど、そのドアがあいたときには、観客席からも、絵の具で描いてある背景の幕が見えるはずですわね。しかし、むろん役者たちは、上手と下手の舞台の両袖に出ていくか——それとも、大道具係や照明係がうろうろしていたり、ほかの役者たちが出番を持っている舞台裏へ、つまり、ぜんぜん異なった世界へ出ていくだけですわ」

「どうも、私には、あなたのお話がよくのみこめないのですがね、ミス・マープル——」

「ええ、そうでしょうとも、きっとあなたには、おかしく聞こえることでしょうね——ですけど、かりに警部さんが、お芝居だと思って、ここを〝ストニイゲイトのホールの場〟と考えていただけるのなら——この舞台の裏にあたるものはなんでございましょう？——つまり、舞台裏のことですけど？　テラスですわね——そうじゃございません？——テラスと開いているたくさんの窓ですわ。

そうなると、では魔術はどんなふうに行われたかということになりますわ。わたしにヒントをあたえてくれた、下半身が白鳥の少女の魔術と同じトリックなんですの」

「下半身が白鳥の少女ですって？」いよいよ、ミス・マープルは頭のおかしな患者にちがいないと、カリイ警部は断定するにいたった。

「いちばんすばらしいスリリングなトリックですわ。きっと警部さんもごらんになったことがあると思いますけど——ほんとはひとりの娘じゃなくて、二人べつべつの娘なんですよ。ひとりの娘が頭をうけもって、もうひとりべつの娘が、脚をうけもつんです。まるで、ひとりの少女のようには見えますけど、種をあかせば二人の娘なのですわ。そこでわたしは、その逆のトリックもあり得ると考えましたの。二人の人間が、じつはひとりの人間だというトリックですわ」

「二人の人間が、じつはひとりの人間？」

警部はとうとう絶望的な表情になった。

「ええ、それもたいした時間ではありませんの。あなたの部下のお巡りさんが、お庭でこの家の往復の駆け足のタイムをはかりましたけど、どのくらいかかりまして？　たしか二分四十五秒でしたわね？　それよりも、きっと少ないタイムですわ。そうですね、二分かからないですみますわ」

「なにが二分かからないのです？」

「魔術のトリックですわ。二人の人間が種をあかせばひとりの人間だったというトリックですの。ほら——あの書斎のなかですよ。わたしたちは、舞台の眼に見える部分しか、眺めていなかったわけですわ。舞台裏は、テラスと一列の窓があります。二人の人間が書斎にいれば、らくらくと書斎の窓をあけて、そこから脱け出し、テラスづたいに走っていって（その足音をアレックスは聞いたのですよ）サイド・ドアをくぐり、クリスチャン・グルブランドセンを撃って、またかけもどってくる。そのあいだ、書斎に残っていたひとりが、二人の声を使いわければ、わたしたちはみんな、書斎に二人いるものと思いこんでしまいますものね。ですから、時間にして、せいぜい——二分とはかかりませんわ」

カリイ警部はやっとわれにかえった。

「すると、テラスづたいに走っていって、クリスチャン・グルブランドセンを射殺したのは、エドガー・ローソンだとおっしゃるのですか？　セロコールド夫人に毒を盛っていたのは、エドガー・ローソンだというのですか？」

「ですけど、警部さん、セロコールド夫人に毒を盛っていたものは、だれもいなかったのですよ。誤った方向に注意をそらされたのは、そこなのです。セロコールド夫人のかかっている関節炎が、砒素中毒の症状とよく似ているところから、その事実をだれかがきわめてたくみに利用したのですわ。トランプのカードを、むりに見物人に押しつける、古くさいトリックですよ。強壮剤の薬瓶のなかに、砒素を混ぜておくことなどわけもないことですもの——それにタイプライターで打った手紙に、二、三行、書き加えておくこともね。ですけど、グルブランドセンさんがこちらに見えたほんとうの理由は、いるかにもうなずける理由があったのです——なにかグルブランドセン信託に関係のあることでした。事実、お金のことだったのです。おそらく、横領罪があったのですわ——大規模な横領罪——すると、どういうことになるか、警部さんにはおわかりですわね？　それに相当するただひとりのひと——」

「ルイス・セロコールド？」

「ルイス・セロコールド……」

22

ジーナ・ハッドから、伯母のヴァン・ライドック夫人への手紙の一部。

――ですから、ルース伯母さま、こんどのことはなにもかも、まるで悪夢みたいでしたわ――とりわけ、その幕切れときたら。あたし、あの変てこな若いひと、エドガー・ローソンのことを、なにもかもみんなお話ししましたわね。あのひと、ほんとに兎そっくりですわ――警部さんが尋問にとりかかって、頭からおどかしたら、あのひと、すっかり腰をぬかしたみたいになって、まるで兎みたいにピョンピョンとんで逃げましたの。ほんとにびっくり仰天したんですよ、駆けずりまわったわ――文字どおり駆けずりまわりましたの。窓からピョンととびだして、家のまわりをまわって、車道を駆けおりていったの、それからお巡りさんが彼の行手をさえぎりに来たものだから、あわてて道をそれて、こんどは湖に向かって韋駄天《いだてん》走り。あのひと、もう何年も前から腐っていた汚ない平底船にとびのると、岸にオールをあて て、船を出したのよ。むろん、船といってもたいへんな代物なんですけど、なにしろあの人ときたら手負いのイノシシ、あら、ちがった、手負いの兎ですものね。すると、ルイスが大声をはりあげて、「その船は沈むぞ！」といいながら、彼もまた湖の岸を全速力で走りだしたのよ。舟は沈みだして、あのひと、水のなかでじたばたもがいていたわ。あのひとは泳げないの。ルイスが水にとびこんで、エドガーを助けようとしたのよ。ルイスはエドガーのところまで泳いでいけたんですけど、葦に足をからませたものだから、二人ともあぶなくなってしまったわ。警部さんの部下のお巡りさんがひとり、自分のからだにロープをまきつけて水のなかに入っていったけど、そのお巡りさんも、二人にまきこまれてしまったので、みんなはお巡りさんをひきあげなければならなかったのよ。ミルドレッド叔母さんが、「ああ溺れてしまう……溺れてしまうわ——二人とも溺れてしまうわ……」とおろおろしていってたの、そしたら、おばあさまがこういったのです。「そうよ」このおばあさまの言葉のひびきをどう書いたらいいか、あたしにはとてもだめです。ただ、「そうよ」といったきりでしたけど、なにかつきさきるような感じ——ちょうど剣のような感じでしたわ。こういうあたしの書き方、ばかげていて、あまりにも、メロドラマじみているでしょうかしら？　きっと、そうでしょう。でも、そういう感じがしたのです。

それから——すべてがおわりました。お巡りさんたちは、湖から二人をひきあげて人工呼吸をほどこしましたの（でも、ききめはありませんでした）。警部さんがあたしたちのほうに来て、おばあさまにいいました。

「残念ですが、望みはありません」

おばあさまはとてもしずかな口調で、こういいました。

「お手数をおかけしました、警部さん」

それから、おばあさまはあたしたちのほうを見つめました。

あたし、あたしはどうしていいかわかりませんでした。ジュリエットは厳格な表情をしながら、いつものように付き添い人として、心をくばっていました。スティーヴンは両手をのばしました。おかしなことに、ミス・マープルはとても悲しそうでしたし、とても疲れているようでした。それにあのウォルターでさえ、とても興奮しているようでした。みんな、おばあさまのことがとても好きでした、なにかしてあげられたらと、みんな、心のなかで待ちのぞんでいたのです。

ところがおばあさまはただひとこと、「ミルドレッド」と声をかけただけでしたの。するとミルドレッド叔母さんが、「お母さま」と答えました。それから二人は肩をならべて、家のほうへひきかえしていきましたわ。その後姿はとても小さく見えて、とても弱々しそうでした。ミルドレッド叔母さんの肩にすがるような感じで歩いていきましたの。あたし、それまで、ぜんぜん気がつかなかった、おばあさまとミルドレッド叔母さんとがどんなに愛しあっていたか。だって、そんなそぶりをほとんど見せたことがなかったんですもの。

ジーナはここまで書いてきて、万年筆のしりをしゃぶりながら、しばらく考えこんだ。それから、こうつづけた。

あたしとウォルターのことですけど——あたしたち、できるだけ早くアメリカへ帰りますわ……

23

「どうしてわかったの、ジェーン？」

ミス・マープルは、こうたずねられて、答えるのにかなり時間がかかった。彼女は、二人をしげしげと見つめた。前よりもやせて、いっそう弱々しくなったのに、依然として心を動かされることのないキャリイ・ルイズと、もうひとりの人物は、やさしい微笑をたたえ、ふさふさとした白髪の老紳士、クローマーの主教であるガルブレイス博士だった。

主教はキャリイ・ルイズの手をとった。

「こんどのことは、なんと申したらいいか、さぞかし、ショックも大きかったでしょうね」

「悲しみにはちがいありませんけれど、でも、それほどショックじゃなかったのよ」

「そうね」ミス・マープルが口を開いた。「わたしが気がついたのはそのことなのよ。

たいていのひとが口をそろえて、キャリイ・ルイズのことを浮世ばなれしているとか、現実的な感覚がないということをいっていましたわね。ところがどうして、キャリイ・ルイズ、あなたにはいきいきとした現実的な感覚があるのよ。あなたにないのは幻覚《イリュージョン》だわ。わたしたちの大部分みたいに、あなたは幻覚などにだまされるようなことは決してないのよ。わたしがそのことに気がついたとき、あなたが考えたり感じたりしたことにしたがって、判断しなければいけないということがわかったのよ。あなたに毒を盛るようなものはだれもいるはずがないと、あなたははっきりいいきっていたわね。あなたには、そんなことなど信じられなかった——あなたは信じないで、ほんとに正しかったのよ。だって、そうだったのですものね！　それから、エドガーがルイスを傷つけるということもあなたは信じなかった——そして、これもあなたが正しかったわね。エドガーは、ルイスを傷つけるはずがなかったのよ。また、ジーナが夫以外の男と恋などするものかと、あなたは心から思っていた——これも、ほんとにそのとおりだったわ。

だから、あなたにしたがって判断していくとなると、ほんとのことと思われていたすべてのことが、単なる幻覚にすぎなくなってくるのね。そういったいろいろの幻覚は、みんな、あるはっきりした目的のためにつくりだされたものなのよ——観客の眼をごまかすために、魔術師が幻覚を利用するのと同じ手段なのね。つまりわたしたちは魔術の観客だったのだわ。

アレックス・リスタリックはちがった角度——つまり家の外部から観察する機会にめぐまれていたので、いちばんはじめに、真相をうすうす感づいたわけなのね。アレックスは警部と一緒に車道に立っていて、外部から家を眺めているうちに、窓の可能性に気づいたのよ——あの夜、耳にした足音を思い出したのだわ。それからお巡りさんの駆け足のタイムが、ひとが思っているよりも、ずっと短い時間だということが、彼にわかったのね。それから、そのお巡りさんが息をきっていたという話、そのことがわたしの頭にあって、あとになってから、息ぎれしていたお巡りさんのことを考えたとき、ルイス・セロコールドが、あの晩、書斎のドアをあけると、とても息づかいが荒かったのを、わたし、思い出したんですよ。あのときちょうど、全速力で駆けたばかりだったのね。

しかし、わたしにとって、あらゆることのかなめになっていたのは、エドガー・ローソンだったのよ。エドガー・ローソンについて、いつもどこかちぐはぐな感じがしてしかたがなかったわ。エドガーの言行のすべては、いかにもあの男らしく思われるのに、本人そのものとはピッタリあっていなかったのよ。なぜって、ノーマルな青年が精神分裂症の真似をしていたんですもの——あの男はいつも、いわば人生よりひとまわり大きかったのよ。お芝居じみたところが、あの男にはあったのね。

事件は、細心の注意をはらって、計画を練りに練ったのにちがいないのよ。ルイスは、この前クリスチャンが来たときに、彼の疑惑の種子《たね》になったようなものに、きっと気がついていたのね。そしてルイスは、クリスチャンが疑惑を持つとすれば、その疑惑の真偽をとことんたしかめて、自分の納得がいくまで、追及の手をゆるめないだろうということをよく知っていたのね」

キャリイ・ルイズは身を動かした。

「そうよ、クリスチャンはそういう人なの。石橋をたたいてわたるひとだけど、実際にはとても洞察力が鋭かったわ。彼が調査をはじめたということ以外に、どんな疑惑を持ったのか、わたしは知らないのよ――そして、クリスチャンは、真相をつきとめたというわけなのね」ルイズがいった。

主教が口を開いた。

「いや、私が理事の職に怠慢だったのは、なんといっても遺憾でした。まことに申し訳ない」

「とんでもない、財政のことまで、あなたに理解していただこうなどと、夢にも思ったことはありませんわ」キャリイ・ルイズがいった。「もともと、財政のことは、ギルフォイさんの領分でしたの。ところが、ギルフォイさんが亡くなったとき、ルイスのすぐれた会計士としての経験が、完全な支配といってもいいような位置に自分をおくことになったのです。むろん、そのことはルイスをとても思いあがらせてしまったのね」

キャリイ・ルイズの頬に血の気がさしてきた。

「ルイスは偉大なひとでした」キャリイがいった。「偉大な夢を持っていた男、それにお金さえあれば、どんなことでも成就してみせると情熱的に信じこんでいた男。あのひとは、自分の利益を念頭においていなかった——すくなくとも貪欲な俗悪なセンスだけは持っていませんでしたよ——あのひとはお金の力を望んでいたのです——お金で、偉大なる善が遂行できる力を望んでいたのだわ——」

「あの男は神になりたかったのです」主教がいった。その口調には、突然、厳しいひびきがこもってきた。「あの男は、人間というものが神の意志を実現するいやしいしもべにすぎないということを忘れていたのです」

「それでルイスは、信託の基金を横領したんですのね？」とミス・マープルがいった。

ガルブレイス博士は口ごもった。

「いや、それはただ……」

「お話しになっても大丈夫ですわ」キャリイ・ルイズがいった。「このひと、わたしの学校時代からの古いお友だちなのですから」

主教は口を開いた。

「ルイス・セロコールドは、計画的な天才とでもいっていいような男だったのです。多年にわたる高度の会計技術を身につけた彼は、婦人にもらくらくあつかえる、さまざまなごまかしの方法を考案して、ひとりで悦に入っていたのです。はじめは、たんにアカデミックな研究にすぎなかったのですが、巨額な金がごまかせるという可能性がわかってきだしたら、彼は実地に研究した方法を応用したのです。なにしろ、自分の思うがままに第一級の人材を駆使できるのですからな。この少年寮を卒業した子どもたちのなかから、優秀なメンバーの小さなサークルを選出しました。この子どもたちは、生まれつき犯罪者の素質を持ち、刺激をよろこび、高度に組織化された知能を持っているものばかりです。真相を見きわめることは容易ではありませんが、おそらく、この秘伝的なサークルが、極秘のうちに特別の教育をほどこされ、やがて重要な仕事につかされたことは、あきらかのように思われるのです。たとえば、どのような疑惑も持たれずに巨額の金額を改ざんするというような方法で、帳簿を変造するといった、ルイスの指令をこのサークルは忠実にまもって、実行に移してきたのです。私の推察では、帳簿の操作と細部がきわめて入りくんだものになっていたので、会計検査官がすっかり調べあげるまでには、数カ月を要することになるのではないかと思うのです。しかし、正味の利益は、さまざまな名義や銀行勘定や、ルイス・セロコールドが巨額の金を自由に始末することのできるいろいろな会社に隠蔽してあったと思われますね。その巨額な金で、彼は、未成年犯罪者たちが自分の土地を持ち、自給自足ができるような共同的な実験のための海外の植民地を手に入れたいものと、考えていたのですよ。ま、あまりにも幻想的な夢だったかもしれないが——」

「ほんとうに、実現してほしい夢だったのよ」キャリイ・ルイズがいった。

「そうですね、実現してくれればよかったが、しかし、ルイス・セロコールドのえらんだ手段は、不正な手段だったのです。そしてクリスチャン・グルブランドセンが、それを発見したのですよ。彼はびっくりしました。とりわけ、その発見の驚きと、あなたにはとくに重要な関係のあるルイスの仕業だというあたりがついたものですからね、キャリイ・ルイズ」

「じゃ、なぜ、クリスチャンは、わたしの心臓が丈夫かどうか、わたしにたずねたのでしょうね？　わたしの健康のことばかり気にかけていたようだったけれど」とキャリイ・ルイズがいった。「わたしには理解できなかったわ」

「そのとき、ルイス・セロコールドが北部から帰ってきて、クリスチャンがおもてまで迎えに出て、どういうことになっているか、自分にはわかっているということをルイスに話したのです。ルイスは落ち着きはらっていたと、私は思いますな。二人の男は、とにかくあなたにはできるかぎりのことをして隠しておかなければならないという点で意見は一致したのです。クリスチャンは、私に手紙を出して、ここに私を呼び、事態の収拾のために緊急会議をひらこうと、ルイスにいったのです」

「ですけど、むろんルイス・セロコールドは」ミス・マープルが口を開いた。「この非常の場合にそなえて、用意万端ととのえていましたのよ。みんな、計画どおりだったのですもの。ルイスは、この家に、エドガー・ローソンの役をつとめてくれることになっている青年を連れてきていました。もちろん、警察が病歴を調べた患者のなかに、ほんもののエドガー・ローソンがいましたわ。にせもののエドガー・ローソンは、自分のなすべきことをよく心得ていました――つまり、迫害を受けている精神分裂症の役割ですわ――そして絶対に欠くことのできない数分間のアリバイを、ルイス・セロコールドのためにつくってやったのですよ。

　そして、次の段どりも、とっくに計画されていました。あなたがね、キャリイ・ルイズ、数カ月にわたって毒を盛られているというルイスの筋書きですわ。そのことを実際に考えてみると、クリスチャンがルイスに話したというだけのことなのです――そしてルイスは、警察が来るのを待っているあいだに、タイプライターの手紙に二、三行書きくわえたのですわ。強壮剤に砒素を混ぜることなど、わけもないことですよ。あなたには、べつに危険なことはなにもないのよ——あなたが飲もうとしても、それをとめられるところにルイスはいたのですからね。あのチョコレートは、ちょっと傷をつけただけですわ——むろん、もともとチョコレートのなかには毒など入っていなかった——カリイ警部にチョコレートをわたすときに、毒入りのチョコレートとすりかえただけですもの」

「それからアレックスが謎をときあてたわね」

「そうね、なぜ、アレックスがあなたの爪の切りくずを集めたか、そこのところにわけがあるのよ。もし、長いあいだにわたって、砒素を実際に服用していたとしたら、爪を見ればわかりますものね」

「かわいそうなアレックス——かわいそうなアーニイ」

主教とマープルが、クリスチャン・グルブランドセンのこと、アレックス・リスタリックのこと、あのアーニイのことに思いをはせて、しばらく沈黙がつづいた——そしていかに殺人の行為というものが、見る見るうちにみにくくゆがんでいくことか、そう感ぜずにはいられなかった。

「しかし、いかになんでも、エドガーを共犯に誘いこむとは、ルイスもずいぶん危険な真似をしたものですな——たとえルイスがエドガーの弱みをにぎっているとしてもね」

キャリイは首を横にふった。

「いいえ、そういうわけじゃないのよ、エドガーはルイスを心から敬愛していたのです」

「そうね、ちょうどあの、セント・メアリ・ミード村に住んでいるレオナルド・ワイリイとお父さんの間柄みたいですわ。ひょっとしたら——」

ミス・マープルは思いやりをこめて口をとじた。

「よく似ているのが、あなたもわかっているのね？」キャリイ・ルイズがいった。

「じゃ、ずっと、ご存じだったの？」

「わたしの推量だけど。ルイスがわたしと会う以前に、短いあいだだったけれど、ある女優さんに熱をあげたことを、わたしは知っているの。そのことはルイスから聞いたのよ。その女優さんというのは、男をだましてお金をまきあげるようなタイプの女で、彼のことなど、べつに愛してもいなかったのよ。だけど、エドガーがルイスの子どもだということとは、わたしには疑う余地がない……」

「そうね、それで、ぜんぶ説明がつくわ……」

「とうとうルイスは、エドガーのために、自分の命をあたえたのよ」とキャリイ・ルイズはいった。彼女は主教を嘆願するように見つめた。「ルイスはそうしたんですよ」

しばらく沈黙がつづいた。やがてキャリイ・ルイズがいった。

「ああいう結果になってくれて、わたしはほんとにうれしいんですよ……子ども、子どもの命を助けようとして、自分の命を犠牲にしたのですもの……とびぬけた善人になれることのできる人間は、やっぱり極悪人にもなれるものなのね。ルイスについては、それが真理だということを、わたしはずっと知っていました……だけど――ルイスは、わたしをとても愛してくれたわ――そしてわたしも、彼を愛していたのよ」

「あなたは――ルイスのことを疑ってみたことがあって？」ミス・マープルがいった。

「いいえ」とキャリイ・ルイズはいった。「だって、毒薬のことで、すっかりわたし、迷ってしまったのですもの。ルイスがわたしに毒を盛るようなことはけっしてしないということを、わたしは承知していましたし、それなのに、グルブランドセンの手紙には、だれかがわたしに毒薬を盛っていると、はっきり書いてあるし――だから、みんながきっとまちがえているにちがいないということで、わたしにわかるすべてのことを考えてみたのよ……」

ミス・マープルがいった。

「でも、アレックスとアーニイが死体になって発見されたときは、あなただって疑ってみたんじゃない？」

「ええ、だってルイス以外にはだれひとり考えられなかったから。わたし、おそろしくなってきたわ、ルイスがまた殺人を……」

彼女は身をかすかにふるわせた。

「わたしはルイスを讃美していたわ。彼の——なんといったらいいかしら——善良な魂とでもいうべきものを。でも、ひとが善良な魂の持ち主なら——それだけへりくだった気持ちにならなければいけないのね」

ガルブレイス博士がしずかにいった。

「キャリイ・ルイズ、私がつねひごろから、讃美しているものは——あなたのうちなる——謙譲の心なのですよ」

かわいらしい青い眼が、驚きにおそわれて、大きく見ひらかれた。

「まあ、わたしなど賢くもなければ、とりたてて善良でもありませんよ。わたしにできることといったら、ただ、ひとさまの善良な魂を讃美するぐらいのものですわ」

「キャリイ・ルイズったら」とミス・マープルがいった。

エピローグ

「おばあさま、きっとミルドレッド叔母さんとうまくいくわね」ジーナがいった。「ミルドレッド叔母さん、とてもよくなったじゃない――変なところがなくなって、そうね、あたしのいう意味、おわかりになって？」

「よくわかりますよ」ミス・マープルがいった。

「ウォルターとあたし、二週間のうちにアメリカに帰ることになるわ」

ジーナは夫のほうを横目で見た。

「あたし、ストニイゲイトのことも、イタリアのことも、過ぎ去った少女時代のことも、みんな、きれいさっぱりと忘れて、百パーセントのアメリカ人になるわ。あたしたちの子どもは、いつでもジュニアの名前で呼ばれるようにするの。それよりていねいないい方なんかできないわ、ねえ、ウォルター？」

「そうですとも、ケイト」ミス・マープルがいった。

ウォルターは、ジーナの通称をまちがえたマープルに寛大な微笑を浮かべながら、やさしく訂正した。

「ジーナですよ、ケイトじゃありません」

しかし、ジーナは声をたてて笑った。

「ミス・マープルは、なにもかもわかっていっているのよ！　いまにあなたのことをペトルチオだなんて呼ぶから！」

「あなたはね」マープルがウォルターにいった。「とてもぬけ目なく立ちまわってきましたよ」

「ミス・マープルは、あなたがあたしにおあつらえむきの旦那さまだと思っているのよ」ジーナがいった。

ミス・マープルは、ひとりからひとりへと視線を移した。深く愛しあっている若い二人を見ているのは、ほんとに気持ちのいいものだわと、マープルは心のなかでつぶやいた。それにウォルター・ハッドも、彼女がはじめてお目にかかったときのあのひねくれた陰気な青年から、あかるいユーモアにみちた微笑をたたえた男に、みごとに変わってしまったのだ……

「あなた方を見ていると、わたし、思い出す人がいるんですよ、あの――」

ジーナはマープルにとびかかると、彼女の口をピッタリと手でふさいだ。

「だめ、だめよ」ジーナが叫んだ。「おっしゃっちゃだめ。セント・メアリ・ミード村のあたしたちにそっくりな人たちのことなんでしょ。あなたの村の住人には、いつもしっぽにとげがありますもの。あなたって、ほんとに意地の悪い方」

ジーナの眼は、涙でかすんできた。

「あたし、あなたやルース伯母さまやおばあさまが若かったころのことを考えると……どうしてみんな似たひとばかりに思えるんでしょう！……あたしには想像もつかないの……どうしてだか……」

「そうでしょうとも」とミス・マープルはいった。「はるかに遠くすぎさった日のことですもの」

優しい魔女の物語

作家
加納朋子

アガサ・クリスティーを初めて読んだのは、小学生の高学年の頃でした。ポプラ社版のルパンやホームズのシリーズはあらかた読み尽くし、さて、他に何か面白い本はないかしらと首を巡らしていたとき、ふと親の本棚に目が行ったのです。ちょうど講談社文庫で佐藤さとるのコロボックルシリーズを読破し、文庫本に対する違和感や抵抗感もすっかりなくなっていたときでもありました。

私の両親は、今にして思えば結構なミステリ好きで、小学生だった子供たちに、読んで面白かったミステリの「お話」をいくつもしてくれました。もちろん、その中にはクリスティーも含まれていました。読む前から思い切りネタバレされていたわけですが、それでも私がクリスティーに興味を持ったのは親のおかげではあります。初めて読んだクリスティーは、小学生にだって充分面白く、魅力的でした。この時期にクリスティーにめぐり合えたから、私は実にスムーズに大人向けのミステリに移行できたのだと思います。

その意味では、親に感謝するべきなのかもしれません……ネタバレの件はともかくとして。

どうしてか、平易であったりシンプルであったりするものを、人は軽く見る傾向があるようです。たとえば歌でも、やけに早いビートと、音符に載せきれないようなてんこ盛りの歌詞を持つ、歌いこなすのがとんでもなく難しいようなものよりは、一度耳にすれば誰でも即座に口ずさめるような歌の方が、実はずっと優れていると、私などは思うのですが。あるいは、急速に進化し、複雑化する一方のゲームでも。プレイ中「これはいったい何の罰ゲームか、はたまた拷問か？」と疑問に感じる瞬間があったりするのですが、そんなとき、一昔前の単純なゲームがひどく懐かしくなったりもします。

本を読むことは……ミステリを読むことは純粋に楽しいのだと。苦行のためでも、単に「読み通したぞ」という満足感を得るためでもないのだと。

クリスティーを読むと、そんな当たり前のことに改めて思い至ります。普段はけっこう忘れてしまいがちなんですよね、そういうことって。

好みのお茶と、美味しいお菓子とを用意して。家中で一番坐り心地のいい椅子に腰かけて、ゆったりとくつろぎながら読む。

そんな楽しみ方こそが、クリスティーにはいちばんふさわしいのです。今ここで私がわざわざ言わずとも、既に多くのミステリファンが知っていることではありますが。


さて、本書『魔術の殺人』は言わずと知れたミス・マープルものです。

この作品、発端からして相当に面白いです。ミス・マープルが事件に絡むのは、寄宿学校時代の友人から「理由はわからないけどなぜだか不安」なので、妹の様子を見てきて欲しいと懇願されたから。しかも妹の元に逗留するための口実として、ミス・マープルが零落して三度の食事にも事欠く有様だと説明済みとのこと。

誇り高いエルキュール・ポアロなら、きっと激怒しますよね、こんなこと言われたら。絶対臍《へそ》を曲げてしまって、いくら古い友人の頼みとは言え、とうてい引き受けたとは思えません。

けれどもミス・マープルは実に快く承知します。彼女が穏やかで心優しい人格者だからということは無論ですが、「何か良くないことが起こるんじゃないかしら」といった不安感は、往々にして的中することをその経験からよく知っていたから。我々が無意識のうちに見聞きしていることの中には、ときおり異物がこっそり紛れ込んでいて、それが人の心を波立たせているのです。

探偵役として、ミス・マープルは本書の中で積極的に動き回ったりはしません。その必要がないのです。じっと坐って編み物をしたりしているだけで、登場人物が次々やってきては自分の心の裡を吐露していくのですから。

ややもするとご都合主義とも取られかねないこの展開も、ミス・マープルのキャラクター故に説得力あるものとなっています。胡乱な人間ばかりの中で、突如現れた物静かで優しそうなおばあさんの存在は、実にほっとするものだったでしょうから。

ミス・マープルの推理は「人間が好き」というところに根幹があるのだと思います。好きだから、よく観察している。好きだから、聞き漏らさない。好きだから、理解している……。

自分を好いてくれて、理解してくれる人間に対して、人はなかなか心を閉ざしたりはできない、ということなのでしょう。犯人にとっては、実に油断のならない魔女といったところでしょうか。

作中でミス・マープルは自分たちを魔術の観客になぞらえています。観客の目をごまかすために、魔術師は幻覚《イリュージョン》を利用する……ミステリ作家が読者の眼をごまかすために、様々な手段を駆使するように。

それぞれいかにもな動機を抱えた、いかにも怪しい登場人物の面々も、マジシャンがくるりとカードを裏返すように、いつの間にか異なる魂の色を我々に見せてくれたりします。

ひょっとするとあの人は、周り中が思っているような人間ではないのかもしれない。我々が漠然と信じ込んでいることは、もしかしたらとんでもない間違いを含んでいるのかもしれない……。

ミス・マープルは魔法の杖を一振りし、我々読者がいかにまんまと作者の仕掛けた罠にはまっていたかを教えてくれるのです。

幻覚というものは、それを見る人の眼の中にある。

心のやさしい人というのは、分別というものがない。

とびぬけた善人になれることの出来る人間は、やっぱり極悪人にもなれる。

これらの文章はミス・マープルをはじめとする作中人物たちの台詞ですが、実にはっとするような含蓄があります。善良であることが常に正しいとは限らない。見えているものが常に事実とは限らない……クリスティー作品は、いつだって根元的な示唆に富んでいます。そして、それを極めてわかりやすい言葉で、私たちの心に直接届けてくれるのです。

好奇心旺盛な老婦人探偵

〈ミス・マープル〉シリーズ

本名ジェーン・マープル。イギリスの素人探偵。ロンドンから一時間ほどのところにあるセント・メアリ・ミードという村に住んでいる、色白で上品な雰囲気を漂わせる編み物好きの老婦人。村の人々を観察するのが好きで、そのうちに直感力と観察力が発達してしまい、警察も手をやくような難事件を解決するまでになった。新聞の情報に目をくばり、村のゴシップに聞き耳をたて、それらを総合して事件の謎を解いてゆく。家にいながら、あるいは椅子に座りながらゆったりと推理を繰り広げることが多いが、敵に襲われるのもいとわず、みずから危険に飛び込んでいく行動的な面ももつ。

長篇初登場は『牧師館の殺人』（一九三〇）。「殺人をお知らせ申し上げます」という衝撃的な文章が新聞にのり、ミス・マープルがその謎に挑む『予告殺人』（一九五〇）や、その他にも、連作短篇形式をとりミステリ・ファンに高い評価を得ている『火曜クラブ』（一九三二）、『カリブ海の秘密』（一九六四）とその続篇『復讐の女神』（一九七一）などに登場し、最終作『スリーピング・マーダー』（一九七六）まで、息長く活躍した。

35 牧師館の殺人
36 書斎の死体
37 動く指
38 予告殺人
39 魔術の殺人
40 ポケットにライ麦を
41 パディントン発4時50分
42 鏡は横にひび割れて
43 カリブ海の秘密
44 バートラム・ホテルにて
45 復讐の女神
46 スリーピング・マーダー

訳者略歴　1923年生，1943年明治大学文芸科卒，1998年没，英米文学翻訳家
訳書『夜明けのヴァンパイア』ライス，『シタフォードの秘密』クリスティー（以上早川書房刊）他多数

魔術《まじゅつ》の殺人《さつじん》

〈クリスティー文庫 39〉

二〇〇四年三月　十五日　発行
二〇二二年十月二十五日　七刷

（定価はカバーに表示してあります）

著者　アガサ・クリスティー
訳者　田《た》村《むら》隆《りゅう》一《いち》
発行者　早川　浩
発行所　株式会社　早川書房

郵便番号一〇一 - 〇〇四六
東京都千代田区神田多町二ノ二
電話　〇三 - 三二五二 - 三一一一
振替　〇〇一六〇 - 三 - 四七七九九
https://www.hayakawa-online.co.jp

乱丁・落丁本は小社制作部宛お送り下さい。
送料小社負担にてお取りかえいたします。

印刷・三松堂株式会社　製本・株式会社フォーネット社
Printed and bound in Japan
ISBN978-4-15-130039-4 C0197

本書は活字が大きく読みやすい〈トールサイズ〉です。